석학人文강좌 86

인간 만세!
─도스토옙스키의 『카라마조프가의 형제』 읽기

석학人文강좌 86

인간 만세!
—도스토옙스키의 『카라마조프가의 형제』 읽기

초판 1쇄 발행 2018년 3월 2일
초판 3쇄 발행 2023년 11월 27일

—

지은이 석영중
펴낸이 이방원
책임편집 배근호   **책임디자인** 박혜옥
마케팅 최성수·김 준   **경영지원** 이병은

—

펴낸곳 세창출판사
　　　신고번호 제1990-000013호   주소 03736 서울특별시 서대문구 경기대로 58 경기빌딩 602호
　　　전화 02-723-8660   팩스 02-720-4579   **이메일** edit@sechangpub.co.kr   **홈페이지** http://www.sechangpub.co.kr
　　　블로그 blog.naver.com/scpc1992   페이스북 fb.me/Sechangofficial   인스타그램 @sechang_official

—

ISBN 978-89-8411-740-2 04890
　　　978-89-8411-350-3 (세트)

ⓒ 석영중, 2018

석학
人文
강좌
86

인간 만세!
─도스토옙스키의 『카라마조프가의 형제』 읽기

석영중 지음

세창출판사

엄마께

2016년 3월, 인간 이세돌과 인공지능 알파고 간의 바둑 대결에 전 세계인의 이목이 집중되었다. 이 대국은 인공지능의 승리로 끝났고 이를 계기로 인공지능의 미래에 관한 수많은 논쟁이 미디어를 뜨겁게 달구었다. 1950년대 이후 놀라운 속도로 진화해 온 인공지능의 위력으로 미루어 어느 정도는 예견된 일이었지만, 적어도 이 사건이 정보기술 발달사에서 모종의 새로운 국면이 시작되었음을 알리는 신호탄이라는 사실만큼은 인정하지 않을 수 없다.

그런데 알파고 대국 사건이 야기한 온갖 유형의 미래 예측 ―4차 산업혁명으로 이어지는 극도로 '스마트한 미래'에서 기술 디스토피아에 이르는― 때문에 국내 미디어의 관심 밖으로 밀려났지만 그 못지않게, 아니 어쩌면 그보다 더 심각한 사건이 두 달 후에 일어났다. 2016년 5월 13일 자 〈뉴욕타임스〉는 DNA 분야의 전문가인 하버드 대학교 조지 처치 교수의 주도로 150명의 과학자가 극비리에 모여 인간 DNA 전체를 합성하는 프로젝트에 관해 논의했다고 보도했다. 이 프로젝트는 1990년에 시작하여 2003년에 마무리된 인간게놈 프로젝트의 뒤를 잇는다는 의미에서 '제2 인간게놈 프로젝트'(HGP2)라 명명되었다. 30억 쌍에 이르는 사람의 DNA 염기 서열을 모두 분석하여 지도화하는 데 성공한 인간게놈 프로젝트는 유전병 치료에 획기적인 전환점을 제공하고 흉악범을 감옥에 잡아넣는 데 혁혁한 기여를 했다.

후속 프로젝트인 HGP2는 DNA를 분석하는 데 만족하지 않고 인간 DNA 전체를 인공적으로 합성하는 것을 목표로 한다. 인간을 대상으로 하지 않는 영역에서 DNA 합성으로 생명체를 만들 수 있다는 것은 이미 입증되었다. 스스로 증식하고 번식하는 미생물의 합성에 이어 인공 효모균 합성에도 성공했음이 과학저널을 통해 보도된 바 있다. 하버드 의대의 비밀회의는 인공 생명체 합성 가능성의 대상을 인간에 맞춤으로써 생명공학의 최종 목적지를 분명하게 보여 주었다. 이제 인간은 유전자를 해독하는 것이 아니라 유전자 제작으로 방향을 선회하여 전대미문의 종착역을 향해 무서운 기세로 돌진하고 있는 것이다. '인간 창조'라는 이름의 이 종착역은 이제까지의 생명공학의 연장선상에 있는 듯 보이지만 그것이 함축하는 의미는 완전히 다른 것이다. 분석과 창조는 전적으로 다른 개념이다. 이제 불치병 치료나 악당 체포와는 완전히 다른 어떤 것, 인류가 한 번도 경험해 본 적이 없는 어떤 것이 우리를 기다리고 있다. 현대 과학기술은 세 가지 영역에서 발전해 왔다. 첫째는 인공지능, 가상현실, 빅데이터 등으로 대표되는 정보기술(비유기물) 영역이고, 두 번째는 온갖 '바이오-' 등등으로 대표되는 생명공학(유기물) 영역이며 세 번째는 양자가 융합된 형태, 즉 생물학과 비생물학이 결합된 사이보그 영역이다. 이 세 가지는 독립된 분야처럼 보이지만 사실상 '지적 설계'에 의거해 인간의 육체와 정신을 '업그레이드'한다는 구체적인 목표, 즉 '인간 향상'(Human Enhancement)이라고 하는 공동의 목적지를 향해 달려왔다는 점에서 중첩된다. 알파고와 HGP2는 이 목적지가 거의 우리 눈앞에 다가왔음을, 레이 커즈와일이 '특이점이 오는'('Singularity is Coming') 해라 예고했던 2045년까지 기다릴 필요도 없음을 말해 주는 사건이었다.

그러면 '인간 향상'이란 무엇인가? 간단하게 말해서 '인간 향상'은 인간 모두가 더 멋지고 더 건강하고 더 똑똑하게 업그레이드되어 더 오래, 어쩌면 거의 영원토록 살 수 있게 되는 것을 목표로 하는 프로그램이다. '인간 향상' 프로그램이 인류에게 가져다줄 이익은 상상할 수도 없이 커서 그것에 대해 왈가왈부하는 것조차 어리석게 들린다. 치매환자의 가족이나 중증 정신질환자의 가족에게 '인간 향상'의 실현은 복음처럼 들릴 것이다. 지체가 부자유한 사람에게 외골격의 상용화는 신세계의 도래를 의미할 것이다. 그렇다면 무엇이 문제인가? 거의 완벽한 인간이 거의 영원토록 산다는 것은 무엇을 의미하는가? 그것은 곧 태초부터 오늘 이 순간까지 인류가 지켜 온 어떤 본성, 프랜시스 후쿠야마(F. Fukuyama) 교수의 표현을 빌려 말하자면 '공유된 인간성'(shared human nature)이란 개념이 심각한 도전에 직면했다는 것을 의미한다. 바로 그 때문에 우리는 '인간 향상'이 가져다줄 저 막대한 공리에도 불구하고 대단히 어렵고 복잡한 윤리의 문제를 논의해야만 한다는 뜻이다. 그리고 그 복잡한 윤리의 문제를 논하기 전에 반드시 "인간이란 무엇인가" 라는 저 해묵은 질문을 다시, 진지하게 제기하고 그에 대한 답을 그 어느 때보다도 진지하게 찾아야 한다는 뜻이다.

이 책은 19세기 러시아의 대문호 표도르 도스토옙스키(F. Dostoevsky)의 마지막 장편소설 『카라마조프가의 형제』를 꼼꼼하게 읽으면서 인간의 본성을 탐구하는 책이다. 이 책의 목적은 무엇보다도 "읽기"라는 부제가 말해 주듯 소설을 구성하는 12개의 장과 에필로그를 차례차례, 차근차근 읽고 대문호가 생각했던 인간의 본질, 그리고 그것을 통해 그가 전달하려 했던 메시지를 파악하는 데 있다. 『카라마조프가의 형제』는 고전 중의 고전으로 알려져 있는 만큼 그 깊이를 알 수 없이 심오한 소설이다. 그러나 다른 한편으로는 영화로 여러 차례 만들어질 정도로 스토리가 흥미진진한 소설이기도 하다. 돈과 치정과 살인 사건이 뒤얽힌, 웬만한 추리소설 뺨치는 이 놀라운 소설에 빠져들다 보면 어느 순간 인간이란 과연 이런 것이구나 하는 생각이 반드시 들게 되어 있다. 인간의 신비를 파헤치는 것을 평생 동안 자신의 과업이라 생각했던 작가, 레이저 광선보다 더 예리한 통찰력으로 인간의 심연을 꿰뚫어 본 작가가 예술적·사상적 성숙의 정점에서 쓴 소설보다 인간에 관해 더 잘 말해 주는 책이 과연 어디 있겠는가. 조금 과장을 섞어 말해도 좋다면, 인간에 관한 수백 권의 철학책, 과학책을 읽는 것보다 『카라마조프가의 형제』 한 권 읽는 것이 훨씬 보람 있지 않을까. 그동안 읽고 싶은 마음은 굴뚝같지만 워낙 길고(열린책들 번역본으로 1700쪽) 무거운 소설이라 선뜻 손이 가지 않았던 독자라면 이 책이 꽤 괜찮은 가이드가 될 수 있을 것이다.

여기서 이 책의 제목에 관해 한마디 해야 할 것 같다. 이 책은 2016년 한국연구재단 '석학과 함께하는 인문강좌'의 일환으로 11월 5일부터 4주에 걸쳐 일반인을 대상으로 진행했던 강의를 토대로 한다. 원래 강의 제목은 "도스토옙스키와 러시아 정교: '인간이란 무엇인가'"였다. 그런데 강의록을 저서로 발전시키는 과정에서 나는 "인간 만세!"야말로 『카라마조프가의 형제』 전체, 그리고 더 나아가 도스토옙스키의 사상 전체를 아우르는 말이라는 생각을 굳게 되었다. 그에게 인간 탐구의 결과는 "인간이란 어떠어떠한 존재다"라는 진술에 그치지 않았다. 그가 인간 탐구를 토대로 궁극적으로 말하고자 했던 것은 인간은 존엄하다는 것, 우리 인간은 서로를 사랑해야 한다는 것, 사랑이 있음으로 해서 인간은 상생 가능하다는 것이었다. 그리고 결국 그럼으로써 그가 하고 싶었던 것은 인간에게 경의를 표하는 것이었다. 그는 "인간 만세!"를 외치고 싶었던 것이다. 그의 이 외침이야말로 AI 시대에 우리가 가장 듣고 싶은 말이 아닐까 한다.

개인적인 얘기를 한두 마디 덧붙이고 싶다. 2016년은 나에게 '대혼돈'의

해였다. 인생에 대해서 조금 알고 있다고 생각했던 것은 착각이었다. 어머니의 알츠하이머병 발병을 시작으로 갑자기 닥친 여러 가지 일들 앞에서 나는 그냥 무너졌다. 묻어 두었던 가족사의 그림자와 마주하는 것은 필설로는 설명하기 어려운 고통이었다. 매일매일을 슬픔과 분노와 자책과 후회의 늪에서 허우적거리며 보내야 했다. 그 와중에 강연 준비를 제대로 한다는 것은 불가능한 것 같았다.

그런데 신기하게도 『카라마조프가의 형제』를 다시 읽는 동안 나는 서서히 소생하기 시작했다. 어떤 대목은 도스토옙스키가 직접 나에게 하는 말처럼 들리기도 했다. 아무리 힘들어도 강연만큼은 완주해야 한다는 생각 또한 내가 일어서는 데 한몫했다. 무사히 강연을 마치고 지금 이렇게 책까지 쓰고 있노라니 참으로 감사한 마음이 든다.

석학인문강좌의 기회를 주신 분들에 대한 고마운 마음이 유난히 각별한 것도 그 때문인 것 같다. 프로그램을 총괄해 주신 서강대학교 강영안 교수님, 멋진 사회로 매회 강연에 활기를 더해 주신 경성대학교 권만우 교수님, 꼼꼼한 토론으로 강연의 부족한 부분을 메워 주신 김현택 교수님께 진심으로 감사드린다. 강연 준비에 몰두할 수 있도록 격려해 주신 대전 가톨릭대학교 곽승룡 신부님께는 특별한 감사의 말씀 전한다.

강연 관련 이모저모 세심하게 배려해 주신 연구재단의 박민관 팀장님, 윤광식 선생, 전지선 선생, 강연 마지막 날, 환상적인 러시아의 선율로 잊지 못할 무대를 꾸며 준 음악평론가 장일범 선생님, 만만치 않은 분량의 원고를 정성껏 읽고 교정을 보아 준 고려대학교 노문과 대학원의 정지원 양, 그리고 꼼꼼하게 원고를 정리하여 한 권의 책으로 만들어 주신 세창출판사 김명희 실장님과 윤원진 선생께도 깊이 감사드린다.

무거운 주제임에도 4회 내내 진지하게 경청해 주시고 열정적으로 질문해 주신 청중들께 머리 숙여 감사드린다.

어려운 시간 내 곁에 함께 있어 준 남편 김동욱 교수와 세희, 그리고 제자들에게 사랑을 전한다.

2017년 11월

석영중

일러두기

• 번역서를 인용할 경우 이 책의 편집 방침에 따라 표기법을 통일했으며, 가독성 제고를 위해 부분
적으로 문장을 수정하기도 했다.
• 단, 번역서의 저자 표기는 해당 출판사의 표기법을 그대로 따른다.

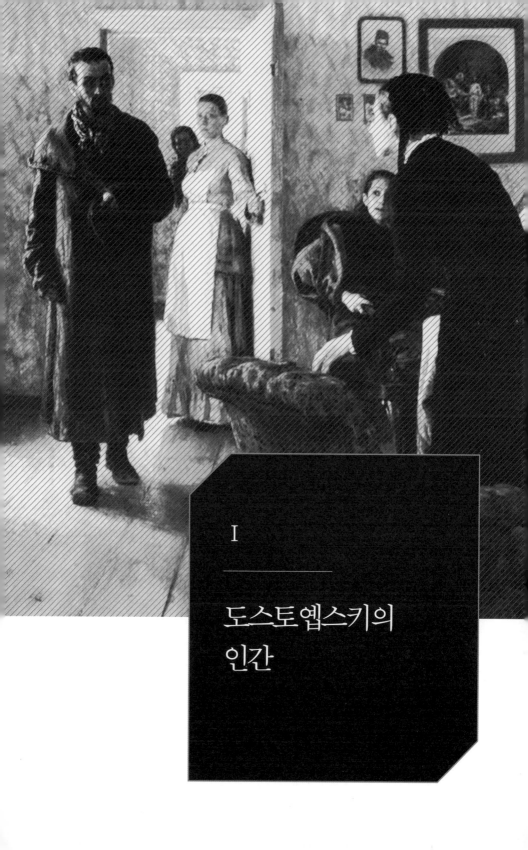

I

도스토옙스키의
인간

1. "공유된 인간 본성"

"인간이란 무엇인가?" 인간이 지구상에 등장한 이래 오늘날까지 끊임없이 제기되어 온 이 문제는 사실상 정답 없는 질문이다. "인간은 생각하는 갈대다"와 같은 단편적이고 선언적인 답들이 경구처럼 철학사와 지성사를 부유하긴 해도 진짜 답, 하나의 답, 최후의 답, 즉 '정답'은 존재하지 않는다. 그리고 질문을 제기하는 쪽이나 답을 탐색하는 쪽이나 정답 같은 것은 사실상 기대도 하지 않는다. 그럼에도 불구하고 수천 년 동안 이 질문을 제기하고 탐색하는 이유는 그것이 모든 사유의 출발점이기 때문일 것이다. 인간에 대한 정의가 일단 마련되어야 그것을 토대로 왜 살아야 하는가, 어떻게 살아야 하는가 같은 일련의 문제들을 탐구할 수 있지 않겠는가.

그러나 인간 향상의 문제에 직면한 인류에게 이 질문의 의미는 훨씬 중차대하다. 간단하게 말해서 질문의 의의는 질문의 제기 자체에서 출발한다. 지구상에 존재하는 모든 종 중에서 오로지 인간만이 자기 자신에 관해 질문한다. 요컨대 "인간이란 무엇인가"라고 묻는 행위 자체가 인간 정체성의 토대를 구성한다. 그리고 인간 향상과 관련된 모든 윤리적 논의와 성찰은 인간의 정체성에서 출발해야 한다. 그러므로 인간 향상의 시대에 "인간이란 무엇인가"라는 질문 제기 없이는 그 어떤 윤리적 고찰도 불가능하다는 것은 불을 보듯 뻔한 일이다.

사실 인공지능과 유전공학은 그동안 무수한 윤리 논쟁을 불러일으켰다. 이제까지 과학기술과 관련하여 제기된 윤리 논쟁은 대략 '부작용'에 초점이

맞추어져 있다. 예를 들어, 인공 생명체 합성과 관련하여 제기되는 윤리적 우려는 그것을 통제하지 않으면 생태계가 교란되거나 생물학적 테러무기 개발에 남용될 수 있다는 것으로 요약된다. 동식물의 유전자를 자유자재로 자르고 이을 수 있는 유전자 가위 기술은 외모에서부터 지능에 이르기까지 원하는 형질을 부모가 결정해서 아기를 낳는 '맞춤형 아기'를 가능하게 해줄 것인데 이는 새로운 계급 사회, 즉 유전자 부유층(gene-rich)과 유전자 빈곤층(gene-poor)으로 양분되는 생체 계급 사회를 부상시킬 우려를 함축한다. 또 왓슨 같은 인공지능 전문가는 법률 및 의료 영역에서 고도로 세련된 서비스를 제공하지만 항상 오작동의 문제를 수반하며, 인간의 통제 범위를 넘어설 경우 자율 살상무기 개발 같은 재앙은 물론 인공지능의 인간지배라는 최악의 SF식 시나리오로 연장될 수 있다.

이 모든 윤리적 우려는 현실적인 것이고 또 그런 만큼 그러한 우려를 불식시키기 위한 과학기술계 내부의 노력도 진행되어 왔다. 비근한 예로, 2017년 1월, 캘리포니아 아실로마에 모인 일론 머스크, 데미스 허사비스, 레이 커즈와일, 스티븐 호킹 등은 슈퍼인텔리전스의 올바른 사용을 목표로 하는 "아실로마 AI 원칙"(Asilomar AI Principles)을 선언했다. 그것은 몇 가지 윤리와 관련된 듯 들리는 항목들, 즉 "인공지능 시스템은 인간의 가치와 일치하는 목표와 행동에 따라 설계되어야 한다", "인간 존엄성과 권리와 자유를 존중하도록 운영되어야 한다", "전 인류의 이익을 위해 개발되어야 한다" 등등을 포함한다.

그러나 "아실로마 원칙" 및 이와 유사한 선언들은 가장 중요한 한 가지 문제를 고려하지 않는다는 점에서 윤리의 핵심을 비껴간다. 아니, 어떻게 보면 그것들은 윤리와는 아무런 상관도 없다. '인간 향상'과 관련한 그 어떤 이른바 '윤리적' 논의에도 모든 윤리의 토대인 '공유된 인간성'에 대한 고려는 반영되어 있지 않기 때문이다. 그 이유는 자명하다. 현재의 AI와 유전공학은 '공유된 인간성'을 돌이킬 수 없이 변형시키고 있기 때문에 그것을 토대로 하는 윤리적 논쟁은 시작조차 할 수 없는 것이다. 유전자 가위로 조작된 합성 생명체, 슈퍼컴퓨터에 업로드된 의식, 혹은 빅데이터와 컴퓨팅 기술 덕분에 나보다 나를 더 잘 알게 된 인공 '나'에게서 어떻게 인간성 운운할 수 있겠는가.

한편, 과학계 외부에서는 '인간 향상'에 내포된 위험을 다각도에서 경고해 왔다. 일례로, 역사학자 유발 하라리(Y. Harari)는 인류의 전 역사를 개괄하는 『사피엔스』(Sapiens)에서 '인간 향상' 문제는 이념이나 종교나 경제 문제보다도 더 중차대한 문제라고 지적하면서 "인간 향상 문제에 비하면 오늘날 정치인이나 학자나 철학자들이 몰두하고 있는 논쟁은 사소한 것이다"라고 단언했다(Harari 2011: 453). 그만큼 '인간 향상' 프로그램이 인간의 본성, 그리고 더 나아가 인간의 지속적인 생존을 위협하는 가장 큰 요인이라는 뜻이다.

'인간 향상'과 관련하여 윤리의 문제를 하라리보다 훨씬 먼저, 훨씬 집중적으로 파헤친 사람은 정치철학자 프랜시스 후쿠야마다. 그는 인간게놈 프로젝트가 아직 진행 중이던 2002년에 생명공학의 앞날을 불안하게 내다보면서 인류가 반드시 지켜내야 할 것으로 인간 본성을 지목했다.

> 인간 본성은 엄연히 존재하는 의미 있는 개념으로서 하나의 종인 인간의 경험에 안정적인 연속성을 제공해 왔다. 인간 본성은 종교와 더불어 우리의 가장 기본적인 가치를 규정한다. … 인간성이란 역사적 과정을 통해 인간에게 가해진 모든 명백한 조건의 변화에도 불구하고 우리가 누구이며 우리는 어디를 향해 가고 있는지에 대한 판단을 지탱해 주었던 근본적인 특질이다. 문제는 생명공학으로 인해 어떤 식으로든 이 인간성이 상실될지도 모른다는

것이다(Fukuyama 2002: 7, 101).

요컨대 인간 본성은 우리가 무엇이 옳은지 그른지, 무엇이 선이고 악인지, 무엇이 정의이고 불의인지를 판단하는 데 가장 근원적인 어떤 것이다. 인간 본성에 대한 공유된 정의가 없다면 윤리적 판단도 존재할 수 없다. 그러므로 인간 본성에 대한 개념 자체가 흔들리고 있는 이 시점에서 우리가 해야 할 것은 오작동이나 부작용, 고비용과 안전성과 실효성, 생체 불평등, 부수적 피해 같은 냉혹한 공리주의 손익계산서 작성이 아니라 이제까지 인류의 스승들이 제시해 온 인간 탐구서를 오늘의 시각에서 다시 한번 진지하게 검토하면서 인간의 본성과 관련된 '공유된 답안'에 가까이 가는 일일 것이다. 2세기 전에 러시아에서 살았던 소설가 도스토옙스키가 논의의 핵심으로 부상하는 것도 바로 이 지점이다.

2. 도스토옙스키의 인간 연구

도스토옙스키는 아직 작가가 되기도 전에 벌써 인간 탐구를 자신의 평생 과업으로 천명했다. 도스토옙스키가 18세 때인 1839년 형에게 보낸 편지를 읽어 보자. 이 편지는 훗날 그의 소설이 다룰 가장 근본적인 테마를 예고하는 동시에 왜 그런 테마를 다루어야 하는가에 대한 답까지 미리 제공한다.

인간과 인생의 의미를 연구하는 데 저는 꽤 진척을 보이고 있어요. 제 자신에 대해 확신이 서고 있습니다. 인간은 신비 그 자체입니다. 우리들은 그 신비를 풀어야 합니다. 그것을 위해 평생을 보낸다 하더라도 결코 시간을 허비했다고 할 수 없습니다. 인간이고 싶기에 나는 이 수수께끼에 골몰하고 있는 것입니다(모출스키 2000-1: 32).

이 편지는 고작 열여덟 살밖에 안 된 소년이 썼다고는 믿기지 않을 만큼 심오한 내용을 담고 있다. 그는 편지에서 밝힌 바 그대로 열여덟 살 때 뜻을 둔 '인간 연구'에 평생 동안 매진하여 인간의 내면으로 깊숙이 파고 들어가 선과 악이 뒤얽힌 채 소용돌이치는 인간 정신의 심연을 탐색했다. 그의 탐색은 결국 그에게 인간의 영혼을 '들여다보는 사람'(Seer)이라는 별칭까지 붙여 주었다. 물론 그는 단순히 사람 속을 들여다보기만 한 것은 아니다. 그는 들여다보고 '읽었다.' 그는 천재적인 혜안으로 개개인의 사람을 읽고 사람들이 모인 사회를 읽었다. 그의 모든 소설은 한마디로 말해서 이 '사람 읽기'의 결과를 기록한 것이다.

3. 불합리한 인간

장래의 대문호, '사람 읽기'의 대가가 우선적으로 지적하는 것은 인간은 신비 그 자체라는 사실이다. 어딘지 모르게 "열 길 물 속은 알아도 한 길 사람 속은 모른다"는 우리나라 속담을 상기시키는 이 말은 한마디로 인간이란 도통 알 수 없는 존재라는 뜻이다.

도스토옙스키는 이토록 불가해한 인간을 왜 연구해야 하는지에 관해 촌철살인의 대답을 제시한다. "인간이고 싶기에"라는 것이 그의 답이다. 인간 연구의 목적을 묻는 질문에 아마 이보다 더 간단명료한 답은 없을 것이다. 그러나 동시에 이보다 더 무겁게 들리는 답도 없을 것이다. 당신이 만일 인간이고 싶다면 당신은 인간이란 무엇인가를 물어보아야 한다. 인간이란 무엇인가를 물어볼 때 우리는 비로소 인간일 수 있다. 뒤집어 말하자면, 인간이란 무엇인가를 묻지 않을 때 인간은 인간이기를 멈춘다.

도스토옙스키 사상의 심오함은 여기에서 비롯된다. 인간에 대해 모든 것이 완벽하게 밝혀졌다고 여겨지는 순간, 요컨대 인간에 대해 더 이상 질문할 필요가 없다고 생각되는 바로 그 순간은 까딱만 잘못하면 인간 소멸의 시작점으로 전변될 수 있다. 인간은 합리적이며 그렇기 때문에 합리적인 수단을 통해 그를 속속들이 파악할 수 있다는 생각은, 인간은 지배될 수 있고 통제될 수 있고 심지어 만들어질 수도 있다는 생각과 위험할 정도로 가깝기 때문이다. 인간은 불합리한 존재이며 모순적인 존재이며 예측 불가능한 존재이다. 인간에 대한 탐색은 여기에서 시작해야 한다. 불합리한 인간은 이후 도스토옙스키의 전 작품을 아우르는 공통 이념이다. 완숙기의 도스토옙스키는 소설가로서의 자신의 과업을 "인간 속의 인간을 찾아내는 것"(27: 65)이라[01] 요약했다.

4. 선과 악의 이중성

도스토옙스키에게 '불합리한 인간'은 선과 악의 두 얼굴을 지닌 이중적인 존재로 구체화된다. 무한히 선을 추구하면서도 끊임없이 악을 저지르는 것이 인간이다. "언제나 악을 지향하면서 언제나 선을 행한다"는 메피스토펠레스의 말을 뒤집으면 도스토옙스키의 인간이 된다. 요컨대 동물

---

01 이하 러시아어 원문 도스토옙스키 전집 인용은 아라비아 숫자로 권수와 면수 모두 표기한다.

적인 본능의 만족을 끝없이 추구하면서도 고결한 이상에 끝없이 끌리는 것이 인간이다. 그는 인간의 이러한 모습을 「노트북」(1864)에서 다음과 같이 요약한다. "인간은 자신의 본성에 반대되는 이상을 지상에서 추구한다"(20: 175).

사실 이중성은 도스토옙스키 평론의 거의 단골메뉴처럼 되다시피 했다. 바흐친(M. Bakhtin)은 물론이거니와 도스토옙스키와 분신의 테마에 관해 쓴 치젭스키(D. Chizhevsky) 등 무수한 연구자들이 도스토옙스키 소설에 나오는 이중성의 문제를 천착했다. 그러나 이들 연구자들보다 훨씬 먼저 도스토옙스키는 소설이 아닌 현실 속에서 실제로 '이중성'(dvoistvennost')을 언급했다. 지인인 융게(E. Yunge) 여사에게 사망하기 얼마 전인 1880년 4월 11일에 보낸 편지를 읽어 보자.

어째서 당신은 자기가 이중적이라는 걸 가지고 구시렁거리세요? 그거야말로 가장 보편적인 인간 본성인데요. … 당신 내부의 그 분열된 성정을 저도 제 안에 느낍니다. 평생 동안 느껴 왔습니다. 제가 당신을 가까이 느끼는 것도 바로 그런 이유에서랍니다. 그것은 엄청난 고통입니다. 그러나 동시에 위대한 기쁨이기도 합니다. 그것은 강력한 의식이며, 자존감에 대한 욕구이며, 당신 자신, 그리고 인류에 대한 도덕적 책임감에 대한 욕구입니다(30-1: 149).

요컨대 이중성이란 것은 어떤 특별한 정신 상태가 아니라 강도만 다를 뿐 모두가 가지고 있는 성정이라는 얘기인데, 여기서 중요한 것은 그것이 윤리적인 관념으로 연결된다는 사실이다. 이 편지는 도스토옙스키가 『카라마조프가의 형제』를 집필하던 시기에 쓴 것으로 이중성에 대한 도스토옙스키의 생각을 가감 없이 전달한다. 고통이자 기쁨인 인간의 성정, 전 인류에 대한 도덕적 책임감의 근원으로서의 이중성은 인간을 인간답게 만들어 주는 요인이라는 것이 결국 만년의 대문호가 도달한 결론이다.

5. 신의 "모습과 닮음"

선악에 대한 도스토옙스키의 끈질긴 탐색 과정에서 빼놓을 수 없는 것은 러시아 정교 신앙이다. 도스토옙스키는 익히 알려진 대로 러시아 문학사상 가장 그리스도교적인 작가이다. 그가 시베리아 유배 이후 어느 사적인 서한에 쓴 "만약 진리가 그리스도와 함께하지 않는다면 나는 진리 대신 그리스도를 따르겠다"라는 저 유명한 구절은 그의 신앙을 웅변적으로 함축한다.[02] 그러나 그는 예술가였지 신학자는 아니었다. 그가 쓴 것은 인간에 대한 깊은 이해를 바탕으로 하는 소설이었지 신학 논문이나 호교론은 아니었다. 그에게 신을 지향하는 것과 인간을 연구하는 것은 궁극적으로 하나의 행위였다. 인간은 신의 "모습과 닮음"으로 창조되었기 때문에 도스토옙스키에게 인간을 탐구하는 것과 신을 아는 것, 곧 '인간학'과 '신학'은 동일한 것이었다.

"모습과 닮음"은 사실상 도스토옙스키에게 있어 선악 연구의 출발점이다. 인간의 내면에는 신의 모습이 자리하지만 그것은 끊임없이 악의 위협을 받는다. 인간은 완결되지 않고 최종화되지 않은 존재, 근본적으로 불합리하고 모순적이며 이중적인 존재이기 때문이다. 도스토옙스키의 표현을 빌려 말하자면 악마가 신과 싸움을 벌이고 '소돔의 이상'과 '마돈나의 이상'이 공존

---

02   도스토옙스키의 그리스도교 신앙에 관한 자세한 설명은 석영중 2015: 226-240을 참조할 것.

하는 곳이 인간의 마음속이다.

도스토옙스키의 깊은 그리스도교 영성은 첨예한 인간 탐구와 융합하여 인간 존엄성에 대한 신념으로 이어진다. 모든 인간은 그 내면에 신의 모습을 가지고 있기 때문에 존엄하며 또 그래서 모든 인간은 존중받아야 한다. 신에 대한 믿음과 인간의 불합리한 본질에 대한 관찰이 합쳐진 결과 그 무엇으로도 훼손될 수 없는 존엄한 인간의 형상이 떠오른다. 도스토옙스키에게 신에 대한 믿음과 인간에 대한 믿음은 결국 동일한 믿음의 양면이었다.

6. 완성되지 않은 인간

인간의 존엄성을 증명해 주는 또 다른 특질은 미완결성이다. 그것은 인간의 이중성과 짝을 이루면서 인간 존엄성을 훼손시키는 일체의 경향에 거세게 반발한다. 인간은 완성되고 확정되고 마무리된 존재가 아니라 요동치고 꿈틀거리고 끊임없이 변화하는 존재다. 도스토옙스키는 본질적으로 인간의 삶을 '영원한 추구'로 보았다. 결코 완결될 수 없고 완결되어서도 안 되는 추구 속에서만 실존의 의미가 있다는 것이다.

어떻게 우리의 모든 욕망의 이상, 그리고 인류가 원하고 추구하는 모든 것의 이상에 도달하기 위해 무엇을 해야 할지를 명료하게, 그리고 의심의 여지 없이 결정할 수 있단 말인가? 물론 추측이야 할 수 있다. 학습하고 꿈꾸고 계산이야 할 수 있다. 그러나 전 인류가 앞으로 걸어갈 길을 마치 달력처럼 계산한다는 것은 불가능한 일이다(18: 95).

바흐친은 도스토엡스키 인간론의 이러한 특징에 주목하여 비최종성(unfinalizability), 미정성(indeterminacy), 미완결성(indefiniteness)이라는 관념을 개진한다.

> 도스토엡스키의 작가적 구상 속에 최종화된 인간상은 들어가 있지 않다. 왜냐하면 살아 있는 인간은 모종의 간접적인, 최종화시키는 인지 과정의 말 없는 대상으로 전환될 수 없기 때문이다. 인간 속에는 언제나 그 자신만이 드러내 보일 수 있는 무언가가, 외적이고 간접적인 정의를 따르지 않는 무언가가 있게 마련이다. … 인간이 살아 있는 한, 그 인간을 살아가게 하는 것은 다름 아닌 그는 아직 최종화되지 않았고, 그는 아직 궁극의 말을 내뱉지 않았다는 사실이다(바흐찐 1988: 86-87).

바흐친이 사용하는 비최종성은 소설의 서사와 인물 구성을 설명하는 용어이지만 궁극적으로 그것은 윤리적인 개념이다. 그것은 인간을 '양'으로 환산하는 모든 경향에 격렬하게 반대하기 때문이다. 도스토엡스키는 인간을 하나의 대상, 즉 정의가 가능하고, 환원 가능하고, 결정 가능하고, 모종의 계산이 가능한, 최종적으로 확정된 양으로 보는 것, 즉 바흐친의 표현을 빌려 말하자면 인간을 '물질화'(reification)하는 것에 인간 비하의 핵심이 있다고 생각했다. "도스토엡스키는 놀라운 혜안으로 인간을 물질화하는 경향, 평가절하하는 경향이 당대 삶의 모든 면면으로까지 파고들어 가는, 심지어 인간 사고의 토대까지 파고들어 가는 모습을 발견했다"(바흐찐 1988: 93). 이 책의 본문에서 『카라마조프가의 형제』를 읽으면서 알게 되겠지만 결국 도스토엡스키가 인간 존엄을 지키기 위해 가장 단호하게 반대했던 것은 모든 인간적 가치의 '물질화'였다. 인간을 설명 가능한 완제품으로 볼 때 인간의 물질화를 피할 수 없다. 도스토옙스키가 그토록 강력하게 인간은 완성되지 않은 존재라 강변했던 것은 인간의 물질화야말로 온갖 악의 근원이기 때문이다. 노예제에서 우생학에 이르는 온갖 반(反)휴머니즘의 토대에 인간의 물질화가 도사리고 있음은 그 누구도 부정하지 못할 것이다.

7. 선택하는 존재

이중적이고 완결되지 않고 불합리한 존재인 인간은 도스토옙스키의 소설에서 '선택하는 존재'라는 대단히 독특한 인물 유형으로 구체화된다. 도스토옙스키의 인물들은 지속적으로 선택의 기로에 놓인다. 그들은 시간 선상에서 점진적으로 성장하는 법이 없다. 다른 작가들, 예를 들어 톨스토이(L. N. Tolstoy)의 인물들이 '성장'을 하는 반면 도스토옙스키의 인물들은 '선택'을 한다.

크게 보자면 양자 모두 인간은 '-이다'(being)가 아니라 '-으로 되어 간다'(becoming)라는 정의에 부합한다. 양자 모두에서 인간의 삶은 궁극적으로 '비커밍'이라 정의될 수 있겠지만 그 내용은 많이 다르다. 도스토옙스키의 인물들은 시간을 두고 변화하는 것이 아니라 일순간 급변하기 때문에 엄밀히 말하자면 '비커밍' 범주에서 벗어난다. 또 그런 점 때문에 그들은 변증법적인 발전의 궤적을 따르지도 않는다. 정과 반이 합의 차원에서 통합되는 변증법적 상황은 도스토옙스키에게서 발견되지 않는다(Blank 2010: 16). 정과 반에서 합으로 가는 변증법적 흐름은 시간적인 것이지만 그들은 그 흐름을 단숨에 뛰어넘어 양자택일의 갈림길에 들어선다. 그들은 삶과 죽음의 기로에서, 선과 악의 기로에서, 구원과 파멸의 기로에서, 반드시 선택하고 결정하고 결단을 내려야 한다. 그들이 어떤 선택을 하느냐에 따라 개인은 물론 인류 전체의 상생과 공멸이 결정된다.

II

『카라마조프가의 형제』
읽기, 워밍업

그동안 『카라마조프가의 형제』에 쏟아진 찬사를 일일이 다 열거하려면 책 한 권이 따로 필요할 것이다. 몇 가지 사례만 언급하자. 나는 의도적으로 문학평론가가 아닌 타 영역에 속하는 위인을 두 사람 선택했다. 그중 한 사람인 프로이트(S. Freud)는 아주 간단명료하게 "『카라마조프가의 형제』는 인류 역사상 쓰인 가장 위대한 소설이다"라고 잘라 말했다(Freud 1962: 98). 또한 사람, 천재 물리학자 앨버트 아인슈타인(A. Einstein)은 1920년, 취리히 대학교 법의학과 교수 하인리히 창거(Heinrich Zangger)에게 보낸 편지에서 "도스토옙스키를 읽고 있소. 『카라마조프가의 형제』라는 소설이오. 이 소설은 일찍이 내 손에 들어온 것 중 가장 위대한 것이오"라고 말했다(Einstein 2011: 418). 아인슈타인과 깊은 대화를 나누었던 스노(C. P. Snow)의 회고에 따르면 아인슈타인에게 『카라마조프가의 형제』는 인류 문학 전체의 정점이었다(Moszkowski 1970: vii).

이 정도면 충분할 것이다. 그렇다. 이 소설은 대문호의 예술적 역량이 총집결된 대작이다. 도스토옙스키의 인간 연구와 구원에의 희망은 『카라마조프가의 형제』에서 절정에 이른다. 이 한 권의 소설에 도스토옙스키가 쓰고자 했던 모든 것, 예술가이자 종교사상가로서의 도스토옙스키의 모든 것이 담겨 있다(Kroeker and Ward 2001: 4). 도스토옙스키는 이 소설에서 명실상부하게 '영혼의 선견자'로 우뚝 솟아오른다. 심오한 그리스도교 영성과 인간에 대한 예리한 통찰력과 천재적인 예술성은 하나로 어우러져 전대미문의 대하드라마를 탄생시킨다. 이 소설은 늪처럼 혼탁한 인간의 심연에 도사리고 있는 고통의 문제, 선과 악의 문제, 욕망과 자유의 문제, 파멸과 구원의 문제를 철저하게 파헤치면서 인간 존엄성을 위협하는 당대 및 후대의 모든 논지를 다각도에서 논박한다. 이 장대한 스케일의 소설은 결국 인간에 대한 장엄한 찬가로 마무리된다.

1. 집필 정황[03]

1878년 봄부터 도스토옙스키는 그때까지 모아 두었던 자료들을 정리하면서 구체적인 소설 집필에 착수하여 그해 가을 1권과 2권을 완성했다. 그 뒤 1879년 1월부터 잡지 〈러시아 통보〉지에 연재를 시작하여 1880년 11월에 완결했다. 그는 소설의 후속편을 기획하고 있었지만 3개월 뒤 안타깝게도 생을 마감했다. 대문호가 생의 마지막 3년 동안 심혈을 기울여 쓴 이 소설에서 그의 모든 작가적 역량, 그의 모든 인생 경험, 그의 모든 신학적·사상적 깊이, 그리고 그가 이전에 썼던 모든 소설들은 하나의 서사로 통일된다.

2. 소설의 구성

소설은 일종의 서문이라 할 수 있는 "저자의 말"과 4개의 커다란 파트(part), 그리고 에필로그로 이루어져 있다. 4개의 파트는 또 12개의 권(book)으로 이루어지며 각 권은 여러 개의 소제목이 달린 장(chapter)으로 이루어진다. 이 책에서는 12개의 권을 세 개의 큰 덩어리로 나누어 차례대로 살펴볼 것이다.

---

03 집필 정황에 관해서는 상당히 자세한 연구 결과가 많이 있으므로 이 책에서는 간단히 언급하고 넘어가겠다. Frank 2002: 282-300; Terras 1981; 모출스키 2000-2: 842-883을 참조할 것.

3. 전체 줄거리

　탐욕스럽고 불경한 홀아비 표도르 카라마조프는 두 번의 결혼으로 세 아들을 얻었다. 그러나 자식들을 전혀 돌보지 않고 거의 버리다시피 한 채 방탕한 삶을 살아왔다. 첫 부인 소생인 장남 드미트리는 머리보다는 가슴이, 생각보다는 행동이 앞서는 다혈질의 청년이다. 후처 소생의 둘째 아들 이반은 논리적이며 두뇌가 비상한, 대단히 지적인 청년이다. 그는 형의 약혼녀를 속으로 깊이 사랑하고 있다. 두 아들은 각기 다른 이유에서 아버지를 지독하게 혐오한다. 셋째 아들 알료샤는 지극히 선하고 순수한 청년으로 인근 수도원의 존경받는 장로인 조시마의 인도를 받으며 수도사의 길을 걷고 있다. 이 집안에는 표도르가 동네 백치 여자와 장난삼아 관계를 맺어 얻은 스메르자코프라는 이름의 서자가 하인이자 요리사로 함께 살고 있다. 스메르자코프는 뒤틀릴 대로 뒤틀린 심성의 사내로 아버지와 다른 형제들 그리고 온 세상을 이를 갈며 증오한다.

　드미트리는 귀족 아가씨 카테리나와 약혼을 한 상태이지만 동네의 부자 상인 삼소노프 노인의 첩인 그루셴카를 보고는 그녀의 매력에 완전히 사로잡힌다. 그런데 아버지 표도르 또한 그루셴카에게 넋이 나가 3000루블을 미끼로 그녀를 유혹한다.

　그루셴카와 결혼을 하기 위해 절실하게 돈이 필요한 드미트리는 죽은 모친의 유산을 받아 내려 하지만 아버지는 이미 다 주었다며 지불을 거절한다. 두 사람 간에는 돈과 치정에서 비롯된 무서운 증오가 지옥의 화염처럼 타오른다. 그 증오의 불길이 극에 이른 시점에서 아버지 표도르가 집안에서 살해된 채 발견된다. 그루셴카와의 밀회를 위해 그가 봉투에 넣어 두었던 3000루블은 사라지고 없다. 이 상황에서 가장 유력한 살해 용의자는 물론 드미트리다. 드미트리는 집시 마을에서 그루센카의 마음을 얻기 위해 돈을 물 쓰듯이 펑펑 쓰다가 경찰에 체포된다. 드미트리를 범인으로 지목해 주는 증거는 너무 많아 셀 수도 없다. 피 묻은 손, 갑자기 생긴 돈, 평소에 밥 먹듯이 내뱉던 아버지를 죽이겠다는 말 등. 소설의 후반부에서 드미트리는 법정에 선다. 그는 과연 유죄선고를 받을 것인가? 과연 드미트리는 아버지를 죽인 패륜아인가? 그렇다면 드미트리의 운명은 어떻게 될까. 만일 드미트리가 범인이 아니라면 도대체 누가 죽였을까? … 살인을 저지른 것은 서자 스메르자코프이지만 드미트리가 유죄선고를 받는다. 서스펜스의 절정에서 스메르자코프는 자살을 하고 둘째 아들은 자신이 살인을 방조했다는 자책감으로 정신병 발작을 일으킨다.

『카라마조프가의 형제』는 드미트리의 운명이 완전히 결정되지는 못한 채 마무리된다. 그 이유는 이 소설이 이보다 훨씬 더 장대한 소설의 제1부에 불과하기 때문이다. 도스토옙스키는 소설의 속편에서 드미트리의 운명과 더불어 막내아들 알료샤의 파란만장한 삶을 펼쳐 보일 예정이었다.

4. 돈, 치정, 살인: 궁극의 '갑질'

이 간추린 줄거리만 흘깃 보더라도 독자는 『카라마조프가의 형제』의 주된 소재가 무엇인지 금방 알 수 있을 것이다. 우선 가장 눈에 띄는 것은 돈이다. 아버지가 가지고 있던 돈 3000루블, 장남이 훔쳐 갔다고 여겨지는 돈, 한 여성의 사랑을 얻는 데 필요한 돈. 사실 이 3000루블이란 액수의 돈은 너무나 유표해서 도저히 묵과할 수가 없다. 번역본으로 1700쪽에 달하는 소설에서 3000루블은 약 200번 정도 언급된다(물론 다른 액수의 돈도 수백 번 언급된다).

돈, 특히 3000루블은 플롯을 이끌어 나가는 가장 강력한 원동력 중의 하나다. 인물들은 돈에 의해 얽히고 돈을 위해 양심을 팔고 돈 때문에 살인을 하고 돈 덕분에 구원을 받는다.

두 번째 소재는 치정이다. 소설에는 여러 가지 형태의 애정이 나타난다. 거의 사랑 백화점이라 할 수 있을 정도로 운명적인 사랑, 정신적인 사랑, 육체만의 사랑, 병적인 사랑, 장난삼아 하는 육체관계, 추잡한 욕정, 매매춘 등등 온갖 유형의 사랑과 애욕의 행태가 다 등장한다. 이 모든 치정관계 중에서도 가장 추악하면서 동시에 가장 흥미진진한 것은 한 타락한 여성을 사이에 두고 아버지와 아들이 벌이는 애정 경합이다.

세 번째 소재는 살인이다. 도스토옙스키의 거의 모든 소설에는 살인 사건이 들어 있다. 『죄와 벌』에서도, 『백치』에서도, 『악령』에서도 소설의 축이 되는 것은 끔찍한 살인 사건이다. 『카라마조프가의 형제』에서도 표도르의 피살은 가장 중요한 이야기적 요소 중의 하나다. 살인 사건은 길고 심오한 소설에 스릴과 서스펜스를 더해 주는 동시에 선악의 문제를 파헤치는 데 단초를 제공한다.

여기서 한 가지 의문이 생긴다. 도스토옙스키는 왜 그토록 돈, 치정, 살인이라고 하는 '3종 세트'에 집착한 것일까? 돈, 치정, 살인은 무엇을 의미하는 것일까? 그냥 재미있게 써서 책을 팔아먹고 싶어서 그랬던 것일까. 사실 돈, 치정, 살인을 소재로 하는 소설치고 지루한 소설이 어디 있겠는가. 그러나 돈, 치정, 살인은 단순히 흥미를 위한 소재가 아니다. 그것은 인간 읽기의 천재가 발견한 가장 기초적인 인간의 조건이다. 그것들은 인간의 '본능적인 삶'의 가장 원초적이고 가장 노골적이고 어떻게 보면 가장 야비한 조건이다.

성은 생명의 원천이다. 성이 있음으로 해서 인간종(種)의 존속이 가능하다. 그런 의미에서 욕정을 비롯한 광의의 성애는 인간 존재의 본질적인 한 부분을 구성한다. 성이 생명의 원천이라면 돈은 그 원천의 지속을 가능하게 해 주는 수단이다. 돈, 그리고 돈으로 살 수 있는 가장 기본적인 의식주는 생존의 본질적인 조건이다. 이 두 가지는 또한 어느 단계 이후에는 인간의 '권력에의 욕구'와 직결된다. 물론 이때 돈은 단순히 화폐가 아니라 부와 지위와 명예와 권력의 환유다. 돈에 대한 욕구와 성에 대한 욕구는 그 근저에 지배에 대한 본능적인 욕구를 깔고 있다. 돈과 성은 지배하고 착취하고 소유하고 정복하고 학대하는 욕구의 매개물이다. 요즘 식의 표현을 써서 말하자면 돈과 성은 '갑질'의 핵심이다. 인간이 그토록 부와 지위를 원하는 이유는 단순히 풍족한 생존을 지속하기 위해서만이 아니라 타인을 부리고 지배하기 위해서, 즉 갑질을 하기 위해서 그런 것이다. 성도 마찬가지다. 성애는 한순간 성폭력으로 전이될 수 있다. 성폭력이란 성의 영역에서 행해지는 갑질이다. 『카라마조프가의 형제』를 비롯한 대부분의 도스토옙스키 소설에서 돈과 성은 갑질의 형태로 드러난다.

　살인은 갑질의 가장 사악한 결과이다. 인간의 지배하고 소유하고 학대하고자 하는 욕구가 극에 도달했을 때 그것은 살인의 형태로 나타난다. 다른 생명을 억누르고 짓밟고 학대하는 최악의 행위는 그 생명을 빼앗아 버리는 일 아니겠는가. 부와 권력으로도, 성적 학대로도 지배 욕구가 충족되지 못할 때 살인은 최종적인 선택지가 된다. 성폭력이 종종 살인과 연계되는 것도 이 때문이다. 그러므로 돈, 치정, 살인은 인간의 지배욕을 가장 뚜렷하게 대변하는 요소들이라 할 수 있다. 반복해서 말하지만, 돈과 성은 인간이 생존을 위해 반드시 필요로 하는 요소이다. 그러나 생존 본능의 충족만이 삶의 목표인 세상은 그 자체가 지옥과 접경한다. 살인은 지옥을 지시하는 기호이다.

5. 구원, 지금 이곳의 문제

돈, 치정, 살인─이 세 가지 주된 소재에 미루어 본다면 『카라마조프가의 형제』는 틀림없는 통속소설이다. 시쳇말로 '막장 드라마'다. 아버지와 아들이 한 여자를 두고 싸우고, 동생은 형의 약혼녀를 넘보고, 추악한 유산 다툼이 벌어지고, 돈뭉치가 오가고, 아들이 아버지를 죽인 것처럼 보이고, 법정 공방이 이어지고 …. 이보다 더 '싸구려' 소재는 찾아보기 어려울 것 같다. 그러나 도스토옙스키는 이 극도로 자극적이고 선정적인 소재들을 한데 엮어서 인간 구원에 관한 세상에서 가장 심오한 대하소설을 만들어 냈다.

『카라마조프가의 형제』가 그 모든 자극적인 소재에도 불구하고 구원에 관한 소설일 수 있는 것은 그것이 도스토옙스키의 인간 연구를 마무리 짓는 소설이기 때문이다. 인간은 선하고 악하며, 동물적이면서 신적인 것을 지향한다. 이토록 모순적인 성징은 도스토옙스키 사신이 시적한 바 그대로 인간에게 기쁨일 수도 있지만 엄청난 고통이기도 하다. 그것은 변증법적인 합일에 도달할 수 없다는 바로 그 점에서 심오한 비극이기도 하다. 질병과 빈곤을 비롯한 셀 수 없이 많은 고통은 종류와 정도의 차이는 있을망정 모든 삶의 조건이다. 게다가 인간은 누구나 죽는다. 이 분명한 사실 앞에서 인간은 때로 분노하고 때로 더욱 광포한 탐욕의 도가니 속으로 빠져들고 때로 무한히 겸손해진다. 그러나 어떤 식으로 죽음의 확실성에 반응하건 거기에는 언제나 실존의 근원적인 비극이 있음을 부인할 수 없다.

도스토옙스키는 인간의 내면에 존재하는 선과 악의 이중성, 삶의 유한성, 고통과 죽음이라고 하는 인류 보편의 비극을 직시했고 선택의 기로에 선 인간의 처절한 절규에 귀 기울였다. 그러면서 그 모든 비극성을 뛰어넘는 어떤 것, 인류를 보편의 운명에서 구원해 줄 어떤 것을 끈질기게 추구했다. 그래서 구원에의 희망은 그의 전 작품을 아우르는 공통분모가 되는 것이다.

『카라마조프가의 형제』는 구원을 향한 저자의 희망이 가장 극명하게, 그리고 가장 예술적으로 드러난 작품이다. 이때의 구원이란 '영혼의 구원' 같은 형이상학적이고 애매한 개념이 아니다. 그것은 동물적인 본성과 신의 형상을 동시에 가지고 있는 인간이 지금 이곳에서, 오늘의 현실 속에서 내면의 악을 물리치고 '다시 태어나' 본래의 존엄성을 되찾는 것, 한 사람 한 사람의 존엄성이 결국 전 인류의 상생으로 이어지는 것을 의미하는 개념이다. 그렇기 때문에 『카라마조프가의 형제』는 그 깊이 새겨진 종교적인 색채에도 불구하고, 그리고 19세기 러시아라는 제한된 배경에도 불구하고 종교를 넘어, 시공을 넘어 오늘의 우리에게 다가올 수 있는 것이다.

결국 도스토옙스키가 생각한 구원은 그리스도교적인 개념이면서도 동시에 그리스도교라는 종교적 테두리를 뛰어넘는다. 그에게 구원이란 죽은 뒤에 지옥으로 떨어진 영혼들에게 해당되는 어떤 것이 아니다. 구원은 지금 이곳의 문제, 지금 이곳에 사는 우리가 결단을 거쳐 실현시켜야 하는 윤리적인 문제이다. 도스토옙스키는 그리스도교의 영원한 화두인 구원의 문제를 실존의 문제로 '줌인'시킨 것이다.

6. 휴머니즘 소설

이 소설은 워낙 방대하다 보니 기존하는 거의 모든 문학 장르들과 어떤 식으로든 관련된다. 우선 살인 사건을 중심으로 한다는 점에서 소설은 범죄소설, 혹은 추리소설로 분류될 수 있다. 살인 사건뿐만 아니라 크고 작은 온갖 유형의 범죄들, 가정 폭력, 아동 학대, 집단 따돌림, 사기도박, 무고 등은 이 소설을 거의 '범죄 백화점'으로 만들어 준다. 후반부에서 드미트리의 유죄판결과 관련하여 펼쳐지는 치열한 법정 공방은 현대의 여느 법정 스릴러 못지않은 흥미를 선사한다.

등장인물 간에 얽히고설킨 애정의 문제는 이 소설을 연애소설의 범주에 집어넣고 인물들의 무의식 세계까지 파고드는 치열한 심리 분석은 심리소설이란 범주를 가능하게 한다. 소설 전반에 걸쳐 제기되는 온갖 사회 문제들 ―교회 문제, 형법 문제, 과학기술의 문제, 자유의 문제, 불평등의 문제― 은 사회소설이란 라벨을 붙여 주고 제목의 일부인 "형제"에서 시작하는 드라마틱한 가족사와 부자간의, 그리고 형제간의 갈등, 가정의 해체, 아이들의 테마는 '가족소설'이란 라벨을 가능하게 한다. 또 소설이 다루는 소재는 1861년 농노해방 이후 러시아를 그 역사적 궤적 속에서 조망한다는 점에서 충분히 역사소설로 불릴 만하다.

다른 한편으로, 이 소설은 도스토옙스키의 깊은 그리스도교 영성의 완결본이라는 점에서 명실상부하게 '종교소설'이라 불릴 만하다. 특히 도스토옙스키의 영성을 대변하는 작중인물 조시마 장로의 설교에서부터 다양한 천국과 지옥과 악마 이야기들은 종교소설로서의 면모를 확고하게 보여 준다. 게다가 소설 속에는 소설 텍스트와는 분리되는 독립적인 작은 텍스트들, 일종의 '끼워진 이야기들'도 무수하게 많다. 성자전도 들어가 있고, 소논문도 들어가 있고, 민담도 들어가 있고, 등장인물이 지어낸 서사시도 들어가 있다. 그러나 이 모든 장르들과 '끼워진 이야기들'이 다 합쳐져서 궁극적으로 하나의 장르로 굳어질 때 만들어지는 것은 '휴머니즘 소설'이다. 이 방대하고 복잡한 소설을 한마디로 정의하자면 '휴머니즘'보다 더 정확한 단어는 없을 것 같다. 소설 속에 포함된 모든 소재와 모든 장르들이 결국 한목소리로 확언하는 것은 인간 존엄성이기 때문이다.

7. 연결의 원칙

도스토옙스키는 자신의 소설가로서의 역량과 관련하여 스트라호프에게 보낸 편지(1871년 4월)에서 "내 소재들을 도무지 통제할 수가 없어요. 정말로 불가능해요. 여러 소설과 이야기들이 그냥 막 한 소설 속으로 구겨 처넣어 지는 바람에 균형(mera)도 조화(garmoniia)도 없답니다"라고 하소연한 적이 있다(29: 208). 이건 물론 엄살이다. 실제로 소설에서 그가 통제하지 못한 부분은 하나도 없다. 주요 소설의 심층에 깔려 있는 균형과 조화는 타 작가의 추종을 불허한다. 특히『카라마조프가의 형제』는 그 구성에 있어서 거의 완벽하다고 할 수 있을 만큼 놀라운 짜임새를 과시한다. 어느 등장인물의 라이프 스토리를 읽어도, 어느 챕터에서부터 읽어도, 그리고 어느 스토리를 읽어도 그것들은 반드시 다른 인물, 다른 챕터, 다른 스토리와 '유사와 대립'의 원칙에 따라 마주치게 된다. 달리 말하자면 소설 속에는 그 어떤 인물도, 소재도, 그 어떤 이야기도 기능적으로 고립된 채 존재하지 않는다. 소설 속에서 조시마 장로는 인생을 가리켜 "삶은 대양과 같아 모든 것이 흘러들어 서로 만나게 된다"라고 했는데 이것은 본질적으로 소설의 구성에도 적용되는 진술이다. 소설 속의 모든 것, 모든 인물, 모든 스토리는 만나서 겹쳐지거나 아

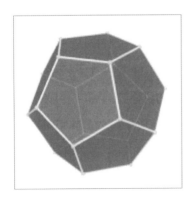

니면 충돌한 후 다시 다른 인물, 다른 스토리와 만나 겹쳐진다. 결국 우리가 마지막에 만나는 것은 분할될 수 없는 거대한 하나의 대양이다. 혹은 좀 더 시각적으로 이 구성을 표현하자면 소설은 일종의 무수한 다각형의 면을 갖는 다면체(그림 참조)와도 같다. 수없이 많은 면들은

모두 개개의 독자적인 존재를 유지하지만 다른 면과 모서리와 꼭짓점을 공유한다. 그러나 그 어떤 면도 다른 면보다 더 크거나 더 두드러지지 않는다. 모든 인물과 모든 스토리들, 그리고 모든 삶들은 일종의 거울처럼 서로를 되비치면서 하나의 거대한 이미지, 곧 인간에 수렴한다.

8. 주제와 변주(theme and variations)

앞에서 언급한 '연결의 원칙'은 테마론의 차원에서 주제와 변주라는 독특한 상황으로 구체화된다. 소설은 무수히 많은 이념과 주제를 포함한다. 그러나 대부분의 주제들은 '주제와 변주'의 원칙에 따라 서로를 반사한다. 제1권에 나온 주제는 제2권에서 약간 각도를 달리해서 나오고, 제3권에서는 다른 인물을 중심으로 나오고, 제5권에서는 인물이 말하는 스토리 속에서 나오는 식이다. 예를 들어, '아이들'의 테마는 카라마조프가의 아들들을 통해서 개진된다. 그것은 또한 동네 초등학생들을 통해서, 차남 이반의 스토리를 통해서, 그리고 장남의 꿈을 통해서 조금씩 다르게 개진된다. 그러나 이 모든 아이들 스토리는 결국 '고통받는 아이들', 더 나아가 인간의 보편적인 '고통'이라고 하는 커다란 테마의 변주임이 드러난다.

그렇기 때문에 이 책은 1권부터 4권까지를 다루는 부분이 가장 길고 자세할 수밖에 없다. 소설 전체를 관통하는 대부분의 주제들은 이 부분에서 제시될 것이다.

9. 다른 작품의 메아리[04]

『카라마조프가의 형제』의 독서를 어렵게 만드는 또 하나의 요인은 이른 바 '다른 텍스트'의 존재다. 무엇보다도 이 소설은 저자의 이전 소설들을 여러 가지 형태로 반영한다. 예를 들어, 아버지 표도르는 음탕이라는 점에서 『죄와 벌』의 스비드리가일로프를 생각나게 하고 무한한 탐욕이라는 점에서 전당포 노파를 생각나게 한다. 이반과 스메르자코프의 분신관계는 초기 작 『분신』을 생각나게 하고 조시마 장로는 『악령』의 티혼 장로를 생각나게 한다. 이반은 지하생활자와 라스콜니코프의 후손처럼 보이고 알료샤는 『백치』의 미슈킨 공작의 좀 더 현실적인 복사본처럼 보인다. 소설의 토대에 그물망처럼 촘촘하게 놓여 있는 이전 소설들은 자신의 작가로서의 전 존재를 어떤 식으로든 이 소설에서 종합하려는 저자의 확고한 의도를 보여 주면서 독서의 흥미를 배가시키지만, 또 다른 한편으로는 독서의 속도를 지연시키는 것도 사실이다.

게다가 이 소설에는 당대 및 선대 러시아 문학과 세계 문학에 대한 저자의 생각과 의견과 반응이 그 어떤 소설보다 많이 담겨 있다. 구약 성경에서 중세 성자전, 그리고 당대 설교집에 이르는 다양한 종교 텍스트들, 그리고 셰익스피어, 실러, 상드, 위고 같은 유럽 작가들, 푸시킨, 고골에 이르는 러시아 작가들의 무수한 '다른 텍스트들'이 때론 직접적인 인용의 형태로, 때로는 암시로, 때로는 패러디로, 때로는 양식화와 오마주의 형태로 촘촘하게 소설의 페이지를 채우고 있다. 이 모든 '다른 텍스트'를 인지하고 감별하고 설명하고 저자의 의도를 파악하는 것만도 어마어마한 과업이다. 러시아에

---

04 Terras 1981: 13-24 "Literary Sources"를 참조할 것.

서 출간된 30권짜리 전집의 주석, 그리고 원전과 인용과 차용에 대한 방대한 연구 업적들이 이 과업의 막중한 의의를 말해 준다. '다른 작품'의 문제는 워낙 엄청난 시간과 지면을 요구하는 테마라 이 책에서는 불가피한 경우에만 다루도록 하겠다.

10. 등장인물

표도르 카라마조프: 노년기에 접어든 탐욕스럽고 방탕한 지주. 55세.

드미트리(미차): 장남. 다혈질의 청년. 28세.

이반: 차남. 지적이면서 냉정한 청년. 24세.

알료샤: 삼남. 수도사의 길을 걷고 있는 순수한 청년. 19세 혹은 20세.

스메르자코프: 서자. 카라마조프가의 하인이자 요리사.

리자베타 스메르자시차야: 스메르자코프의 생물학적 어머니. 동네 백치.

그리고리: 카라마조프가의 우직한 늙은 하인.

카테리나: 드미트리의 약혼녀. 부유하고 오만한 여성.

삼소노프: 늙고 병든 부자 상인.

그루센카: 삼소노프의 첩.

조시마: 덕망 높은 장로. 65세.

라키친: 욕심 많고 세속적인 신학생. 출세 지상주의자.

호흘라코바 부인: 수다스럽고 경망스러운 30대 과부.

리자: 호흘라코바 부인의 딸.

스네기료프: 가난한 퇴역 이등대위.

일류샤: 스네기료프의 아들.

콜랴 크라소트킨: 일류샤의 친구이자 선배.

이폴리트: 검사.

페추코비치: 변호사.

Ⅲ

제1권−제4권

개요: 1권에서 4권까지는 단 이틀 동안의 사건을 다루고 있지만 실제 내용은 각 인물의 과거사를 다루기 때문에 상당히 긴 세월을 함축한다. 시간은 지금으로부터 13년 전이고 공간은 러시아의 작은 마을이다. 때는 바야흐로 8월 말의 어느 화창한 날. 마을 수도원에서 카라마조프가의 아버지와 세 아들, 즉 드미트리, 이반, 알료샤, 그리고 표도르의 첫 아내의 사촌 오빠 등 몇몇 사람들의 회합이 이루어진다. 아버지 표도르와 장남 드미트리 간에 걸려 있는 추악한 금전 문제와 여자 문제의 해결점을 찾기 위해 덕망 높은 장로 조시마가 기거하는 수도원에 모이기로 한 것이다. 이 모임은 그러나 아버지의 어릿광대짓 때문에 엉망으로 끝나고 부자간의 관계는 더욱더 나빠진다. 그날 저녁 드미트리가 아버지의 집으로 쳐들어와 아버지를 심하게 구타한다. 알료샤는 드미트리의 부탁으로 약혼녀 카테리나의 집을 방문한다. 약혼녀는 형이 매혹당한 상인의 첩 그루셴카와 심리전을 벌인다.

다음 날, 그동안 노환을 앓아 온 조시마 장로는 기력이 다해 임종의 준비를 하며 몰려온 은수자들에게 마지막 강론을 한다. 수도원에 몰려온 수도사들은 또 다른 유명한 수도사인 페라폰트 신부에게 지대한 관심을 보이기도 한다. 알료샤는 호흘라코바 부인의 딸 리자의 요청으로 그녀의 집을 방문한다. 가는 길에 어떤 아이가 그에게 돌을 던지더니 달려들어 손가락을 깨문다. 아이는 드미트리가 폭행한 이등대위의 아들이다. 이등대위에게 위로금을 전해 달라는 카테리나의 부탁으로 알료샤는 이등대위의 집을 방문한다. 이등대위는 알료샤가 전해 주는 위로금을 거부한다.

1. 아버지와 아들

a) 가족과 역사

소설에서 가장 우선적으로 제시되는 것은 '아버지와 아들'(혹은 다른 식으로 어버이와 자식들)의 테마다. 제목 "카라마조프가의 형제"만 보아도 이것이 한 가족의 이야기임이 명백하지만 제1권의 제목 "어느 집안의 내력"과 첫 문장은 그 가족 이야기를 통해 저자가 말하려는 바까지 구체적으로 예고한다. 첫 문장을 보자.

알렉세이 표도로비치 카라마조프는 지금으로부터 정확하게 13년 전에 일어난 비극적이고 의문투성이 죽음으로 인해 한때 상당히 널리 알려진(물론 지금도 우리는 여전히 기억하고 있다) 우리 군의 지주 표도르 파블로비치 카라마조프의 셋째 아들이었다.

첫 문장은 벌써 이 소설의 주제가 가족, 비극, 그리고 기억이라는 것을 말해 준다. 사실 도스토옙스키가 가족을 대하소설의 핵심으로 삼은 것은 우연한 선택이 아니다. 소설의 집필에 착수하기 2년 전에(1876년 4월 9일) 알쳅스카야(Kh. Alchevskaya)에게 보낸 편지는 가족 문제가 그의 의중에서 꽤 오랜 기간 동안 숙성했음을 말해 준다.

내 생각에 현대의 가장 중요한 문제 중 하나는 청년 문제이며 그와 더불어 현대의 가족 문제입니다. 오늘날 가족은 옛날, 한 20년 전의 모습과 너무나도 딴판입니다(24-2: 78).

시대와 사회를 읽어 내는 데 그 누구보다도 깊은 통찰의 눈을 가지고 있었던 도스토옙스키에게 역사 읽기는 가족에서 출발한다. 도스토옙스키가 유배지에서 돌아와 본격적인 창작에 뛰어들 무렵 러시아는 어마어마한 변화를 겪기 시작했다. 역사학자들이 흔히 '대개혁'(Great Reforms)이라 부르는 이 시기 러시아는 1855년 니콜라이 1세의 서거, 알렉산드르 2세의 개혁 정책, 1861년의 농노해방, 급진적 사회사상의 확산 등 문자 그대로 격랑의 소용돌이 속으로 빨려 들어갔다. 급변하는 상황에서 도스토옙스키의 관심을 가장 먼저 끈 것은 가족 문제였다. 정치적·사회적 변화, 경제적 변화, 외교적 변화가 하도 크다 보니 전통적인 가족관계는 더 이상 알아보기조차 어렵게 변해 버렸다(Golstein 2004: 90). 역사의 '쓰나미' 앞에서 가정이 붕괴되는 것을 보면서 도스토옙스키는 가정이야말로 가장 불행한 변화의 희생자이자 또 다른 사회악의 진원지라는 것을 직감했다. 도스토옙스키에게 "가정은 사랑의 실질적인 원천이다"(15: 249). 그러므로 사랑이 부재하는 가정은 사랑이 부재하는 사회, 사랑이 부재하는 국가, 사랑이 부재하는 인류의 씨앗이다. 가정은 가장 강력한 사회적, 정치적, 도덕적, 신학적 갈등의 중심지이다(Golstein 2004: 92). 도스토옙스키는 당대 러시아가 겪고 있는 변화를 가족이라는 렌즈를 통해 들여다보고 동시에 가족 안에서 일어나는 변화를 망원경 삼아 러시아 사회와 러시아의 미래를 내다보고자 했던 것이다.

그런 의미에서 1권의 제목 "어느 집안의 내력"은 의미심장하다. '내력'은 러시아어의 '역사'(istoriia)를 우리말로 번역한 것이다. 물론 가족의 경우 역사라는 말 대신 내력이 잘 어울린다. 그러나 러시아어로 읽을 때 '역사'라는 단어는 즉각적으로 국가와 민족의 역사를 상기시킨다. 이 소설은 그러니까 한 가족의 내력을 다루지만 그것을 통해 저자가 전달하려고 하는 것은 한 민족의 역사, 어쩌면 더 나아가 인류의 역사라고 말해도 좋을 것이다.

b) 아버지 죽이기

이렇게 '내력'에 포함된 시간의 흐름, 연속성은 '가족'이 내포하는 공간적 인접과 함께 소설을 받쳐 주는 두 개의 축을 형성한다. 여기서 문제의 핵심은 사랑이다. 만일 가정이 사랑의 원천이라면, 사랑이 부재하는 가정은 어떻게 되는가? 이것이 소설의 플롯을 끌고 나가는 가장 기본적인 동력이다. 사랑이 부재할 때 공간적인 인접도 파괴되고 시간적인 연속성도 파괴된다. 소설 『카라마조프가의 형제』의 모든 사건들은 사랑이 부재하는 가정에서 출발한다.

카라마조프의 가정은 증오의 작은 왕국이다. 아주 오랜 세월 만에 처음으로 가족 모두가 한자리에 모인다는 것은 그럴 수 있다 쳐도 아버지와 자식들 간에 유대나 정은 눈곱만큼도 없다. 그들 간에 존재하는 것은 겉으로 드러난, 혹은 저 밑 어딘가에 숨겨진 적의와 증오와 갈등과 부조화와 무관심이다. 소설이 다루는 모든 고통의 근저에는 이 부자간의 증오가 자리한다. 그뿐만 아니라 소설에 등장하는 거의 모든 인물들은 크게 '어버이 그룹'과 '자식들 그룹'으로 나누어 볼 수 있다. 어버이와 자식들 간에는 전통적으로, 그리고 이상적으로 생각하는 사랑 대신 어떤 식으로든 행해지는 고통과 학대가 존재한다. 앞으로 차근차근 살펴보겠지만 아이들이 당하는 고통은 인간의 모든 고통과 학대에 대한 원형적 기능을 한다. 그러나 다른 한편으로 아이들은 아직 다 자라지 않았다는 것(미완의 인간이라는 것), 그들에게 미래가 있다는 그 사실 하나만으로도 아이들은 인류의 희망을 상징한다.

여기서 한 가지 지적할 것은, 카라마조프가의 가장인 표도르가 아들에게 살해당하는 것은 역사적인 해석을 요한다는 점이다. 주지하다시피, 도스토옙스키의 아버지는 농노들에게 살해당했다. 일부 평론가들은 아버지의 피살이 『카라마조프가의 형제』에서 '친부 살해'의 테마로 발전했다고 주장했다. 특히 프로이트의 논문 「도스토옙스키와 친부 살해」는 정신분석학적 시각에서 아버지의 피살을 다룬 가장 대표적인 연구로 아들의 무의식 속에 자리 잡은 '오이디푸스 콤플렉스'를 코드로 표도르의 피살을 해석한다(Freud 1962). 그러나 표도르의 피살은 '아버지와 아들' 간의 무슨 콤플렉스로 설명될 성질의 것이 아니다. 심리적인 측면이 있다고 하더라도 그것은 '오이디푸스 콤플렉스'보다는 가학과 피학의 문제에 더 가깝다. 아버지 살해에서 가장 근원적인 것은 가정 내의 증오와 폭력을 통해 보여지는 한 사회, 한 국가의 질병이다. 사악하고 포악한 아버지, 증오, 아들에 의한 아버지의 살해는 당대 러시아 사회에 대한 도스토옙스키의 거의 예언적인 진단이다. 소설이 완성된 지 불과 1년 반이 채 안 된 시점인 1881년 3월, 러시아 국민의 아버지, '바추슈카'(batiuskka, 아빠), 알렉산드르 2세는 국민(아들)에게 살해당했다.

c) 아버지

증오의 시작점은 아버지 표도르이다. 외모부터 보자. 도스토옙스키는 외모 묘사에 관해서는 대충대충 넘어가는 작가로 알려져 있지만 자기가 꼭 필요하다고 생각하는 경우에는 톨스토이 못지않은 필력을 과시한다. 표도르가 바로 그 꼭 필요한 경우에 해당된다. 표도르는 살이 너무 쪄서 몸통이 축 늘어진 사내로 잔주름으로 가득한 작은 얼굴에는 기름기가 줄줄 흐르고 오만하고 냉소적이고 항상 의심에 가득 찬 가느다란 눈 아래에는 살집이 두툼하게 잡혀 있다. 턱에는 기다랗고 길쭉한 비곗덩어리 혹이 마치 지갑처럼 매달려 있어 혐오스러울 만큼 음탕한 뉘앙스를 더해 준다. 입은 길게 찢어지고 두툼한 입술 사이로 썩어 빠진 치아가 자잘하게 보이고 말을 할 때는 언제나 침을 분수처럼 튀긴다. 화자는 그의 외모와 관련, "그의 용모는 그때까지 그가 살아온 모든 삶의 특성과 본질을 생생하게 입증해 주고 있었다"

라고 지적한다. 한마디로 말해서 그는 '지저분하게 늙은' 남자이다. 그의 용모가 말해 주는 그의 특성과 본질은 방탕, 탐욕, 교만, 냉소, 증오, 교활로 압축될 수 있다.

　표도르는 평생 동안 많이 먹고 많이 마시고 수없이 많은 여자와 관계를 하며 살아왔다. 탐욕이 어느 선을 넘었을 때 우리는 그것을 방탕이라고 부른다. 첫 아내가 죽은 뒤에는 여자들을 끌어들여 집을 아예 매음굴로 만들다시피 했다. 먹고 마시는 것, 그리고 성은 모든 생명체가 생존하고 번식하는 데 가장 원초적인 조건이다. 누구나 먹고 마시는 데 대한 욕구, 성에 대한 욕구가 있다. 표도르의 방탕 근저에 놓인 것은 사실상 생명의 본능이다. 그러나 그것을 위해 다른 모든 것들, 이를테면 체면이라든가, 존엄이라든가, 양심이라든가, 도덕이라든가 하는 것을 싹 무시하면 인간은 그냥 고깃덩어리가 된다. 표도르의 축 늘어진 살집, 턱에 매달린 음탕한 혹이 그가 바로 그러한 고깃덩어리라는 것을 말해 주는 육체적인 증거이다.

　표도르는 또한 감상적이다. 가끔씩 이상한 감상에 젖어 눈물을 흘리기도 하고 때로는 어릿광대짓을 해서 빈축을 사기도 한다. 그에게는 분명 자학적인 측면이 있다. 집안에서 포악하게 군림하는 것과 대조적으로 그는 한없는 자기 비하에 빠지기도 한다.

　게다가 그에게는 '두뇌'가 있다. 난봉꾼에다 호색한 비곗덩어리라고 해서 그가 멍청하다는 뜻은 아니다. 그는 두뇌회전이 빠르고 의심 많고 까다롭고 교활하다. 그에게서는 가끔가다 번득이는 직관까지도 발견된다. 어쩌면 이 부분은 그의 혐오스러움을 배가시켜 주는지도 모른다. 사업수완도 보통이 아니고 이재에 밝아 술집 경영으로 한재산을 모아 두었다. 그는 돈이 가져다주는 힘, 그 달콤한 권력을 동물적인 직감으로 그 누구보다도 잘 이해하고 있다. 동물적인 욕구 충족에 대한 과도한 탐닉은 비상한 두뇌, 그리고 돈에 대한 감각과 결합하여 그를 단순한 고깃덩어리가 아닌 권력의 행사를 즐기는 포식자로 만들어 준다.

d) 아들들

(1) 다혈질의 장남 드미트리

표도르는 첫 번째 결혼에서 아들을 얻었다. 부인은 외간 남자와 도주하여 불행한 죽음을 맞이했고 표도르는 남겨진 어린 아들 드미트리를 완전히 잊은 채 방탕한 삶을 살았다. 부모 모두로부터 버림받은 드미트리는 하인 그리고리의 손에서 어린 시절을 보낸 후 외가 쪽 친척의 손을 전전하며 성장했다. 욱하는 성격에 방탕하고 경솔하고 무분별한 청년으로 군에서의 결투로 강등되었다가 다시 복직했다. 그는 화자의 묘사에 따르면 "아직 젊고 경솔한 데다가 과격하며 색욕이 강하고 인내심이라고는 눈곱만큼도 없는 난봉꾼"이다. 드미트리는 모친에게서 유산을 받았으나 낭비벽에 방탕한 기질 때문에 시시때때로 아버지한테 당겨쓰는 바람에 사건이 일어난 시점에 그에게는 단 한 푼의 유산도 남아 있지 않았다.

(2) 지적이고 차가운 차남 이반

표도르는 얼마 후 무식한 보제의 딸 소피야와 재혼했다. 그녀는 고아로 노부인의 집에 기식하던 히스테리병을 앓는 처녀였다. 그녀는 두 아들을 낳았는데 죽을 당시 둘째는 네 살배기였다. 그녀가 죽자 노부인이 두 아들을 거두어 키웠다. 얼마 후 부인은 각각 1000루블씩의 돈을 유산으로 남겼다. 표도르는 장남과 마찬가지로 후처 소생의 두 아들도 완전히 잊은 채 보냈다.

차남 이반은 남달리 학문에 재능이 있어 과외 지도 및 신문 기고 등등으로 돈을 벌었다. 그는 자연과학도로 학업을 마쳤으나 교회재판에 관한 논문을 발표하면서 세간의 이목을 끌었다. 이야기가 시작되는 시점에 그는 이 고장으로 와 두 달째 아버지 집에 머물고 있다. 그는 형의 약혼녀인 카테리나에 반해 있다. 그는 냉정한 청년으로 아버지를 지독하게 혐오한다.

(3) 바보처럼 착한 셋째 아들 알료샤

어려서부터 무척이나 착한 아이였던 셋째 알료샤는 인간을 사랑하고 누구에게나 신뢰감을 주는 청년으로 성장했다. 그는 심지어 그토록 혐오스러운 아버지까지도 미워하거나 싫어하지 않는다. 사람들은 그가 '유로지비'를 닮은 청년이라 생각했다. 유로지비란 흔히 '바보 성자'(Holy Fool)라 번역되는, 러시아 문화의 한 독특한 현상이다. 러시아 사람들은 옛날부터 바보, 광대, 미치광이 등 사회의 주변부로 밀려난 존재들 중에 신의 음성을 듣고 그 뜻을 사람들에게 전해 주는 사람들이 있다고 믿었고 그들을 '바보 성자'라 불렀다. 지저분한 몰골, 아무렇게나 풀어 헤친 머리, 덥수룩한 수염, 누더기 옷, 일부러 몸에 걸친 쇠사슬 같은 것들은 유로지비들의 외적 표징이었는데, 그들은 지상으로 내려와 갖은 수모를 다 당하고 인류를 구원하기 위해 처형당한 그리스도의 길을 따른다는 의미에서 '그리스도를 위한 바보'라 불리기도 했다. 지적으로나 경제적으로나 사회적으로나 가장 비천한 자들인 이들은 바로 그렇기 때문에 역설적이게도 그리스도와 가장 닮은 존재들로 암묵적으로 인정되고 있었다.

알료샤는 건강하고 다부진 체격을 가진 미남형 청년으로 누구에게나 호감을 불러일으킨다. 그런 그가 '유로지비'라 여겨졌다는 것은 그가 진짜 유로지비라는 뜻이 아니라 마치 유로지비처럼 속세의 가치들과 완전히 절연했다는 것을 의미한다. 실제로 그는 돈의 가치를 전혀 모르는 채로 성장했다. 그는 이집 저집 전전하며 양육을 받다가 중학교도 못 마치고 아버지 집으로 돌아왔다. 그는 어느 날 신이 존재한다는 확신을 갖게 되어 수도원에 들어갔고 수도원에서 영적인 스승 조시마 장로를 만나 수행의 길에 들어섰다.

(4) 사악한 서자 스메르자코프

그런데 카라마조프가에는 세 아들 외에 또 하나의 아들이 있다. 표도르가 동네 백치 여자와 관계를 해서 태어난 아들인데 늙은 하인 그리고리 손에서 자랐다. 스메르자코프라는 이름의 서자는 자신의 비천한 태생에 대한 울분을 속에 감춘 채 집안에서 하인이자 요리사로 일하고 있다. 간질병을 앓고 있으며 아버지와 늙은 그리고리, 그리고 적자들에 대한 증오심에 사로잡혀 그들에게 복수할 기회만 호시탐탐 노리고 있다. 스메르자코프는 서자이지만 그 중요도에 있어서는 적자들 못지않을 뿐만 아니라 어떻게 보면 그들보다 더 흥미롭고 그들보다 더 강렬하다고 말할 수 있다. 스메르자코프에 관해서는 뒤에 가서 상세하게 설명할 것이다.

이렇게 간단하게 요약된 설명만 보아도 세 아들이 각각 저자의 어떤 의도를 반영하는지 알 수 있을 것이다. 장남 드미트리는 인간의 육체적인 면과 감성적인 면을, 이반은 지적인 면과 이성적인 면을, 그리고 알료샤는 영성적인 면을 각각 상징한다. 흥미로운 것은 이토록 제각각인 형제들이 모두 한 아버지 표도르의 피를 이어받았다는 사실이다. 이는 즉 표도르의 육체적인 면, 지능적인 면, 그리고 어릿광대짓이 드미트리와 이반과 알료샤에게 전수되었다는 뜻이다. 그러나 이것을 역으로 환산하면 그토록 혐오스러운 표도르에게도 드미트리의 매력과 이반의 지성, 그리고 알료샤의 순수한 면이 아주 조금쯤은 있을 수도 있다는 것을 의미한다. 카라마조프가의 형제와 아버지가 아무리 서로를 미워해도, 아들들이 아무리 아버지의 피를 부정하고 싶어 해도 그들은 모두 시간적으로 연결되어 있고 공간적으로 연결되어 있으며 유전적으로 연결되어 있다.

e) 파충류들: 돈과 치정

카라마조프가에 존재하는 부자간의 반목은 무엇보다도 돈과 성에 의해 야기된다. 표면적으로 아버지와 가장 강하게 대립하는 것은 장남 드미트리다. 그는 현재 우아하고 부유한 카테리나라는 여성과 약혼을 한 상태인데 어느 날 동네의 유명한 요부인 그루센카를 찾아갔다가 그만 사랑에 빠지고 만다. 그루센카는 부유한 노인 삼소노프의 첩으로 악착스럽게 돈놀이를 하는 지독한 요부로 알려져 있다. 드미트리가 그녀를 찾아간 것은 순전히 돈 때문이다. 아버지가 퇴역한 이등대위를 시켜 드미트리 명의의 약속어음을 그루센카에게 넘기고 그녀더러 돈을 청구해서 드미트리를 파멸시키라고 했기 때문에 화가 난 드미트리는 그녀를 한 대 갈겨 줄 요량으로 찾아가지만 첫눈에 완전히 반해 모든 걸 잊고 그녀에게 사랑을 구걸하는 처지가 된다. "벼락을 맞은 끝에 몹쓸 병이 들어 감염된 뒤 지금까지도 앓고 있는 거지."

그루센카를 찾아간 날, 드미트리의 수중에는 마침 3000루블이 있었다. 그것은 약혼녀인 카테리나가 언니에게 송금해 달라며 그에게 맡긴 돈이었다. 그는 송금하는 대신 첫눈에 반한 그루센카의 환심을 사기 위해 그녀를 데리고 집시 마을로 가 흥청망청 먹고 마시고 노는 데 그 3000루블을 다 탕진한다. 적어도 본인이 그렇게 떠벌렸으므로 모든 사람이 그렇게 믿는다. 그리고 이제 그는 카테리나와 파혼하고 그루센카와 결혼할 결심을 한다. 그러나 그는 자신이 "추악하고 타락한 호색한이지만 좀도둑이나 소매치기는 아니다"라고 믿고 있다. 그는 그루센카와 결혼하여 새 삶을 시작하기 전에 카테리나에게 위임받아 다 써 버린 돈 3000루블을 꼭 갚아야 한다고 생각한다. 그래서 비록 한참 전에 유산 포기 각서를 썼지만 아버지에게 3000루블을 달라고 요구한다. 법적으로는 아무런 권리가 없지만, 그의 생각에 아버지가 자신에게 상속된 어머니의 유산 2만 8000루블을 불려서 10만 루블을 만들었으므로 그 정도 돈은 그냥 줄 수도 있다고 생각한다. 그는 말한다. "3000루블만 있다면 내 영혼은 지옥에서 구원받을 거야"라고.

그러나 '색마'인 아버지 자신이 그루센카에게 빠져 있기 때문에 드미트리에게 절대로 돈을 줄 리 없다. 오히려 노인은 그루센카가 돈만 아는 무서운 여자라는 걸 알기 때문에 그녀에게 '밤에 혼자 찾아오면' 3000루블을 주겠다는 제의까지 해 놓은 상태이다. 그는 100루블짜리 지폐로 3000루블을 큰 봉투에 싸서 다섯 군데나 도장을 찍은 다음 빨간 끈으로 열십자로 묶고 겉에다 '나의 천사 그루센카, 만약 찾아온다면'이라고 써 놓았다. 하인 스메르자코프만이 이 사실을 알고 있다. 아버지는 그루센카가 혹시 올지도 모른다는 생각에 차남 이반에게는 숲의 벌채권을 사겠다는 작자가 나섰으니 체르마쉬냐에 다녀오라고 일러둔 터였다. 드미트리는 혹시라도 그루센카가 아버지에게 갈까 봐 아버지 집 근처에 숨어서 지키고 있다가 아버지 집에 쳐들어가 아버지를 구타하고 발길로 차고 죽여 버리겠노라고 고함을 지른다.

소설의 전반부에서 극적인 재미를 유지시켜 주는 부자간의 치정 싸움은 스토리가 진행될수록 더욱 복잡하고 더욱 입체적이고 더욱 심오한 색채를 띠게 된다. 차남 이반은 두 사람을 가리켜 "한 마리의 파충류가 다른 한 마리의 파충류를 잡아먹을 테지"라고 남의 일 보듯이 냉소적으로 내뱉지만 사실 이반도 이 파충류 왕국의 일원이다. 신학생 라키틴은 2권 7장에서 알료샤에게 카라마조프 가족의 문제에 관해 정확하게 진단한다. "너네 집안에는 색욕이 잔뜩 곪아서 터지기 직전까지 갔잖아. … 그 세 색마들은 지금 서로를 추적하고 있잖아." 라키틴은 알료샤 역시 '카라마조프'라고 칭한다. "너도 아버지를 닮아 색마이고 어머니를 본받아 바보스러운 거지. … 너희 카라마조프 집안 문제는 모두 바로 여기에 있는 거야. 호색한과 탐욕자와 유로지비 말일세!" 돈과 치정으로 인해 파충류 왕국이 되어 버린 카라마조프 집안은 인간 사회를 보여 주는 작은 우주라 할 수 있을 것이다.

2. '카라마조프 기질'

a) 추악하면서 위대한 '카라마조프 기질'

앞에서도 잠깐 언급했듯이 카라마조프가의 남자들은 '가족'이며 그들에게는 '내력'이 있다. 그들에게는 표도르의 '씨앗'이 뿌려져 있으며 그들은 피로 연결되어 있다.

드미트리는 그 누구보다도 아버지를 많이 닮았다. 그는 술을 좋아하고 색을 밝힌다. 군대에서 결투로 강등된 적이 있는 것을 보니 육체적인 통제가 어려운 청년이라는 것을 알 수 있다. 그의 정신 속에는 또한 아버지의 싸구려 '감상주의'(그는 간혹 술에 취해 눈물을 흘리기도 한다)가 낭만주의의 형태로 변질되어 들어가 있다. 이반은 아버지의 두뇌와 교활함, 그리고 아버지의 오만과 회의주의와 냉소를 물려받았다. 셋째 알료샤는 아버지와 닮은 점이 없어 보인다. 그러나 그의 '유로지비'적인 측면은 아버지의 어릿광대적 측면과 중첩된다. 그리고 그 역시 아버지처럼 건강한 육체를 타고났다.

이 세 아들 간에는 아무런 공통점도 없는 듯 보이지만 그들은 모두 보편적인 어떤 성향으로서의 '카라마조프 기질'을 물려받았다. 적어도 외형적으로는 세 아들 모두 아버지가 지닌 모종의 육체적인 '힘'을 물려받은 것처럼 보인다. 그들은 모두 건강하고 씩씩하고 잘생겼다. 드미트리는 말할 것도 없지만 지적인 이반도 그리고 심지어 알료샤처럼 순결한 예비 수도사까지도 건강미와 육체적인 매력을 지닌다. 아들들 중 그 누구도 육체적으로 시들었거나 창백하거나 책상물림 같은 모습은 보여 주지 않는다. 요컨대 '카라마조프 기질'은 아버지와 아들들을 이어 주는 동시에 아들들도 하나로 이어 준다.

간단히 말하자면 카라마조프 기질이란 것은 인간의 생명력 같은 것이다. 그토록 다른 인물들, 아버지 카라마조프처럼 게걸스럽고 혐오스러운 인간과 알료샤처럼 거룩하고 착한 인간 모두에게서 발견되는 그것은 인간의 생물학적 본성, 인간의 동물적인 욕망과도 같은 것이다. 그것이 없었더라면 어쩌면 인류는 멸종했을지도 모른다. 그것은 추악하고 지저분한 것일 수 있지만 생명이라는 것을 가능케 하는 위대한 힘이기도 하다. 도스토옙스키는 이 카라마조프 기질을 '대지의 힘', 러시아의 생명력이라고 보았다. 신학생 라키틴은 '카라마조프 기질'이란 것을 '호색'이라 정의하는데 그것은 곧 육체를 가진 인간들이 육체의 욕망을 채우기 위해 게걸스럽게, 정도를 넘어 아귀다툼을 하는 것을 의미하지만 동시에 생명, 그리고 그 생명을 가능하게 하는 성을 사랑하는 것을 의미하기도 한다. 소설의 제3권의 제목을 "색마들"이라고 한 것은 이런 맥락에서 이해되어야 한다.

궁극적으로, 카라마조프 기질은 인간 모두의 생명의 원천이다. 도스토옙스키가 창작노트에서 "우리는 모두, 단 한 사람의 예외도 없이 표도르 카라마조프다"(Bloom 1988: 3)라고 말한 것도 같은 맥락에서이다. 그것은 먹고 배설하는 행위, 생식 행위와 연관되므로 한편으로 생물학적인 개념일 수 있지만, 다른 한편으로는 위대한 기쁨의 원천이 되기도 한다는 점에서 오로지 인간만이 향유하는 신의 선물이 될 수 있다.

b) 이중성, 인간 보편의 비극

지극히 추악한 동시에 지극히 정신적인 어떤 것인 이 카라마조프의 힘은 그러므로 그 자체 안에 모순과 이중성을 내포하며 바로 그 점에서 그것은 인간 비극성의 원천이다. 인간 모두의 생물학적 본성, 한없이 추하고 한없이 위대하고 한없이 비극적인 것, 이것이 그토록 제각각인 아버지와 아들들을 한 가족으로 묶어 준다. 그것은 인간의 힘이며 그 힘으로 묶인 '카라마조프가'는 다른 말로 인간 가족이다. 카라마조프의 비극적인 기질은 인간의 비극에 대한 환유다.

세 아들의 앞에는 갈림길이, 요컨대 이중적인 생명력을 아버지처럼 소진하여 아버지처럼 추악한 고깃덩어리로 늙을 것인가, 아니면 다른 길을 택하여 다른 모습으로 거듭날 것인가의 갈림길이 기다리고 있다. 그들은 과연 어떤 길을 선택할 것인가. 이중적인 인간, 선택하는 인간, 거듭나는 인간, 갱생하는 인간의 존재는 이 복잡한 소설의 근간을 이룬다.

c) 드미트리, 소돔의 이상과 마돈나의 이상

인간의 이중성은 거의 모든 인물에게서 발견되지만 그것을 가장 문학적으로 표현하는 인물, 선택과 갱생의 험난한 길을 걸어가는 인물, 그러므로 어떤 의미에서 가장 비극적인 인물은 장남 드미트리다. 그에게 카라마조프 기질은 관능적인 여인 그루센카에 대한 애욕으로 표출된다. 그것은 철저하게 육체에서 시작하는 끌림이지만 동시에 그로 하여금 인생을 찬미하도록 하는 기이하게 정신적인, 일종의 황홀경이기도 하다. 그는 알료샤에게 자신이 악취와 치욕에 빠져 있는지 광명과 기쁨으로 넘치는지 모르겠다고 실토한다. 실제로 그는 악취와 치욕, 그리고 광명과 환희의 갈림길에 서 있다. 그는 눈물을 흘리며 실러의 「환희의 송가」를 암송하고 자신에게 그토록 큰 기뻠을 주신 신을 찬미한다.

그의 이른바 '이론'을 요약하면 다음과 같다. "아름다움이란 끔찍한 것이다. 마돈나의 이상에서 출발하여 소돔의 이상으로 끝맺는다. 소돔의 이상을 가진 인간은 마음속에서 마돈나의 이상을 부정하지 않고 순결한 청년처럼 가슴속에서 그것을 불태운다. 아름다움이란 무시무시할 뿐 아니라 비밀스럽다. 악마가 신과 싸움을 벌이는데 그 싸움터가 인간의 마음이다."

드미트리는 동생 알료샤에게 카라마조프 기질을 벌레의 비유로 설명한다. "지금 나는 네게 벌레 이야기를 하고 싶은 거야. 하느님으로부터 정욕을 선물받은 놈들 말이지. '벌레에게는 정욕을!' 내가, 얘야, 바로 그 벌레에 해당된단다. 그건 특히 나를 지칭하는 말인 거야. 그리고 우리 카라마조프 집안 사람들도 다 마찬가지야. 천사 같은 너의 내부에도 벌레가 살고 있고 너의 피는 폭풍을 잉태하고 있단다. 그건 폭풍이지. 왜냐하면 정욕은 폭풍이고 또 폭풍보다 엄청나기 때문이지!"

그러나 자신이 '벌레'임을 인정하면서도, 그리고 자신을 사로잡은 것이 근본적으로 동물적인 욕망임을 인정하면서도 그는 열정적으로 신을 찬양한다. "주여, 내가 악마의 길을 좇는다 할지라도 당신의 아들이 틀림없나이다. 당신을 사랑하옵나이다. 그 기쁨이 없다면 세계는 지속될 수도 없고 존재할 수도 없나이다."

한마디로, 드미트리는 아버지를 향한 무서운 증오와 생에 대한 기쁨 사이에서, 한 여성을 향한 애욕과 신을 향한 흠숭 사이에서 찢겨져 있다. 이 찢겨져 있는 상태, 모순적이고 불합리한 내면의 상태는 그 자체가 비극의 원천이다. 수도원에서 있었던 가족 모임에서 조시마 장로는 드미트리 앞에 무릎을 꿇고 그의 발을 향해 이마가 땅에 닿도록 머리를 조아리며 절을 하여 좌중을 놀라게 한다. 사람을 꿰뚫어 보는 혜안을 지닌 장로는 이 다혈질 청년이

장차 걸어가게 될 수난의 길을 미리 예견하고 그 고통 앞에 절을 한 것이다. 그러나 조시마가 절을 한 것은 드미트리 한 사람만의 비극은 아니다. 그는 인간 본성의 이중성에서 비롯된 인류 보편의 비극 앞에, 인간의 위대한 고통 앞에 절한 것이다.

d) 필멸의 육체와 불멸

필멸과 불멸은 이중성의 또 다른 버전이다. 육신은 필멸이지만 그럼에도 불구하고 불멸의 어떤 것을 추구하는 것이 인간이다. 카라마조프 기질, 특히 표도르가 추구하는 욕망은 필멸과 불멸의 긴장 속에서 그 철학적 의미가 드러난다.

사실 표도르의 돈에 대한 집착과 성적 방탕은 유한한 삶, 죽음의 불가피성, 일회적인 삶에 대한 인간의 본능적인 응전이다. 표도르는 자신의 몸과 돈 외에는 아무것도 믿지 않는다. 신도 믿지 않고 내세도 믿지 않는 그에게 삶은 철저하게 일회적이며 죽고 나면 아무것도 없다. 그래서 그는 자신의 몸과 돈 이외에는 아무것도 믿지 않는다. 그런데 시간은 자꾸만 흘러가고 그의 몸은 예전 같지 않다. 그에게 시간이란 그저 생로병사를 의미할 뿐이다. 시간은 무질서와 부패와 소멸을 향해 무자비하게 흘러가고 그 어떤 생명체도 이 시간의 가차 없는 행진에서 벗어날 수 없다. 한마디로, 인간은 누구나 시간이 흐르면 늙고 병들고 죽는다. 그러나 표도르는 어떻게 해서든 이 흘러가는 시간을 저지하고 싶다. 어떻게 해서든 '육체적인 삶'을 지속하고 욕망 충족을 극대화하고 싶다. 그는 그러기 위해 점점 더 많은 돈을 필요로 한다.

그는 알료샤에게 말한다. "가능하면 나는 더 오래 살 생각이고 너는 잘 모르겠지만 그래서 내겐 한 푼이라도 더 필요한 거야. 오래 살수록 돈은 더 필요한 거지." 그에게 돈은 노후를 편안하게 보장해 주는 불가피한 도구가 아니라 '욕망 충족'을 보장해 주는 수단, 방탕의 자산이자 시간의 구매 비용이다. "어쨌거나 나는 아직도 사내야. 기껏 쉰다섯밖에 안 되었거든. 그러나 20년은 더 사내 노릇을 하고 싶은데 이렇게 나이를 먹어 가고 또 추해지면 여자들이 제 발로 찾아오지는 않을 거거든. 바로 그때 돈이 필요한 거야."

이렇게 본다면 인간이 그토록 확보하려 애쓰는 돈이라는 것은 육체의 유한성에 대한 지상적인 보상이자 불멸의 영혼에 대한 대체물이다. 유한한 삶 앞에서 인간은 불멸을 믿든가 아니면 돈을 확보하든가 두 가지 중의 하나를 선택해야 한다. 표도르의 방탕과 탐욕은 대단히 저급하게 표출된 유한한 인간의 헛된 몸부림이다. 그것은 저급하면서도 비극적이다. 인간은 불완전하므로 누구나 그와 유사한 몸부림을 완전히 피할 수 없기 때문이기도 하지만 그보다도 그 몸부림이 절대적으로, 철저하게, 헛되고 부질없기 때문이다. 표도르는 아들에게 가급적 오래 살 생각이라 말한 시점에서부터 불과 며칠 후에 살해당한다. '사내'로 20년은 더 살기 위해 쌓아 놓은 돈은 아무런 방패도 되어 주지 못한 것이다.

3. 나쁜 아버지들의 나쁜 아들

a) 악의 기원

이제 카라마조프가의 서자인 스메르자코프에 관해 상세하게 살펴보자. 그는 도스토옙스키가 상상하는 악을 제대로 구현하는 인물이다. 그런데 그 악의 기원은 스메르자코프 자신이라기보다는 아버지 세대로 거슬러 올라 간다.

그 동네에는 떠돌이 거지 리자베타가 살고 있었다. '스메르자시차야'(악취 풍기는, 썩은 내를 풍기는)라는 별명을 가진 이 여자는 말도 못 하고 아무런 욕심도 없고 물과 빵만 먹으며 살아가는 여자였다. 사람들은 그녀가 더럽고 악취를 풍기는 거지일망정 영혼은 순수한 '유로지비'라고 생각하여 놀리거나 구박하지 않았다. 표도르는 첫 번째 아내가 죽고 얼마 후 취객들과 어울려 술판을 벌인 자리에서 '장난삼아' 저렇게 더러운 거지도 여자로 다룰 수 있다고 떠벌렸고 몇 달 후 리자베타가 임신했다는 소문이 돌았다. 리자베타는 어느 날 표도르네 집 담장을 넘어 들어와 목욕탕에서 혼자 아기를 낳고 새벽에 죽어 버렸다. 표도르의 충직한 하인 그리고리는 갓난아이를 거두어 키웠다. 아이는 영세를 받았고 파벨이라는 이름으로 불리기 시작했다. 부칭은 아버지 표도르의 이름을 따라 표도로비치로 했고 성은 유로지비 '스메르자시차야'에서 따와 '스메르자코프'라 지었다. 그는 집안에서 하인이자 요리사로 일했다. 그리고리는 이 아이를 두고 "악마와 의로운 여자 사이에서 태어났어"라고 말했다. 표도르의 사악함과 유로지비의 선함을 동시에 타고 났다는 뜻이다. 다시 말하자면 스메르자코프는 태어날 때는 여느 인간처럼 선과 악의 이중적인 면모를 가지고 있었다는 뜻이다. 사악한 하인 스메르자코프의 기원에는 악뿐만 아니라 선도 있었다는 얘기다.

b) 나쁜 아버지

표도르가 형편없는 아버지라는 것은 이제까지의 설명만으로도 충분하지만, 스메르자코프와 관련하여서는 과연 표도르가 더 나쁜지 아니면 그를 입양한 그리고리가 더 나쁜지 애매하다.

물론 모든 비극의 원흉은 표도르다. 백치 여자를 임신시키고, 여자가 출산 후 죽게 방치하고, 아이가 태어났는데도 책임을 회피한 것은 표도르다.

게다가 그가 아이에게 지어 준 이름, '스메르자코프'는 잔인함의 극을 보여 준다. 백치 리자베타에게 붙여진 '스메르자시차야'는 성이 아니라 그냥 별명, 그것도 아주 모멸적인 별명이다. 그런데 성폭행을 당하고 아이를 낳자마자 비참하게 죽은 백치의 아이에게까지 그녀의 비천한 별명에서 따온 이름을 지어 준 것은 너무나 잔인한 행위다. 아이의 이름은 그러니까 '미스터 악취'가 된다. 어린아이에게(물론 성인에게도) 이런 성이 얼마나 큰 상처가 될 것인지는 굳이 설명할 필요도 없을 것이다. 그가 성장하여 유독 깨끗한 프록코트에 집착하고 하루에도 두 번씩 옷에 솔질을 하는 것도, 구두를 미친 듯이 깨끗하게 닦는 것도, 모두 '악취'에 대한 병적인 자격지심 때문이다. 문제는 오로지 깨끗한 양복만이 그의 관심사이자 인생의 전부라는 데 있다. 그는 월급의 대부분을 옷가지와 포마드와 향수를 사는 데 다 써 버린다. 그에게는 책도, 예술도, 사람도, 모두 관심 밖이다. 읽고 쓰기도, 소설책도, 역사책도 그에게는 아무 의미가 없다. 그는 정신적인 결빙 상태에 놓여 있다. 이 철저한 무의미와 무관심에서 괴물이 태어난다.

그러나 스메르자코프를 진정한 괴물로 만든 데는 하인 그리고리의 역할이 가장 크다. 그리고리는 겉보기에는 악과는 상관없는 다소 우둔하고 꽉 막힌 인간처럼 보이지만 결과적으로 그는 소설 속에서 가장 은밀하고 거대한 악을 구현한다. 정직하고 평범한 노인이 부지불식간에 얼마나 크나큰 불행을 가져올 수 있는가를 그는 몸소 증명해 보인다.

그리고리는 신앙심이 깊고 스스로 확고한 진리라고 판단한 경우 절대로 뒷걸음치지 않는, 고지식하고 우직하고 완고한 인물이다. 표도르는 평생을 온갖 잘못을 다 저지르며 살아왔기에 그처럼 강직한 사람이 곁에 있는 것을 큰 위안으로 삼는다. 그래서 그는 주인의 신뢰를 한 몸에 받으며 지내 왔다. 그는 자타가 공인하는 정직한 사람인 것이다.

어느 날 그리고리의 아내는 아이를 낳았는데 아기는 그만 육손이었다. 기형을 악의 표시라 생각한 그는 크게 실망하여 아이를 거들떠보지도 않았다. 생후 2주 만에 육손이는 아구창으로 사망했는데도 그는 아무런 감정도 내비치지 않았다. 아이의 시체를 묻은 바로 그날 한밤중에 리자베타가 그 집에 들어와 아이를 낳았다. 그래서 그리고리는 그 아기를 죽은 친아들 대신이라 생각하고 키웠다. 아이의 죽음 이후 그리고리의 신앙심은 기묘하게 증폭되어 그는 경건주의의 화신처럼 되어 버렸다. 자기 아이에 대한 그의 태도는 겉보기의 신심과는 상관없는, 그의 마음속에 들어 있는 무감각의 바윗덩어리를 드러내 보여 준다.

그의 신앙심은 위선과 경건주의, 도덕적인 우월감과 완고함이 뒤섞인 것으로 그 가장 깊은 곳에 도사리고 있는 것은 대단히 폭력적인 '근본주의'다. 바로 이 '근본주의'가 스메르자코프라는 괴물을 태동시킨 원흉인 것이다. 그는 항상 옳으며 항상 정직하다. 그래서 그는 항상 심판하며 항상 지배한다. 표도르가 그에게 보내는 전폭적인 신뢰는 그의 지배력을 방증하는 작은 사례일 뿐이다. 그는 표도르가 아이들을 유기하듯 자신의 아이를 '장애'라는 이유로 유기하고, 데려온 아이 스메르자코프에게는 온갖 욕설로써 아이의 내면에 있는 분노와 악의를 자극한다. 그리고 항상 옳고 항상 정직한 그는 아무런 가책도 느끼지 않는다.

스메르자코프는 끔찍할 정도로 사람들을 싫어하고 말이 거의 없는 청년이다. 어려서부터 그는 잔인하고 기괴했다. 무엇이 먼저인지, 즉 사랑을 못 받아서 그가 그렇게 되었는지, 아니면 그런 아이라서 사랑을 받을 수가 없었는지는 잘 모르겠지만 아무튼 아이는 흉측했다. 어느 정도로 흉측했냐 하면, 장난감을 가지고 놀 나이에 그는 고양이를 목매달아 죽인 후 장례식 치러 주는 놀이를 즐겨 했다. 이것은 물론 대단히 끔찍한 일이지만 문제는 그리고리의 처벌이다. 그리고리는 아이를 두들겨 패고 아이에게 "짐승 같은 놈"이라고 욕을 했다. 그는 또한 아이에게 "너도 사람이냐? … 너는 사람도 아니야, 너는 목욕탕 수증기로 만들어졌다"라고 욕설을 퍼부었다. 앞에서도 언급했지만 스메르자코프는 이 욕설을 평생 기억했다. 자기 이름이 '미스터 악취'라는 걸 아는 아이, 자기가 "사람도 아닌 놈"이라는 것을 아는 아이, 늘 야단맞고 학대받는 아이, 친아버지로부터 무시당하고 형들로부터 하인 취급받으며 자란 아이가 이상하게 되는 것은 어찌 보면 논리적인 결과 아닐까. 스메르자코프는 마치 그리고리의 진술을 입증이라도 하듯 실제로 "짐승" 같은 인간, "사람도 아닌 인간"으로 자라난다(Cohen 2014: 45). 그는 사람을 싫어하고 스스로도 사람이 되기를 거부한다.

c) 죽음을 부르는 소년

스메르자코프의 가장 두드러진 특성은 생명력의 결여이다. 그 점에서 그는 카라마조프가의 형제들과 크게 다르다. 앞에서 언급했듯이 아버지 표도르와 아들들은 모두 '생명력' ─그것이 긍정적인 것이건 아니면 동물적이고 추악한 것이건─ 을 공유한다. 그러나 스메르자코프에게는 생명력이 부재한다. 그는 자기 자신을 포함하여 살아 있는 모든 것을 혐오하고 경멸하고 무시하는 듯하다. 앞에서 언급한 고양이 죽이기 놀이는 그의 생명 경시 성향을 보여 주는 단적인 예다. 그에게는 놀이조차도 생명을 빼앗는 것으로 나타나는 것이다.

그러나 어디 그뿐이랴. 도스토옙스키는 반생명적 디테일을 스메르자코프라는 인물에게 흩뿌려 놓아 독자로 하여금 도저히 묵과하기 어렵게 만든다. 그는 무엇이든지 "무"(nonentity)로 돌린다(Cohen 2014: 47). 그는 모든 것을, 심지어 관념조차도 최소의 단위, 논리적 구성요소, 즉 일체의 인간적이고 도덕적이고 윤리적이고 지적인 가치를 결여하는 요소로 축소시키는 재능을 가지고 있다. 이것이 도스토옙스키에게는 진정한 악이다(Cohen 2014: 50).

그는 음식을 먹기 전에 일단 음식을 해체하고 음식의 가치와 의미, 영양가, 즉 '생명'을 없애 버린다.

> 그는 식탁에 앉아 숟가락으로 수프를 휘젓기도 하고 고개를 처박은 채 숟가락을 빛에 비추어 보기도 하였다. "바퀴벌레라도 들어간 거냐?" … 결벽증이 심한 젊은이는 아무 대꾸도 하지 않았으나 빵이든 고기든 모든 음식에 대해 똑같은 짓을 되풀이했다. 그는 마치 현미경을 들여다본 듯 포크로 음식 조각을 들어 올려 빛에 비추어 본 후 오랫동안 망설이다가 마침내 입안에 집어넣곤 했다.

이렇게 생명의 원천인 음식을 '죽이는' 아이를 표도르는 완전히 잘못 파악하여 음식에 관심이 많은 것으로 이해한다. 그래서 그에게 요리 공부를 시킨 후 요리사로 부려 먹는다. 어린 시절 고양이를 죽이던 소년은 생명의 원천인 음식을 죽이고 나중에는 아버지를 죽이고 마지막에는 자기 자신을 죽인다. 이 점은 소설이 더 진행된 후 자세하게 살펴볼 것이다.

그가 모스크바에서 요리 공부를 하고 집에 돌아온 뒤의 외모를 보자. "그는 급격히 늙어 버렸고 나이에 걸맞지 않은 주름살이 뒤덮여 있는 데다가 누런 황달기까지 보였다." 형제들이 가지고 있는 생명력, 건장함, 건강함, 육체적 매력과는 완전히 다른 특성이다. 특히 병색이 도는 누런 안색은 소설 속에서 여러 차례 언급되는 알료샤의 건강하고 홍조가 도는 안색과 극명하게 대비된다.

스메르자코프의 '반생명'에 대해서 도스토옙스키는 화룡점정과도 같은 마지막 디테일을 제공한다. 스메르자코프는 성에 대해 무관심을 넘어 일종의 혐오감까지 내보인다. 표도르가 그에게 장가들 것을 권유하자 그는 너무 화가 난다는 듯 얼굴색이 하얗게 변해 버렸다. 도스토옙스키는 그런 그에게 아예 '거세파'라는 성격을 부여한다. 그는 '거세파'처럼 걸어 다닌다! '거세파'란 18세기에 시작되어 점차 확산된 이단으로 추종자들은 거세를 통해 천국의 행복을 위해 지상의 모든 쾌락을 거부한다는 교리를 실천했다. 그러나 그들은 성적 욕망을 죽이는 대신 금전적 욕망에 집착하여 19세기 러시아의 고리대금업을 장악했다. 그들의 거세는 천국의 행복을 위한 것이라기보다는 지상에서의 '다른 욕심'을 만족시키기 위한 것이었다. 스메르자코프의 외적인 정직성은 그와 거세파의 관련성을 이중으로 혐오스럽게 만든다. 표도르는 그가 아무리 기이하게 굴어도 그의 정직성만큼은 신뢰했다. 어느 날 지폐 석 장을 잃어버렸는데 스메르자코프가 주워다 그에게 고스란히 돌려주었기 때문이다. 그는 대체로 자신의 서자를 입이 무겁고 돈에 무관심하며 요리를 잘하는 정직한 인간으로 생각한다. 그러나 나중에 알게 되겠지만 이때 스메르자코프가 보여 준 정직성은 더 큰 어떤 것에 대한 욕심, '다른 욕심'을 위한 눈속임이었다.

아무튼 거세파와 닮은 서자의 병적인 결벽증은 방탕한 아버지의 음욕과 맞물리면서 기묘한 악의 고리를 완성한다. 아버지의 음욕이 불행한 아이를 만들고 불행한 아이는 거세로 대꾸한다. 아버지의 잔인함이 아이를 학대하고 아이는 아버지에게 살인으로 대꾸한다. 작용과 반작용의 영원한 반복, 영원히 빙빙 도는 악의 고리, 이것이 어디 부자간에만 해당되는 문제일까. 인간사 모두가 어느 정도는 이런 것 아닐까. 악의 작용과 악의 반작용 — 이 영원한 순환고리는 단칼에 끊어 버리는 수밖에 없다. 소설이 진행될수록 그 '단칼'이 무엇인지 드러날 것이다.

4. 정신적인 아버지와 아들들

a) 알료샤

화자에 따르면 소설의 주인공은 알료샤다. 도스토옙스키는 소설의 후속 편에서 알료샤의 생애를 훨씬 강도 높게 기술할 예정이었다. 현재 소설에서 알료샤는 두 형, 드미트리와 이반에 비해 다소 미미하게 그려지지만 도스토옙스키가 애초에 알료샤에게 부여한 의미는 훨씬 크다. 알료샤는 도스토옙스키의 전기를 직접적으로 반영한다.

1878년 5월 16일 도스토옙스키가 애지중지하던 세 살배기 아들 알료샤가 사망했다. 사인은 아버지로부터 유전된 간질병이었다. 도스토옙스키 부부의 슬픔은 필설로는 설명할 수 없는 것이었다. 특히 도스토옙스키는 자신의 간질이 유전된 것 때문에 아이가 죽었다는 생각에 슬픔의 늪에서 벗어나지 못했다.

> 표도르 미하일로비치(도스토옙스키)는 이 죽음으로 크나큰 충격을 받았다. 그는 어찌 된 일인지 알료샤를 특히 사랑했다. 마치 그 아이를 곧 잃게 될 것이라는 걸 예감이라도 한 듯한 병적인 사랑이었다. 남편을 특히 짓누른 것은 아이가 자신으로부터 유전된 간질로 죽었다는 사실이었다. 그는 우리를 짓밟은 운명의 일격을 겉으로는 담담하고 용감하게 견뎌 냈다. 하지만 나는 그가 정말 걱정되었다. 자신의 깊디깊은 슬픔을 그렇게 자제하고 있는 것이 그렇지 않아도 약해져 있던 그의 건강에 치명적인 사태를 불러올 것 같았기 때문이다(도스또예프스까야 2003: 508).

이러한 상황에서 도스토옙스키는 러시아 정교의 본산인 옵티나 푸스틴 수도원을 방문하게 된다. 옵티나 수도원은 중부 내륙 칼루가현의 광활한 대초원에 세워진 수도원으로 몇몇 '광야' 수도원 중에서도 단연 으뜸으로 여겨지는 수도원이었다. 이곳에는 당시 러시아 전역에 그 성덕이 알려진 암브로시 장로가 기거하고 있었다. 장로는 신비한 통찰력과 모든 이의 상처를 어루만져 주는 대단히 따스한 심성을 겸비하고 있어 그를 만나려는 순례자들이 전국에서 몰려들었다. 도스토옙스키의 부인은 남편의 지인인 솔로비요프에게 남편과 수도원에 동행해 달라고 간절히 부탁했다.

> 표도르 미하일로비치의 마음을 조금이라도 편하게 하고 그 비통한 생각에서 그가 벗어날 수 있도록 하기 위해 나는 솔로비요프에게 옵티나 은둔 수도원에 다녀오도록 남편을 설득해 달라고 간청했다. … 결국 표도르 미하일로비치는 6월 중순에 모스크바로 가는 기회를 이용해 솔로비요프와 함께 옵티나 푸스틴 수도원에 다녀오기로 결정했다(도스또예프스까야 2003: 508-509).

도스토옙스키는 수도원에서 이틀 밤을 묵으며 암브로시 장로와 세 번의 만남을 가졌다. 한 번은 밀집한 군중들 틈에서 만났고, 두 번은 독대를 했다. 그는 장로에게서 깊은 감동과 위안을 얻었다. 그는 부인이 당하는 고통도 장로에게 전달했고 장로는 부인에게 축복의 말을 전해 주었다. 알료샤의 죽음과 수도원 방문, 그리고 장로와의 면담은 도스토옙스키의 삶에 지워지지 않는 흔적을 남겼고 그 흔적은 소설 『카라마조프가의 형제』로 고스란히 이전되었다. 죽은 세 살배기 아들 알료샤는 소설의 주인공으로 다시 태어나고 옵티나 수도원은 소설의 주요 배경으로 들어오며 암브로시 장로는 조시마 장로로 변형되어 소설의 전면에 배치된다.

b) 문학적인 아버지와 아들

도스토옙스키는 소설의 주인공을 알료샤로 한 것만으로는 성에 차지 않았던지 소설 속에 또 하나의 알료샤를 집어넣었다. 제2권의 3장 "신앙심이 깊은 아낙네들"에서는 아들을 잃은 아낙네가 조시마 장로에게 호소하는 장면이 나오는데 이 대목은 안나 부인의 슬픔을 그대로 옮겨 적은 것이라 할 수 있다. 안나 부인은 회고록에서 이렇게 말한다.

> 소중한 우리 아들의 죽음으로 나는 세상이 뒤집히는 듯한 충격을 받았다. … 평소의 낙천적인 성격은 사라져 버렸고 그와 함께 항상 넘치던 열정도 사라졌다. 그리고 무감각이 그 자리를 대신했다. 나는 모든 일에 냉담해졌다. 살림살이에도, 일에도, 심지어 아이들한테까지도 그랬다. 나는 온종일을 지난 3년간의 추억에 빠져 지냈다(도스또예프스까야 2003: 509).

소설에 등장하는 아낙네도 같은 말을 한다. 아이의 죽음과 함께 그녀는 삶에 대한 의욕을 상실했다. 모든 것에 무관심해졌다. 남편도, 삶도, 함께한 시간들도 모두 다 사라졌다.

> 하지만 지금 그 양반 생각은 하지 않아요. 이제 벌써 석 달째 집을 떠나 있는 것이니까요. 잊었어요. 모두 잊어버렸고 기억도 하기 싫으니까요. 그리고 이제 와서 그 양반하고 산들 무슨 의미가 있겠어요? 그 양반하고는 끝장났어요. 완전히 끝장났어요. 내 집이고 뭐고 이제 와서 거들떠본들 뭘 하겠어요.

여기서 조시마가 그녀에게 건네주는 위로의 말은 잠시 후 자세하게 읽어보기로 하고 지금은 일단 아기의 이름부터 보자. 조시마는 그녀를 위로하면서 죽은 아이의 이름이 무엇이냐고 묻는다. 아낙네가 "알렉세이(알료샤)입니다, 신부님" 그러자 장로는 "좋은 이름이군요"라고 말한 뒤 "참으로 성스러운 아기요! 기도해 드리겠습니다. 아기 어머니"라고 덧붙인다.

작가의 아들 알료샤는 어린 나이에 작가의 곁을 떠났지만 이렇게 소설의 주인공을 통해, 그리고 한 걸음 더 나아가 등장인물의 죽은 아기 알료샤를 통해 항구한 존재의 흔적으로 굳어진다.

c) 영적인 아버지와 아들

도스토옙스키의 삶에서 가장 고통스러운 순간에 그를 정신적으로 도와준 암브로시 장로는 주인공 알료샤의 영적인 아버지로 재탄생한다. 알료샤는 수도원에서 장로를 만난 후 수도사의 길에 입문한다. 장로제도는 1세기 전에 러시아에 뿌리내린 독특한 수행제도였다. 이곳에는 3대째 장로제도가 이어져 왔는데 조시마는 마지막 장로였다. 장로란 깊은 영성의 경지에 이른 사람으로 "사람들의 영혼과 의지를 자신의 영혼과 의지로 받아들이는 사람이다."

조시마 장로는 젊은 시절 군대에서 복무한 경력이 있는 지주 출신의 수도사로 65세가량 된 노인이다. 현재 건강이 많이 안 좋아 사람들은 그가 조만간 선종할 것이라 생각하고 있다. 그는 나이보다도 늙어 보이고 허리가 굽고 체격은 왜소해서 외모로 보면 전혀 출중한 것이 없는, 오히려 초라하고 추레한 노인이다.

지주 출신, 군 복무 경력이 말해 주듯 조시마의 젊은 시절은 어딘지 모르게 장남 드미트리를 연상시킨다. 실제로 그에게도 젊은 시절에는 방탕과 음주와 치정의 삶, 곧 '카라마조프 기질'로 정의되는 삶이 있었다. 그러나 그는 어느 날 갑자기 눈앞에 펼쳐진 인생의 갈림길에서 포식자의 길이 아닌 다른 길을 선택했고 그 이후 '다른' 형태의 삶을 살기 시작했다. 그와 표도르는 알료샤를 중심으로 정반대의 극단에 서서 서로를 마주 본다. 요컨대 두 사람은 서로에게 거울 이미지인 것이다. 표도르가 살해당하는 것과 거의 같은 시점에 조시마 장로가 눈을 감는 것은 결코 우연의 일치가 아니다.

조시마는 실제로 알료샤를 '아들'이라고 부른다. 그 자신이 젊은 시절 갈림길에서 '사람다운 삶'의 길을 선택했으므로 그의 삶은 알료샤에게 하나의 전범으로 제시된다. 알료샤의 몸속에는 표도르의 피가 흐르지만 그의 영혼에는 조시마의 피가 흐른다. 이 점에서 조시마가 알료샤에게 수도원을 떠나 속세로 가라고 하는 것은 의미심장하다. 장로는 자신이 임종하면 수도원을 아주 떠나라고 알료샤에게 말한다. "속세에서의 위대한 수행을 위해 너에게 축복을 내려 주마. 너는 수없이 방황해야 한다. 결혼도 해야 한다. 이곳으로 돌아올 때까지 어떤 어려움도 견뎌 내어야 한다. … 큰 고난에 빠지겠지만 고난 속에 행복이 있다. 나의 유언은 고난 속에서 행복을 찾으라는 것이다." 조시마는 자신의 '아들'에게 시련을 겪고 고통을 당한 뒤 스스로 '선택'을 하라고 충고한다. 알료샤에게 선택이란 생물학적 아버지와 영적 아버지 중 누구를 택할 것인가의 문제라 할 수 있다.

d) 영적인 아버지의 질투하는 아들

그러나 반드시 좋은 아버지가 좋은 자식을 만드는 것은 아닌 듯하다. 약간의 변주라고나 할까, 도스토옙스키는 아주 흥미로운 또 하나의 '아들'을 소개한다. 조시마 장로의 수도원에 기거하는 신학생 라키틴은 별로 중요치 않은 인물 같지만 그럼에도 몇 가지 중요한 역할을 하기 때문에 이 인물을 그냥 건너뛰기는 어려울 것 같다. 2권 7장 "출세주의자 신학생"은 그에 관한 장이다. 그는 '출세주의자'라는 별칭이 말해 주듯 신앙 때문이 아니라 집안

사정 때문에 신학교에 들어와 있을 뿐 세속의 욕망으로 가득 찬 인간이다. 그는 불안정하고 오만하고 삐뚤어진 청년으로 항상 다툼과 미움을 조장하며 돌아다닌다.

라키틴을 가장 혐오스럽게 만들어 주는 것은 질투심이다. 신학생이니만큼 그도 역시 조시마의 '아들'이지만 알료샤와는 전혀 다른 길을 선택한다. 그는 첩살이하는 그루셴카와의 친척관계를 수치스럽게 생각하고 이 수치심은 자격지심이 되어 사사건건 그를 괴롭힌다. 카테리나를 속으로 흠모하지만 그녀가 드미트리와 약혼한 상태이고 또 내심 이반을 사랑하고 있다는 사실을 알기에 카라마조프가의 형제들을 질투하고 증오한다. 그는 또 조시마 장로가 알료샤를 사랑하기 때문에 알료샤도 증오한다. 조시마는 어린 시절 여읜 형을 생각나게 하는 알료샤를 누구보다 가깝게 생각하지만 라키틴은 그런 '불평등'을 견딜 수 없다. 그래서 그는 영적 아버지 조시마도 미워하고 영적 형제 알료샤도 미워한다.

5. 상처받은 아버지와 상처받은 아들

소설에는 카라마조프가의 아버지와 아들들 외에도 여러 종류의 아버지와 아들(혹은 아버지와 딸, 어머니와 딸)이 등장한다. 여기서 대단히 중요한 것은 부모는 거의 예외 없이, 의도적이건 의도하지 않았건, 아이들에게 상처와 고통을 선사하고 아이들은 예외 없이 상처받고 고통당한다는 사실이다. 빈곤, 질병, 학대, 가정 폭력, 상처받은 자존심, 아니면 이 모든 것이 합쳐진 총체적인 고통에 이르기까지 상처의 원인은 다양하다. 이제부터 아버지와 아들 간의 다양한 변주들을 살펴보자.

a) 상처받은 아이 일류샤

알료샤가 아버지의 집을 나와 호흘라코바 부인 집으로 향해 가고 있는데 한 무리의 초등생들과 운하 저편에 있는 한 아이가 돌팔매질을 하며 싸우고 있는 것이 보인다. 아이는 알료샤를 겨냥해 돌을 던진다. 놀란 알료샤가 아이에게 다가가 이유를 묻지만 아이는 답을 피한다. 낡은 옷에 영양실조기가 뚜렷한 왜소한 아이는 한눈에 극빈층 아이로 보인다. 아이는 돌아서서 가는 알료샤에게 다시 돌을 던진다. 알료샤가 반응하지 않자 아이는 더욱 화를 내며 그에게 달려들어 이번에는 그의 왼손을 낚아채고는 가운뎃손가락을 힘껏 깨문다. 아이는 영문을 모르는 알료샤를 뒤로한 채 엉엉 울며 달아난다.

나중에 밝혀진 정황은 다음과 같다. 아이는 가난한 이등대위 스네기료프의 막내아들 일류샤로 아버지의 '원수'를 갚기 위해 알료샤를 '공격'한 것이다. 문제는 드미트리에게로 거슬러 올라간다.

드미트리는 욱하는 성질이 있다. 그는 아버지의 대리인으로 그루셴카에게 어음을 전달해 준 이등대위 스네기료프에게 화풀이를 했다. 아무 죄도 없이 중간에 심부름만 한 그에게 욕설을 퍼붓고 여러 사람이 보는 앞에서 그의 수염을 잡아채어 끌고 다녔다. 이등대위의 어린 아들은 그것을 보고 엄청난 수치심을 느꼈지만 가난하고 힘없는 이등대위는 온갖 수모를 견딜 수밖에 없었다. 아들은 이 사건으로 인해 학교에서조차 놀림과 따돌림을 당했다. 아들은 아버지에게 그자(드미트리)를 절대로 용서하지 않겠노라고 다짐했고 길가에서 드미트리의 아우 알료샤를 보자 자신의 맹세를 실현시키고자 알료샤에게 돌을 던지고 손가락을 깨문 것이다.

일류샤는 '고통받는 아이들' 패러다임에 속하는 대표적인 예다. 부모가 그를 버린 것도 아니고 체벌을 하거나 괴롭힌 것은 아니지만 아버지의 곤궁이

이 작은 아이에게는 무한한 고통의 원천이 된다. 순진무구한 어린아이에게 가해진 빈곤과 고통과 슬픔은 '상처받은 자존심'으로 전이되고 그것은 결국 '폭력'으로 터져 나온다.

b) 상처받은 아버지 스네기료프

일류샤의 아버지 스네기료프 대위는 가해자와 피해자의 위상을 동시에 보유한다. 그의 무능은 아들의 자존심에 상처를 입히지만 그 역시 자존심에 상처를 입은 피해자이다. 그의 경우 상처받은 자존심은 거의 자해에 가까운 행위로 폭발한다.

일류샤의 이야기를 전해 들은 드미트리의 약혼녀 카테리나는 자기 약혼자를 대신해서 대위에게 위로금 200루블을 전해 달라고 알료샤에게 부탁한다.

스네기료프는 여러 식솔을 거느리고 이렇다 할 수입 없이 오두막에서 근근이 살고 있다. 알료샤는 이등대위를 찾아가 정중하게 사과하고 조심스럽게 200루블을 건네준다. 스네기료프는 대경실색한다. 그는 상대측으로부터 그런 식의 제안을 전혀 기대하고 있지 않았던 터라 입을 딱 벌린다. "이런 거액은 지난 4년 동안 구경해 본 적도 없습니다!" 200루블은 이 가난한 대위 가족에게 엄청난 부를 의미한다. 그 돈이면 아픈 아내를 치료해 줄 수도 있고 소고기를 사 먹을 수도 있고 딸을 수도에 보낼 수도 있다. 퇴역 대위는 감격에 겨워 이 모든 꿈같은 일들을 실현할 수 있게 되었다며 기뻐 날뛴다.

그러나 그것도 잠시, 갑자기 그의 태도가 돌변한다. 그는 이야기를 계속하는 동안 내내 오른손 엄지와 검지로 그 귀퉁이를 함께 쥐고 있던 무지갯빛 지폐 두 장을 내보이더니 별안간 분노에 휩싸인 듯 그것을 움켜쥐고 마구 구긴 다음 내동댕이치고는 악에 받친 표정을 지으며 구두 뒤축으로 돈을 짓밟기 시작한다.

찢어지게 가난한 퇴역 대위가 거금을 짓밟는 이유는 "명예를 팔지 않았음"을 보여 주고 싶기 때문이다. "치욕의 대가로 당신들의 돈을 받는다면 내가 우리 아이한테 무슨 말을 할 수 있겠소?" 여기서 명예 운운한다는 것은 어찌 보면 고결하게 들릴 수 있지만 스네기료프의 경우 이것은 어딘지 모르게 어리석고 난폭한 자기방어에 가깝다. 상처받은 자존심은 대위의 경우 생존을 위해 필수적인 어떤 것을 거부하는 극단의 행위로 터져 나온다. 대위가 돈을 짓밟는 것은 아들 일류샤가 알료샤의 손가락을 깨무는 행위와 중첩된다.

6. 상처받은 딸들

a) 무능한 아버지와 똑똑한 딸

이번에는 드미트리의 오만한 약혼녀 카테리나에 관해 살펴보자. 그녀 역시 상처받은 아이이며 그녀에게 상처를 준 장본인은 무능한 아버지이다. 드미트리는 전선의 어느 부대에 근무할 당시 인근 마을에서 상당한 인기를 누렸다. 돈을 뿌려 대는 미남자인 데다 호기와 박력 또한 알아주는 그런 사나이였으므로 누구나 그에게 호감을 가졌다. 그는 아버지가 관리하면서 보내 주는 죽은 어머니의 유산을 곶감 꼬치 빼먹듯이 써 대고 있었지만 그 자신도 주위 사람들도 그가 큰 부잣집 아들이라고 생각하고 있었다.

그런데 어느 날 그와 사이가 나쁜 중령의 둘째 딸 카테리나가 수도에서 대학을 졸업하고 돌아온다. 자존심 강하고 도덕적이며 교육도 많이 받은 이 미인 아가씨가 당시 지역에서 인기 만점의 신랑감이었던 드미트리에게 고압적인 자세를 취하자 드미트리는 '상처받은 자존심' 때문에 복수를 다짐한다.

그때 두 가지 사건이 일어난다. 첫째, 그는 어머니의 유산을 관리해 오던 아버지와 서면으로 최종 담판을 한다. 즉 그동안 아버지가 보내 준 돈으로 유산 대부분이 소비되었으며 남은 돈은 6000루블이라는 아버지의 연락이 오자 그는 6000루블을 일시불로 받고 그 대신 유산에 대한 권리 포기 각서를 써 주는 일에 동의한다. 그는 이런 큰 문제에 대해 별생각 없이 서명을 하고 돈 문제는 완전히 잊어버린다.

둘째, 그의 수중에 6000루블이라는 거액의 현찰이 들어온 그 시점에서 좀 전에 말한 그 중령의 횡령 사건이 발생한다. 중령은 국고의 자금 4500루블을 횡령했는데 후임자에게 그 돈을 인수인계해야만 하는 시점에서 4500루블을 국고에 되돌려 놓을 수가 없어 덜컥 병에 걸리고 말았다. 당장에 4500루블을 구하지 못하면 그는 명예는 물론이거니와 목숨마저 부지하기 어려운 상황이었다.

드미트리는 지인을 통해 중령의 그 오만한 딸 카테리나가 자신의 숙소에 혼자 찾아온다면 4500루블을 거저 주겠다는 뜻을 그녀에게 전달한다. 콧대 높고 도덕적인 귀족 아가씨는 아버지를 구하려는 거룩한 희생정신에서 '비열하고 방탕한' 소위 드미트리의 숙소에 혼자 아무도 몰래 찾아온다. 4500루블에 '몸을 팔러' 온 것이다. 드미트리는 그녀에 대한 증오와 미칠 듯한 사랑, 그리고 자기 자신에 대한 혐오감으로 거의 광란의 상태까지 간다. 아버지를 위한 희생의 장엄한 모습과 대비되는 자신의 벌레 같은 모습, 그리고 그 벌레의 손에 정신과 육체를 모두 맡긴 고결한 여성이 그에게 심장이 터질 듯한 고통과 기이한 환희를 선사한다. 드미트리는 쾌감과 희열, 자신에 대한 수치심 등이 복잡하게 뒤섞인 상태에서 그녀에게 아무런 모욕적인 언사나 행위도 하지 않고 말없이 5000루블짜리 수표를 건네준다. 그녀는 드미트리에게 깊숙이 머리 숙여 절하고 총총 사라진다.

이렇게 해서 횡령 사건은 무마되었다. 중령은 아무런 불명예도 없이 인수인계를 했으나 얼마 후 사망했다. 카테리나는 아버지 사망 후 모스크바로 떠났다. 그런데 거기서 그녀의 운명은 극적인 변화를 맞는다. 먼 친척 아주머니가 그녀를 유일한 상속인으로 정한 것이다. 우선 지참금 조로 마음대로 쓰라며 8만 루블을 주었다. 그녀는 당장에 드미트리에게 받았던 돈 4500루블을 되돌려 주고는 그에게 청혼한다.

부와 미모와 교양을 두루 갖춘, 최대의 신붓감인 카테리나가 무절제하고 무식하고 가난한 장교인 드미트리, 언젠가 그녀에게 돈을 내주며 심각한 정신적 수치를 입힌 드미트리에게 손을 내민 것이다. 이것은 얼핏 보면 말도 안 되는 것 같지만 카테리나가 입은 상처가 얼마나 큰 것인지를 역설적으로 말해 준다. 드미트리 때문에 그녀의 드높은 자존심은 만신창이가 되었다. 그래서 그녀는 돈을 손에 쥐게 된 후 가장 먼저 드미트리에게 청혼을 하는데 결혼에 내세운 명분은 그를 '구원'하겠다는 것이었다. 이제 도덕적으로 우위에 선 그녀가 도덕적 불구자 드미트리를 구원해 줄 차례였다. 한마디로 그녀의 청혼은 상처받은 자존심을 회복하려는 일종의 복수심에서 비롯된 것이다. 드미트리가 물론 잘못한 것이지만 사건의 원인 제공자는 카테리나의 아버지라는 것을 부인할 수 없다.

아무튼 드미트리는 얼떨결에 그녀의 약혼자가 된다. 그런데 두 사람 사이에서 심부름을 해 주던 카라마조프가의 똑똑한 차남 이반이 카테리나에게 반하고 카테리나 역시 이반의 지적인 면에 매혹당해 그를 숭배하게 된다. 그러나 카테리나는 자신의 도덕을 그 무엇보다도 사랑하기 때문에 끝까지 드미트리와의 결혼을 고집한다.

카테리나의 도덕에의 집착은 그리고리의 완고함을 상기시키며 다른 한편으로는 깨끗한 옷과 향수에 집착하는 스메르자코프를 상기시키기도 한다.

스메르자코프에게 '악취'가 아킬레스건이었다면 카테리나에게는 성적인 부도덕이 아킬레스건이다. 결국 두 사람 모두 근원을 파 보면 아버지가 도사리고 있다. 무능하고 나쁜 아버지들이 지나치게 유능하거나 사악한 자식을 창조한다.

b) 아동 학대범 양아버지의 요부 딸

드미트리가 매혹당한 그루센카 역시 상처받은 어린 시절을 보냈다. 지금은 살이 오르고 금전적으로 안정된 삶을 살고 있지만 그녀의 내면에는 깊은 상처가 나 있다. 양갓집에서 사랑받으며 곱게 자란 아이가 상인의 첩이 될 리도 없겠지만 아무튼 그녀의 어린 시절은 불우했다. 가난한 성직자 가정에서 태어난 그녀는 열일곱의 나이에 첫사랑인 이른바 '폴란드 장교'한테 버림받은 채 수치와 빈곤 속에서 살아야 했다. 그때 돈 많고 나이 많은 상인 삼소노프가 막 어린 티를 벗은 소녀를 거두어 주었다. 말이 거두어 준 것이지 첩으로 삼았다는 뜻이다.

어린 소녀에게 상처를 준 사람은 우선 가난한 아버지, 그리고 무책임한 폴란드 장교지만 궁극의 나쁜 아버지 역을 수행한 사람은 삼소노프다. 그는 최근에는 부은 다리 때문에 거동을 못 하는 노인으로, 장성한 아들들을 종처럼 부려 먹으며 그들 위에 군림해 왔다. 인색하고 고집스럽고 포악한 늙은 재산가는 열일곱 소녀에게 아버지를 대리한다. 실제로 소설이 시작된 시점에서 삼소노프는 중병을 앓고 있으므로 두 사람 간에 존재하는 것은 성적인 관계가 아닌 일종의 부녀관계이다. 외관상 그는 그루센카를 빈곤에서 구해 준 '부자 아빠'이지만 실제로 그가 한 짓은 성폭력, 이른바 돈 많은 노인의 '갑질'이다. 18세 미만의 청소년에게 정신적·물질적 고통을 가하는 행위를 아동학대라 규정하는 현행법에 비추어 본다면 그가 그루센카에게 한 짓은 명백히 아동 학대이다. 친자식들을 돈으로 지배해 온 포악한 아버지는 이제 돈과 성으로 고아 소녀를 학대하는 잔인한 양아버지가 된다. 그는 음탕과 지배라는 점에서 표도르와 연결되고 완고함이라는 점에서 그리고리와 연결된다.

삼소노프는 소설의 중간에서 죽어 없어지지만 그의 존재감은 꽤 강하다. 그와 표도르는 그루셴카를 축으로 서로를 반사하는 분신이다. 아니, 그는 어떻게 보면 표도르보다도 더 사악한 인간이다. 이 사악한 양아버지 때문에 그루셴카는 돈에 눈을 뜨게 되고 그 나이 또래의 아가씨라면 누구나 겪게 마련인, 지극히 자연스러운 사랑에 눈을 감는다.

그루셴카는 마을 한량들이 주변에서 아무리 추파를 던져도 거들떠보지 않아 노인의 신임을 얻는다. 다른 맥락에서라면 어쩌면 그녀의 태도가 '충절'로 해석될 수도 있겠지만 이 경우는 노인의 사악함을 배가시켜 준다. 노인은 돈을 무기로 젊은 여성의 사랑할 수 있는 능력을 얼려 버린 것이다. 노인은 그녀에게 돈 버는 법, 돈 굴리는 법을 전수해 주고 그녀는 악착같이 돈만 아는 구두쇠 고리대금업자로 변신한다. 오갈 데 없이 불쌍한 소녀는 4년 만에 풍만한 러시아 미녀로 둔갑함과 동시에 "대담하고 결단력 있고 오만하면서도 뻔뻔스러운 여인", "인색하고 조심스러우며 수단 방법을 가리지 않고 돈을 벌어들이는 재산가"로 변모하고 '진짜 유대년', '짐승'이라는 별명까지 얻는다.

시골 성직자의 딸로 태어난 그루셴카의 한 면에는 소박하고 착하고 풍만한 러시아 여자가 있다. 나중에 밝혀지겠지만 그녀에게는 양심도 있고, 선함도 있고, 의리도 있다. 그러나 다른 한 면에는 심성이 뒤틀리고 악의에 찬 교활한 요부가 있다. 표도르에게 헛된 꿈을 심어 주면서 조롱하고 드미트리를 가지고 장난을 치고 카테리나를 모욕하는 것은 모두 이 요부의 짓이다. 어쩌면 누군가의 선량한 부인으로 살 수도 있었을 그녀를 악의에 찬 요부로 만든 것은 사악한 양아버지 삼소노프임은 말할 것도 없다. 이제 삼소노프는 죽을 날만 받아 놓고 있으므로 그녀는 거의 자유의 몸이다. 그런데 이 시점에서 표도르가 청혼을 한다. 표도르 역시 아버지뻘 되는 나이이니 두 추악한 늙은 아버지들이 어린 딸을 성적으로 학대하고 있는 셈이다.

c) 주책없는 어머니의 변덕스러운 딸

소설에는 또 다른 모녀관계가 등장한다. 초반부에서는 아직 뚜렷하게 부각되지 않지만 이 모녀 역시 도스토옙스키가 구상한 잘못된 부모-자식 관계의 패러다임에서 한 자리를 차지한다.

2권 4장 "신앙심이 부족한 귀부인"에 등장하는 호흘라코바 부인은 부유한 과부로, 하반신 마비 때문에 거동이 불가능한 딸 리자를 위해 조시마 장로에게 은사를 청한다. 그녀와 조시마 사이에 오가는 대화는 뒤에 가서 자세하게 논의할 예정이므로 여기서는 간단히 소개하는 데 그치기로 한다.

호흘라코바 부인은 일면 선량하지만 천박하고 주책없고 수다스럽고 허영심이 많으며 무엇보다도 "신앙심이 부족한" 인간이다. 나중에 밝혀지겠지만 도스토옙스키의 깊은 정교 신앙에 미루어 볼 때 '신앙심이 부족하다는 것'은 많은 것을 의미한다. 그녀는 사물과 사람을 제대로 보지 못하며, 또 그 때문에 본의 아니게 주위 사람들에게 피해를 주거나 스스로에 대한 조롱의 근거를 제공한다.

호흘라코바 부인의 딸 리자는 모호한 인물이다. 그녀는 가학적이고 오만하다는 점에서 카테리나를 연상시키며 자격지심이라는 점에서는 라키틴을 연상시킨다. 초반에서는 알료샤를 마음에 두고 좋아하는 듯하지만 후반에서는 이반에게 애정을 고백하는 등 우왕좌왕한다. 스무 살이 채 안 된 어린 나이임을 고려해 볼 때 아직 완성되지 않은 아이의 전형처럼 보인다.

7. 교만

이제 인물들에 대한 소개는 대략 마친 것 같으니 지금부터는 1권부터 4권까지에서 제시되는 중요 테마들을 살펴보기로 하자.

주지하다시피 '선과 악'은 이 소설뿐 아니라 유배 이후 도스토옙스키의 거의 모든 소설을 받쳐 주는 근본적인 테마이다. 선과 악은 형이상학적인 개념, 윤리적 개념, 그리고 신학적 개념이지만 도스토옙스키의 소설에서 그것은 구체적인 인물과 사건을 통해 현실화된다. 무엇이 선이고 무엇이 악인가? 도스토옙스키가 이 문제에 답하기 위해 제시하는 것은 무엇보다도 '겸손'과 '교만'의 심리학이다. 교만은 사실 동방 그리스도교의 8가지 악 중 단연 최고를 차지한다. 오리게네스는 교만이 모든 죄들 가운데 가장 큰 죄라고, 악마가 일으키는 가장 주된 죄라고 말한다. 요한 크리소스토무스 또한 교만을 죄의 근원이자 원천이며 모든 죄의 어머니라 칭한다(슈피들릭 2014: 442). 깊은 그리스도교 영성을 바탕으로 하는 도스토옙스키의 윤리적 시각 역시 교만(hubris)을 현세에서의 모든 악의 원천이자 절정으로 바라본다. 『죽음의 집의 기록』에서, 『지하생활자의 수기』, 『죄와 벌』, 『백치』, 『악령』, 『미성년』, 그리고 『카라마조프가의 형제』에 이르는 모든 장편에서 악인의 가장 두드러진 특징은 교만이다. 이는 이 소설들에 등장하는 살인범들이 하나같이 오만하다는 사실을 상기해 보면 분명해진다. 이것을 뒤집으면 악인의 반대편에 있는 선한 인물의 가장 두드러진 특징은 겸손이라 할 수 있다. 인간이 상상할 수 있는 가장 완벽하게 선한 인물인 『백치』의 주인공 미슈킨의 특징이 겸손과 온유라는 것을 상기하면 이 점 또한 분명해진다.

교만은 몇 가지 변주를 통해 나타난다. 그중 하나가 증오다. 사실 교만과 증오는 동일한 악의 두 얼굴이다. 교만에서 유래하는 탐욕이 충족되지 않을 때 교만은 분노와 증오로 복제된다. 그래서 교만한 자는 증오하고 증오하는 자는 교만하다. 사랑하면서 어떻게 교만할 수 있겠는가. 겸손한 사람이 어떻게 타인을 증오할 수 있겠는가. 『카라마조프가의 형제』에서 악을 표방하는 대부분의 인물들이 증오와 교만을 동시에 실현하는 것은 우연이 아니다. 또 임종을 앞둔 조시마 장로가 교만과 증오를 가장 멀리해야 할 악으로 손꼽는 것도 우연이 아니다.

"작은 일 앞에서도 자만하지 말고 큰일 앞에서도 자만하지 마십시오. 여러분을 배척하는 자, 여러분을 멸시하는 자, 여러분을 모욕하는 자, 여러분을 중상하는 자를 증오하지 마십시오. 무신론자, 악의 교사자, 유물론자, 그들 중선한 사람들뿐 아니라 악한 사람들까지도 증오하지 마십시오."

가장 중대한 교만은 소설 중간에 차남 이반을 통해 드러난다. 지금은 우선 1권부터 4권까지에서 인물들이 보여 주는 교만과 증오부터 살펴보기로 하자.

a) 포식자

앞에서 카라마조프가가 증오의 왕국이고 증오의 출발점은 표도르라는 것을 말한 바 있다. 모든 악의 근원에 표도르가 있듯이 모든 교만과 증오의 근원에도 표도르가 있다. 그의 존재를 규정하는 방탕의 끈을 쫓아가다 보면 교만이 나오고 교만은 증오와 짝을 이룬다. 자신이 지닌 돈의 힘, 그리고 스스로의 두뇌에 대한 자부심은 그를 무한히 교만하고 뻔뻔스럽고 파렴치한 인간으로 만들어 준다. 그는 이 세상 그 무엇도, 그 누구도 존중하지 않고 존경하지 않는다. 그에게 인간관계는 언제나 '나 한 사람'과 '나머지 모두'이다.

그리고 그 '나머지 모두'는 언제나 무시하고 짓밟고 학대하고 소유하고 정복하고 착취하는 대상일 뿐이다.

그와 여자들 간에 존재하는 것은 사랑도 아니고 로맨스도 아니다. 그는 상식적인 의미에서의 '플레이보이', 여성을 좋아하고 연애를 즐기는 그런 인간이 아니다. 그는 남보다 더 살고 싶고, 남보다 더 먹고 싶고, 남보다 더 많이 욕망을 채우고 싶을 뿐이다. 그것은 가장 노골적이고 가장 민망한 탐욕이며 여성에 대한 그의 태도는 정복과 착취와 지배를 통한 탐욕 충족 이외에 아무것도 아니다. 그는 한마디로 주위 사람을 잡아먹는 '포식자'인 것이다. 잭슨의 다음과 같은 지적은 표도르에게 정확하게 들어맞는다. "도스토옙스키의 우주에서 제어되지 않는 성욕, 절대 권력에 대한 갈증, 소유욕은 악의 증상이다. 어떤 영역에서 표출되건 ㅡ정치, 경제, 사회, 혹은 성ㅡ 그것들은 문명에 대한 주된 위협이다"(Jackson 1981: 82).

지배와 착취가 장남 때문에 위협받게 되자 표도르는 장남을 증오한다. 드미트리가 가진 젊음과 건강과 잘생긴 외모는 그의 포식에 방해가 되므로 그는 장남이 그토록 미운 것이다. 그가 장남에 대해 할 수 있는 것은 장남이 갖지 못한 돈으로써 장남을 짓밟고 정복하는 것뿐이다. 한마디로 표도르의 온갖 악 ㅡ탐욕, 탐식, 호색, 인색, 교활ㅡ 의 근저에 놓인 것은 무한히 확장된 자아이고 그 자아가 타인과 마주칠 때 터져 나오는 것이 증오다.

b) 열등감

때로 교만은 열등감에서 출발하기도 한다. 열등감에서 비롯된 교만은 반드시 증오와 함께 간다. 뿌리 깊은 열등감으로 인해 자존감을 상실한 인간은 과도하게 부풀려진 자존심을 내보이며 그 자존심에 상처를 입을 경우 자해와 살인을 포함하는 극악한 반응을 보인다. 스메르자코프의 경우가 여기 해당된다. 교만은 그에게 일종의 방어기제다. 그의 비천한 출생을 보상해 주는 것은 두뇌에 대한 자부심이다. 그는 자신이 하인이고 이름은 '미스터 악취'이고 어머니는 동네 바보 거지였지만 그 누구보다도 영리하다고 믿기 때문에 살아갈 수가 있다. 아니 어쩌면 반대 논리인지도 모른다. 살아가기 위해서 그는 자신이 누구보다도 영리하다고 믿어야만 하는지도 모른다. 아무튼 그래서 그는 아버지도 무시하고 큰아들도 무시하고 막내아들도 무시하고 그리고리도 무시하지만 그나마 가장 똑똑하다고 여겨지는 이반만은 속으로 인정한다. 카라마조프가의 흉악한 범죄의 씨앗은 여기서 발아한다. 열등감과 자존심으로 뭉친 인간이 두뇌가 비상한 누군가와 '통했다'고 생각할 때 그 결과는 걷잡을 수 없다.

스메르자코프가 과묵하고 사람을 싫어하는 것은 낯가림이 심하거나 소심해서가 아니라 교만하기 때문이다. 그가 고양이 죽이는 것을 놀이 삼아 한 것 역시 증오와 교만으로 설명된다. 모든 것을 증오하고 모든 사람보다 위에 있다고 생각하는 사람은 고양이부터 인간에 이르기까지 생명을 아무렇지도 않게 죽일 수 있다.

예술과 과학과 학문에 대한 그의 무관심과 냉소도 같은 맥락에서 이해할 수 있다. 증오로 가득 찬 오만한 인간에게는 세상의 아름다움도, 인간이 만든 아름다운 작품도 눈에 들어오지 않는다. 그에게는 모든 시는 헛소리이며 역사책도 소설책도 모두 허황된 이야기이다. 학문과 예술에 대한 냉소는 인간에 대한 경멸의 다른 이름이다.

c) 장난질, 인간 존엄성에 대한 모욕

교만은 또한 장난질과 신성모독을 통해 드러난다. 교만한 인간들은 '안하무인'이라는 표현에 정확하게 들어맞는다. 문자 그대로 그들에게는 자기

외에는 보이는 것이 없기 때문에 그들의 취미는 냉소하고 조롱하고 비웃는 일이다. 인간도 동물도 그들에게는 장난질의 대상이며 더 나아가 신까지도 그들에게는 조롱의 대상이다. 그래서 신학자들은 교만의 분명한 징표로 신성모독을 손꼽는다(슈피들릭 2014: 442). 교만과 증오의 합작품인 표도르와 스메르자코프가 신성모독의 절정을 보여 주는 것은 그러므로 전혀 우연이 아니다.

표도르의 장난질과 조롱과 냉소는 그의 교만의 수위를 짐작하게 한다. 이 세상 모든 것을 비웃고 조롱하는 그에게는 종교도 신도 수도사도 장로도 모두 농지거리의 콘텐츠에 불과하다. 불경, 신성모독, 독신이라는 것은 그의 사전에서 재치와 동의어다. 그가 시시덕거리며 주워섬기는 갈고리의 비유(1권 4장)를 보자.

"내가 죽었을 때 악마들이 나를 갈고리로 끌고 가는 광경을 잊고 지낸다는 것은 불가능하다고 생각한다. 그런 순간이면 나는 이런 생각이 머리에 떠오른단다. 갈고리라고? 그렇다면 놈들이 그걸 어디서 구할 수 있을까? 그건 뭘로 만들어졌을까? 무쇠로? 어디서 그걸 만들지? 대장간? 아니, 놈들한테 그런 곳이 있을까? 수도원에서 수도사들은 틀림없이 지옥에는 천장 같은 것이 있다고 생각하고 있겠지. 나는 지옥이 있다고 믿을 용의가 있지만 천장 따위는 없었으면 한다. … 만일 천장이 없다면 갈고리도 존재하지 않을 테고, 갈고리가 존재하지 않는다면 모든 것이 사라져 버리는, 다시 말해서 잘못된 상황이 벌어지겠지. 그러면 누가 나 같은 놈을 갈고리로 끌고 갈 거며 나 같은 놈을 끌고 가지 않는다면 도대체 그게 뭐냐, 이 세상 어디에 진리가 있다는 거냐?"

그의 너스레를 요약하면 "나같이 나쁜 놈을 악마들이 갈고리가 없어 지옥으로 끌고 가지 못한다면 어차피 이 세상은 막가는 세상이니 나도 막살아야겠다. 그리고 나같이 막사는 인간이 똑똑한 거다"가 된다. 즉 그는 자신이 얼마나 똑똑한가를, 그 모든 멍청한 그리스도인들보다 얼마나 더 영리한가를 입증하기 위한 증거로 갈고리를 생각해 낸 것이다. 이것은 지옥에 관한 얘기도, 악마에 관한 얘기도 아니다. 교만하고 추한 호색한의 자화자찬일 따름이다.

종교를 향한 그의 장난질은 물론 이 정도에서 그치지 않는다. 그는 '장난삼아' 바보 성자를 성폭행하고, '장난삼아' 순진하고 신앙심 깊은 두 번째 부인을 놀려 주고, '장난삼아' 그녀가 소중히 여기는 성상(이콘)에 침을 뱉는다고 을러댄다. 이 모든 장난은 표도르의 무신론을 보여 주는 것이 아니다. 이것은 인간에 대한 그의 경멸을 보여 준다. 사실 그는 신이 존재하느냐 존재하지 않느냐, 내세가 있느냐 없느냐에는 별로 관심도 없다. 그는 다만 지배하고 짓밟는 일을 즐길 뿐이다. 궁극적으로 그가 모욕하고 조롱하는 것은 신이 아니라 인간이다.

표도르의 일상적인 어릿광대짓도 인간모독이란 측면에서 해석될 수 있다. 수도원에서 개최된 '달갑지 않은 가족 모임'에서 그는 스스로를 '선천적인 광대'라 일컬으며 온갖 음담패설과 거짓말을 늘어놓아 좌중을 경악게 한다. 그의 어릿광대짓은 바흐친의 '카니발'의 뒤집힌 버전이다. 바흐친에게서의 카니발은 "모든 권력과 위계의 유쾌한 상대성"을 보여 주며 카니발적 웃음은 "죽음과 부활, 부정(조소)과 긍정(기쁨에 찬 웃음)이 결합된, 세계를 깊숙이 관조하는 우주적인 웃음"이다(바흐친 1988: 183, 186). 그러나 표도르의 어릿광대짓은 갱생을 보여 주는 것이 아니라 심각한 자아 부재를 보여 주는 심리적인 질병이다. 수치심이란 자기 자신 앞에서, 그리고 타인 앞에서 스스로에 대해 부정적인 평가를 할 수밖에 없을 때 발생하는 자연스러운 심리

상태이지만 극에 이르면 어릿광대짓을 포함한 다양한 병적인 행동으로 나타난다.[05] 수도원에서의 표도르의 행패는 자존감이라고는 털끝만큼도 없는 인간 내면의 깊은 수치심, 불안, 공포, 자격지심에서 유래하는 것으로 인간에 대한 그의 조롱이 결국 자기 자신에 대한 조롱이라는 것을 증명해 준다 (2권 2장). 그래서 조시마는 그에게 수치심을 버리고 스스로를 존중하도록 하라고 충고하는 것이다.

"중요한 것은 자신에 대해 수치스럽게 생각하지 않는 것입니다."
"중요한 것은 자기 자신에게 거짓말을 하지 않는 것입니다. 자신을 속이고 자신의 거짓말에 귀를 기울이는 사람은 자신의 내면이나 주변에 있는 진실을 감지하지 못하며 반드시 자신이나 타인을 존경하지 않게 됩니다."

조시마가 정확하게 꿰뚫어 보았듯이 표도르의 어릿광대짓 바닥에는 자기 자신에 대한 모욕감, 수치심, 불만족이 자리 잡고 있고 이것이 때로는 과도한 오만으로 때로는 과도한 자기 비하로 표출된다. 요컨대 신성모독은 종교적인 문제 이전에 심리적이고 윤리적인 문제가 된다는 뜻인데 이는 스메르자코프의 경우에도 그대로 적용된다.

d) 성서의 패러디

스메르자코프의 성서 조롱의 기원은 아주 어린 시절로 거슬러 올라간다. 그리고리는 어린 스메르자코프에게 철자법과 성서의 역사를 가르쳤다. 그러나 그는 공부에 의욕을 보이지 않았다. 어린 녀석은 피식거리며 「창세기」

---

05 표도르의 수치심과 어릿광대짓에 대한 자세한 연구는 Martinsen 2003을 참조할 것.

를 가르치는 그리고리에게 "첫날 빛을 만드시고 4일째 해와 달과 별을 만드셨다면 첫날 빛은 어디서 나왔을까요?"라고 물었다. 말문이 막힌 그리고리는 그의 따귀를 때려 주었다. 스메르자코프는 성서를 조롱하는 것이 아니라 그리고리를 조롱하는 데 목적이 있다.

이렇게 시작된 스메르자코프의 신성모독은 그가 성인이 되자 모종의 경지에 이른다. 3권 7장의 제목은 "논쟁"인데 카라마조프가의 식후 환담이 배경이다. 표도르와 그리고리가 신앙에 관한 주제를 놓고 이야기하는 가운데 스메르자코프가 끼어들어 자신의 의견을 개진한다. 간단히 말해서 그는 그리고리의 굳건한 신앙을 논박하기 위해 자신의 신앙 부족을 방어한다. 그의 논조를 요약하면 다음과 같다.

성서에 의하면, 우리에게 좁쌀만 한 신앙이라도 있다면 우리가 태산더러 바다로 들어가라 명할 때 태산은 진짜로 바다로 들어갈 것이다. 그러면 그리고리, 당신이 태산더러 우리 집 정원 뒤편의 개울로 들어가라고 해 보라. 물론 안 들어가겠지? 그렇다면 당신에게는 좁쌀만 한 신앙조차 없다는 얘기다. 그러니 당신이나 나나 피장파장 아닌가. 그런 반석 같은 신앙을 가진 사람은 전 세계에 한두 명밖에 없을 테니 나머지 우리는 모두 다 엇비슷한 셈이다. 신이 자비로우시다면 단 두 명만 빼고 인류 전체를 다 벌할 리는 없지 않은가. 그러니 나의 불신을 탓할 이유가 없지 않은가.

얼핏 논리적으로는 하자가 없는 주장이다. 그래서 이번에도 그리고리는 반박할 말을 못 찾아 펄펄 뛰기만 하고 표도르는 마치 재미있는 농담이라도 들은 양 껄껄거린다. 물론 이 경우에도 스메르자코프가 펼치는 것은 신앙 논쟁이 아니다. 그는 신이 있느냐 없느냐를 토론하거나 신은 없다는 것을 입증하려고 하는 게 아니다. 모든 인간을(특히 자신을 언제나 꾸짖는 그리고리를) 싸잡아 비웃고 조롱하고 그러는 와중에 자신이 얼마나 똑똑한가를 입증하고 싶을 뿐이다. 항상 그렇듯이 그가 조롱하는 대상은 신이 아니라 인간이며 그가 증명하고자 하는 것은 신의 부재가 아니라 자신의 지적인 우월성이다.

e) 도덕의 두 얼굴

도스토옙스키는 도덕이 한 끗 차이로 교만이 될 수 있음을 일찌감치 간파했다. 소설에서 도덕적 우월감에서 출발하는 교만을 대표하는 인물은 아무래도 카테리나가 될 것이다. 그녀는 자신의 티 없이 깨끗한 도덕 피부에 새겨진 작은 생채기조차도 견딜 수가 없다. 그녀의 교만은 고결함의 다른 얼굴이다. 드미트리같이 그토록 '허접한 인간'이 자신에게 너그럽게 대한 것, 몸을 팔러 간 자신을 그대로 돌려보내 준 것을 스스로에게 허용할 수 없을 정도로 그녀는 고결한 인간인 것이다. 그녀가 드미트리에게 집착하는 것은 도덕과 교만과 증오의 삼중주로밖에는 설명하기 어렵다. 도덕적인 그녀는 부도덕한 건달이 자신의 은인이라는 사실을 견딜 수가 없고 그래서 그를 증오하고 그 증오를 견딜 수가 없어 마침내 그를 지배하기 위해 결혼이라고 하는 기이한 방법을 선택한다. 드미트리가 그루센카에게 반한 것을 알면서도 그녀는 드미트리를 '교정하고 향상시키고 구원하기 위해' 더욱더 그에게 집착한다.

> "나는 그의 신이 될 것이고 그는 내게 기도를 드리게 될 거예요. 그는 나를 배신했지만 내가 그에게 바친 신의와 맹세를 평생 지키고 있는 모습을 일생 동안 보게 될 거예요."

카테리나의 증오와 교만은 구원 콤플렉스로 이어진다. 그녀는 소설이 끝날 때까지 자신이 드미트리를 '구원할 것'이라고 외쳐 댄다. "나는 영원히 그분을 구원해 드리고 싶어요." 그러나 마지막에 가서 드러나겠지만 이 교만한 도덕의 화신 때문에 드미트리의 운명은 파멸의 내리막길을 향해 달려간다.

f) 페라폰트, 증오와 교만과 열등감과 광신

소설에는 앞에서 언급한 모든 요소들, 카테리나의 도덕적인 우월감, 그리고리의 완고함, 스메르쟈코프의 열등감과 지적인 교만, 표도르의 탐욕과 교만, 그리고 그들 모두가 공유하는 증오를 고루고루 다 갖춘 또 하나의 잊지 못할 인물이 등장한다. 열등감, 교만, 도덕적인 우월감, 냉소, 인간에 대한 경멸에 광신이 더해지면서 추악한 근본주의자 수도사가 탄생한다. 어딘지 에코(U. Eco)가 창조한 『장미의 이름』(The Name of the Rose)의 늙은 수도사 호르헤를 생각나게 하는 이 인물의 이름은 페라폰트. 수도원의 다른 암자에 홀로 기거하며 수행하는 최고령의 수도사로 '유로지비'이자 위대한 침묵 수행자이자 위대한 금욕주의자로 알려져 있다. 그는 단식과 극기에 이골이 나서 사흘에 약 800그램 정도의 빵과 물로만 연명한다. 이렇게 소식하는데도 건강한 용모에 정력도 왕성하고 키도 크고 당당하다. 비록 여위긴 했지만 체격은 운동선수처럼 다부지고 머리도 아직 검고 눈은 광채로 빛난다. 그는 몇 달씩 빨아 입지도 않는 거의 누더기나 다름없는 의복을 걸치고 맨발에 닳아 빠진 나막신을 신고 다닌다. 광야의 은수자를 그린 중세 성화에서 바로 뛰어나온 것 같은 모습이다. 그가 침묵하는 것은 오로지 성령과 교신하기 때문이라는 소문이 돌기도 했다. 그의 '포스'는 어마어마해서 많은 사람들이, 심지어 일부 수도사들까지도 내심 그를 존경하고 숭배했다. 나중에 조시마 장로가 선종하자 많은 사람들이 진정한 성인은 바로 페라폰트라고 진심으로 믿게 된다.

그러면 페라폰트 신부의 문제는 무엇인가. 간단히 말해서 그의 모든 게 문제다. 그의 모든 말과 행동은 교만과 증오와 단절, 더 나아가 자격지심과 열등감과 탐욕과 자존심에서 유래한다. 가장 끔찍한 것은 이 모든 악이 종교적 경건주의로 무장하고 있다는 것, 그 결과 대중을 선동하기에 매우 적절한 요건을 갖추고 있다는 것이다. 그래서 화자는 그를 '위험한 인물'이라 지칭한다(4권 1장).

우선 그의 외모부터 보자. 자칭 타칭 유로지비인 그는 유로지비의 외적인 조건, 즉 누더기, 더러움, 맨발, 장발 등을 고루 갖추고 있다. 그러나 그의 모습에서는 일종의 '분장'과도 같은 꾸민 티가 역력하다. '유로지비'의 조건 중 가장 중요한 것이 빠져 있기 때문이다. 요컨대 진짜 유로지비들은 자기가 유로지비라고 생각하지도 않고 그렇게 말하지도 않고 그렇게 처신하지도 않고 유로지비가 되려고 노력하지도 않는다. 유로지비란 '그리스도를 위한 바보'로, 그냥 타고나는 것이지 의식적으로 노력해서 되는 어떤 신분이나 인생 목표가 아니다. 아무리 누더기를 걸치고 발목에 족쇄를 차고 다녀도 유로지비라는 정체성이 만들어지는 것은 아니다. 가령 스메르자코프의 생모인 리자베타만 보아도 그녀가 유로지비가 되려고 노력한 흔적이 만에 하나라도 있었더라면 그녀는 유로지비라 불리지 않았을 것이다.

게다가 진짜 바보 성자라면 의식주 자체를 초월하기 때문에 굳이 모든 사람들에게 자기가 얼마나 적게 먹는가를 떠벌릴 필요가 없다. 그는 시골에서 온 순진한 수도사에게 빵까지도 거부하는 것만이 진실한 수행이라 겁을 주며 빵을 거부하지 못하는 수도사는 "마귀 들린 것"이라 단정 짓는다. 그는 오로지 기도만 하며 사는 자신이 비둘기 혹은 여러 가지 새 모양의 성령과 이야기를 나눈다는 사실을 은근히 떠벌리는데 순진한(그리고 우매한) 수도사에게는 그것이 먹혀든다. 오로지 성령과만 교신한다는 수행자가 자기선전이 필요한 경우에는 인간을 상대로 지껄이기도 한다는 것은 그의 침묵 수행이란 것도 지극히 계산된 행동이란 뜻 아니겠는가.

그는 유로지비의 덕성인 겸손과 온유와 자기 비움 대신 오만과 비판과 심판 성향을 드러내 보인다. 그의 기인 같은 외모와 광적인 신앙 뒤에 숨어 있는 것은 교만과 도덕적인 우월감이다. 우선 그의 독방 기거만 보아도 그것은 사막의 은수자들이 홀로 신과의 만남을 위해 기도하는 것과는 다른 차원의 생활방식이다. 그의 독방은 세상과 담을 쌓고 눈을 흘기며 앉아 있는 소년 스메르자코프의 방구석과 동일한 공간이며 그의 극단적인 수행은 교만이 종교의 탈을 쓸 때 삐져나오는 기행이다. 그의 입장에서는 '자기만' 신앙심이 있고 자기만 올바른 신앙생활을 하며 자기만 성령의 비둘기를 보고 자기만 하느님의 음성을 듣는다. 그의 입장에서는 오로지 자기 한 사람만이 신의 선택을 받았고 나머지 모두는 가짜 신앙인이다. 그래서 그는 자신을 제외한 나머지 모두를 무시하면서 홀로 고고하게 암자에 기거한다.

이런 유의 인간이 늘 그렇듯이 그의 가장 큰 기쁨은 세상을 단죄하고 인간을 심판하는 일이다. 그의 눈에 비친 세상은 온통 악마로 가득 차 있다. 특히 고위 성직자인 수도원장에게는 아주 강력한 악마가 들러붙어 있다.

"나는 작년 성금요일에 수도원장한테 다녀온 후로 가 보지 않았어. 악마가 가슴에 들어 있는데 법의 속에 숨어서 거의 뿔만 내밀고 있는 걸 보았지. 다른 놈은 그 더러운 뱃가죽 속에 들어앉아 있기도 하더군. … 놈을 향해 성호를 세 번 그었더니 짓눌린 거미처럼 그 자리에서 뒈져 버리더군."

성령과 소통하고 악마를 단죄할 수 있는 그의 광신이 위험한 이유는 그 이면에 보란 듯이 증오가 깔려 있기 때문이다. 그의 증오는 특히 '제도권'을 향해 있다. 그는 수도원이라고 하는 제도, 장로제라는 제도, 그리고 장로제도를 대변하는 조시마 및 수도원 고위 수도사들에게 대한 깊은 혐오감을 노골적으로 드러낸다. 장로제를 해롭고 경박한 제도라 비판하는 그의 속내를 들여다보면 거기에는 조시마 개인에 대한 질투와 증오가 부글부글 끓어넘치고 있다. 조시마 한 사람에게 쏟아지는 사랑과 존경이 너무 부럽고 싫은 나머지 그는 아예 인간과 연을 끊고 독방으로 들어가 버린 것이다. 페라폰트 신부의 극기와 절제와 광신은 개인적인 열등감과 증오, 채워지지 않는 자존심, 지극히 사사로운 욕망을 가려 주는 가면이다.

8. "모든 것이 허용된다"

도스토옙스키가 교만을 가장 거대한 악으로 설정한 이유는 그것의 끝에 가면 반드시 "모든 것이 허용된다"라는 명제가 기다리고 있기 때문이다. 도스토옙스키가 『죽음의 집의 기록』 이후 모든 소설에서 아주 줄기차게, 지치지도 않고 인류를 향해 목이 터져라고 외쳤던 메시지는 "모든 것이 허용된다"는 명제를 허용해서는 안 된다는 것이었다. 그것은 당대보다도 오늘날 우리에게 더 큰 사유를 요구한다는 점에서 도스토옙스키를 예언자로 바라보게 해 주는 핵심적인 요인이라 할 수 있다. 바로 그 명제의 정체가 이제 최후의 대작에서 여러 다양한 모습으로, 거기 감추어진 공포와 혼란과 파국과 함께 드러난다.

이 명제는 우선 2권 6장, 수도원에서의 가족 모임 도중에 이반의 사상으로 소개된다. 이반은 앞에서도 언급했듯이 대단히 머리가 좋은 청년으로 이미 논문까지 출간한 지식인이다. 그래서 신학적으로 박학다식한 신부들과 표도르의 사돈뻘 되는 자유주의적 지식인 미우소프가 배석한 자리에서 이반의 사상은 관심의 대상이 된다. 이반의 사상을 요약 정리하면 다음과 같다.

이웃을 사랑하라고 강요하는 것은 세상에 아무것도 없다. 인간이 인류를 사랑해야 한다는 자연의 법칙도 없다. 그건 자연의 법칙 때문이 아니라 사람들이 영생을 믿었기 때문이다. 영생에 대한 믿음을 인간에게서 박탈하면 사랑뿐 아니라 모든 활력이 고갈된다. 모든 것이 허용된다. 심지어 식인도 허용된다. 이에 그치지 않고 신도, 자신의 영생도 믿지 않는 모든 개인에게서 자연의 도덕률은 과거의 종교적인 도덕률과는 완전히 상충하는 것으로 급격하게 바뀌게 될 것이다. 극악한 이기주의까지도 인간에게 인정될 뿐만 아니라 인간의 입장에서 보면 필연적이고 가장 합리적이며 가장 고상한 결론으로 인정된다.

이반의 주장에 대해서 갑자기 조시마 장로가 확인하는 질문을 던진다.

"당신은 사람들에게 영혼 불멸에 대한 믿음이 고갈되면 그런 결과가 생길 거라고 정말로 확신합니까?"
"그렇습니다. 저는 그렇게 확신했습니다. 만일 영생이 없다면 선행도 없는 것입니다."

이반의 대답은 도스토옙스키의 그리스도교 신앙에 대해, 왜 그가 그토록 열렬한 그리스도 신앙인이 되었는지에 대한 한 가지 설명을 내포한다. 영생이란 종교적인 개념이다. 그러므로 이반의 주장은 만일 종교가 없다면 선행도 없고 모든 악행이 허용될 수 있다는 것으로 해석된다. 그런데 여기서 중요한 것은 이반은 무신론자이므로 그에게 "영생은 없다"는 사실이다. 그러므로 이반의 화법에서 "만일 영생이 없다면 …"은 "영생(신)은 없으므로 모든 것이 허용된다"를 뜻한다.

이반의 이 논리야말로 도스토옙스키가 무신론과 관련하여, 아니 더 나아가 인류의 생존과 관련하여 가장 경계했던 내용이다. 앞에서도 얘기했다시피 도스토옙스키의 소설은 신을 옹호하거나 신앙을 전파하거나 무신론을 비난하는 데 목적이 있었던 것이 아니다. 그의 사상의 중심에 있는 것은 언제나 휴머니즘이다. 그러므로 "신이 없다면", 혹은 "영생이 없다면"은 등장인물들에 적용될 경우 "도덕의 어떤 기준이 없다면", "양심이 없다면", "인간적 품위에 대한 자각이 없다면" 등으로 번역된다.

현대의 정치철학자의 시각에서 본다면 종교는 인간 본성과 더불어 우리의 가장 기본적인 가치를 규정한다(Fukuyama 2002: 7). 도스토옙스키는 이반의 주장을 통해 이보다 훨씬 강력하게 종교의 윤리적 의의를 강변한다. 그에게 종교의 의의를 부정하는 것은 윤리의 의의를 부정하는 것과 동일한 행위이다. 요컨대 종교, 신, 영혼 불멸은 도스토옙스키의 어휘 사전에서 도덕과 양심과 성찰과 품격의 다른 말이다. 이런 것들이 부재할 때 살인을 포함하는 "모든 것이 허용된다." 그리고 모든 것이 허용된다면 사실상 도덕도 양심도 신도 다 필요가 없다. '필요가 없다는 것'—이 최종적인 결론, 단순화된 귀납, 이 범죄와 카오스로의 매혹적인 도약이 이반의 사유 밑에 숨겨진 것이다(Kibalnik 2016: 166). 인간을 위협하는 가장 무서운 이념, 인간 존엄성에 가해지는 가장 두려운 모욕은 바로 이것, 이 영원한 악의 고리이다.

표도르, 이반, 그리고 스메르자코프 — 도스토옙스키가 창조한 무신론자들은 도덕의 선을 넘은 사람들이다. 중요한 것은 그들이 신을 믿지 않는다는 사실이 아니라 아무것도 믿지 않는다는 사실, 아무것도 필요로 하지 않는다는 사실이며 바로 그렇기 때문에 그들은 위험하다.

여기서 한 가지 지적할 것은 이반은 무신론자이긴 하지만 표도르나 스메르자코프와는 다른 부류에 속한다는 사실이다. 그는 신의 존재를 수긍할 수 없지만 도덕을 필요로 하고 도덕의 가치를 인정하고 도덕이 있어야만 한다는 믿음을 가지고 있다. 이 모순 속에 이반의 불행이 존재한다. 잭슨의 설명을 들어 보자.

> 신과 싸우는 사람(God-Struggler)으로서의 이반 카라마조프의 고통은 그가 종교적 도덕률의 존재를 허용하지만 자신의 영혼의 불멸, 그리고 인간의 선을 믿지 않는다는 사실에 있다. 그는 결과적으로 자신의 입장이 갖는 치명적인 논리의 희생자이다. 도덕과 신앙 사이의 절대적이고 구체적인 상호 의존을 믿지만 불멸에 대한 믿음을 결여함으로써 그는 "모든 것이 허용된다"는 지적인 입장에 도달한 것이다. 그의 도덕적인 본성은 아버지의 살인을 공개적으로 허용해 줄 수 없다. 그래서 그의 제자인 스메르자코프가 그의 사상을 가차없는 논리와 함께 실행한다(Jackson 1993: 295-296).

잭슨의 지적처럼 이반은 자기 논리의 희생자이며 그렇기 때문에 조시마 장로는 이반을 '매우 불행한 사람'이라 칭한다. 2권 6장에서 이어지는 이반과 조시마의 대화를 들어 보자.

"그렇게 믿으신다면 당신은 매우 축복받았거나 아니면 이미 매우 불행한 사람일 것입니다!"

"어째서 불행하다는 것이지요?"

…

"당신은 잡지 기고나 사교계의 논쟁 등을 즐기고 있지만, 자신의 논리를 스스로도 믿고 있지 않으며 가슴 아파하면서 마음속으로는 그것을 비웃고 있는 것입니다. … 그 문제는 당신의 마음속에서 해결되지 않고 있으며 바로 거기에 당신의 커다란 고뇌가 존재합니다. 왜냐하면 끈질기게 해결을 요구하고 있으니 말입니다. … 만일 긍정적으로 해결될 수 없다면 부정적으로도 해결되지 않을 것이기에 당신은 자신의 내적 특성을 스스로도 잘 알고 있을 것입니다. 바로 여기에 당신의 모든 고뇌가 담겨 있습니다."

조시마 장로는 그에게 "고통을 고통으로 받아들일 수 있게 당신에게 고결한 마음씨를 주신 조물주께 감사드리십시오"라고 말한 뒤 그에게 축복을 내려 준다. 이반이 조물주로부터 부여받은 '고결함'은 사실상 그의 모든 고뇌의 원천이다. 그는 신의 존재를 믿지 못하지만 도덕률이 반드시 존재해야 함을 믿을 정도로 고결하다. 바로 이 고결함, 표도르나 스메르자코프에게는 부재하는 이 고결함이야말로 그에게 구원의 가능성을 지지해 주는 받침돌이다. 표도르와 스메르자코프에게는 확실히 "모든 것이 허용된다." 그러나 이론적으로 그것을 주장했던 이반은 현실에서 지속적으로 그것을 뒤집는다. 뒤에 가서 밝혀지겠지만 이반의 운명은 "모든 것이 허용된다"와 "모든 것이 허용되는 것은 아니다" 사이에서 찢겨진 채 비극적인 결말을 향해 간다.

"모든 것이 허용된다"를 축으로 소용돌이치는 불멸과 선, 도덕과 신앙의 문제는 사실상 해결이 불가능한 문제다. 그것이 아무리 위험한 사상이라 할지라도 오로지 불멸 혹은 종교만이 그것을 무찌를 수 있다면 우리는 이반과 동일한 딜레마에 봉착할 수밖에 없다. 불멸에 대해, 신에 대해 우리는 아무것도 입증할 수 없기 때문이다.

도스토옙스키 역시 아무런 해결책도 제시할 수 없다. 자신을 평생 동안 가장 괴롭힌 문제는 '신의 존재 여부'라 고백할 정도로 도스토옙스키 역시 신앙과 불신 사이에서 우왕좌왕했다(29-1: 117). 아니, 그는 영혼의 불멸을 굳세게 믿었지만 그것을 입증한다는 것은 불가능하다는 것도 알고 있었다. 모순과 고뇌와 딜레마 속에서 결국 그가 도달한 것은 사랑이었다. 뒤에 가서 자세하게 살펴보겠지만 그에게 신앙을 입증해 줄 수 있는 것은 논리가 아니라 사랑이었으며 거대한 악과 마주해서 인간이 할 수 있는 유일한 일은 사랑이었다. "인간은 불확실성이라는 조건 속에서 살고 행동해야 하며, 이성적인 증거의 부재, 심지어 불멸에 대한 의식적인 확신의 부재에도 불구하고 도덕적인 삶을 지속해야 한다. 신앙을 통한 선(도덕)이 아니라 사랑을 통한 신앙이 이반에 대한 도스토옙스키의 답"이었다(Jackson 1993: 302).

9. "모든 사람은 모든 사람 앞에 모든 일에 대해 죄인이다"

4권 1장은 장로의 임종 준비로 시작한다. 기력이 완전히 쇠한 장로를 위해 도유식이 진행되고 장로와 작별을 하려는 은수자들로 암자는 가득 찬다. 동료와 후배 수도사들에게 하는 장로의 마지막 설교 중에 이 책을 관통하는, 그리고 도스토옙스키 사상과 종교를 관통하는 하나의 관념이 언급된다. "우리들 한 사람 한 사람은 이 지상의 모든 사람들에 대하여, 모든 일에 대하여, 세계의 보편적 죄악뿐만 아니라 이 지상의 만인들에 대하여, 각각의 개인들에 대하여 분명히 죄인입니다." 동일한 문장이 나중에 조시마 장로의 일대기에서 다시 언급된다. 어린 시절에 유명을 달리한 조시마의 형은 죽기 전에 이렇게 말했다. "우리 모두는 모두 앞에서 모두에 대해 죄인이지만 그중에서도 제가 가장 많은 죄를 지었어요." 언뜻 말이 안 되는 것 같은 이 진술은 도스토옙스키가 만년에 도달한 종교철학의 정수이자 그의 사상 전체를 요약하는 키워드다.

인간의 미완결성은 도스토옙스키의 시학에서 '타자 지향성'이라고 하는 독특한 현상으로 이어지면서 윤리의 전면으로 부상한다. 도스토옙스키에게 인간은 타자와의 관계 속에서만 존재한다. 인간은 "나는 누구인가?"에 답하기 위해서 타인이라고 하는 거울을 필요로 한다. 인간은 타인 속에 투영된 자기의 모습을 볼 때 비로소 스스로를 이해할 수 있다. 인간의 감정도 사고도 모두 마찬가지다. 바흐친의 말을 그대로 인용하자면, "모든 사람과 모든 사물은 서로가 서로를 알아야 하고, 서로에 대해서 알아야 하고, 접촉해야 하고, 얼굴과 얼굴을 맞대야 하고 함께 이야기를 시작해야 한다. 모든 것은 대화적으로 서로서로를 되비쳐 주고 서로서로를 밝혀 주어야 한다"(Bakhtin 1984-1: 177).

도스토옙스키의 타자 지향성에 대한 바흐친의 고찰은 그의 유명한 대화주의로 이어진다.

나는 오로지 나 자신을 타인에게, 타인을 통해, 그리고 타인의 도움으로 드러내 보일 때만 나를 의식하고 나 자신이 된다. … 인간이라는 존재(내적이고 외적인)는 그 자체가 대단히 심오한 소통이다. 존재한다는 것은 소통한다는 것을 뜻한다. 절대적인 죽음(비존재)이란 아무도 들어 주지 않음, 인정받지 못함, 기억되지 못함이다. 존재한다는 것은 타자에 대해 존재하고 타자를 통해 자신에 대해 존재한다는 것을 의미한다. 인간에게 내적인 자족적 영역이란 존재하지 않는다. 인간은 언제나 전적으로 경계선 위에 존재하며 따라서 자신의 내부를 바라볼 때 그는 타자의 눈 속을 들여다보거나 타자의 눈으로 바라보는 것이다(Bakhtin 1984-2: 287).

즉 대화주의란 존재와 존재 간의, 의식과 의식 간의, 말과 말 간의 소통과 얽힘과 되비침을 의미한다. 만일 타자와의 대화, 소통, 상호 조명을 배제하는 모종의 절대적인 '나'가 존재한다면 그것이 곧 윤리적인 의미에서의 악이다. 이 세상에 오로지 나만이 존재한다면 양심의 가책도 도덕적 성찰도 책임도 불필요하기 때문이다. 타자가 존재한다 하더라도 그가 나와 아무런 관계가 없다면 양심의 가책이나 책임은 불가능하기 때문이다. 그런 의미에서 도스토옙스키의 대화주의는 시학의 원리를 넘어 심오한 윤리적 개념이된다.

도스토옙스키의 대화주의를 책임의 윤리로 정착시킨 사람은 윤리학을 '제1철학'(First Philosophy)으로 지칭한 에마뉘엘 레비나스(E. Levinas)다. 레비나스 자신도 여러 차례 강조했다시피 그의 철학의 근원은 도스토옙스키다. 레비나스의 윤리학 속에서 도스토옙스키의 타자 지향성은 타자에 대한 전적인 책임으로 거듭난다. 타자와의 관계 속에서만 존재할 수 있는 나는 언제나 타자의 부름에 응답해야 한다.

여기에는 두 가지 가능성밖에 없다. 부름을 수용하든지 아니면 거부하면서 타인을 자기 중심으로 환원하는 길밖에 없다. 부름을 거부하는 일은 나 자신의 일에 몰두하든지 아니면 다른 일에 몰두하든지 또는 어떤 핑계와 이유를 제안하는 일을 통해 가능하다. 나의 집 문을 잠가 두고 타인으로부터 분리된 채 자기 중심주의로 살아갈 수 있다. 이것은 책임으로부터의 도피이며 이 도피를 레비나스는 윤리적 의미의 악이라 부른다. 타인에 대한 책임을 거부하는 것은 악이며 이 악은 모든 윤리적 악의 근원이며 곧 죄로 나타난다(강영안 2005: 188-189).

요컨대 타자의 부름에 내가 응답할 때에만 나는 책임지는 존재, 윤리적 주체가 된다. 이때 응답이란 단순한 대답이나 응대보다 훨씬 포괄적인 것을 의미한다. 그것은 타자의 존재와 의식을 나와 동등한 존재와 의식으로 인정하고, 타자를 내 존재로 환원시킴 없이 타자를 이해하고, 궁극적으로 타자의 존재에 전적으로 책임을 지는 것이다.

레비나스는 타자에 대해 벽을 세우고 자아 중심으로 도피하는 태도를 햄릿의 대사(『햄릿』 2막 2장)와 신에 대한 카인의 말대꾸(「창세기」 4:9)로 표현한다.

타인이 나와 무슨 상관인가? 헤쿠바가 나한테 무엇인가? "제가 아우를 지키는 사람입니까?"(Levinas 2009: 117).

사실 타인이 나와 무슨 상관인가. 합리성과 이성과 상식만이 선악의 척도라면 타인은 대체로 나와 아무 상관이 없다. 타인을 나에게 환원시키거나 나의 도구로 사용할 때에만 타인은 나에게 상관이 있다. 뒤집어 말하면 나에게 불필요한 타인은 나와 아무런 상관이 없다. 타인을 인정할 필요도 없고 이해할 필요도 없다. "이와 같은 질문들은 자아는 자신에 대해서만 상관한다는, 자아 자체만이 고려 대상이라는 것을 전제할 때만 가능하다. 이런 전제하에서는 타자, 즉 절대적으로 나의 외부에 있는 존재가 나에게 상관이 있다는 것을 결코 이해할 수 없다"(Levinas 2009: 117). 레비나스에게 타인의 부정은 그 극에 이르렀을 때 타인의 제거로 이어진다. 살인이란 나에게 불필요한(혹은 나에게 방해가 되는) 타자를 제거하는 일이다. "살인은 지배하는 것이 아니라 아예 말살하는 것이다. 이해 가능성을 철저하게 부정하는 것이다"(Levinas 1969: 198). 그러므로 동생을 죽인 카인의 "제가 아우를 지키는 사람입니까?"는 타인에 대해 인간이 취할 수 있는 가장 사악하고 비윤리적인 반응이다.

레비나스는 카인의 태도와 정반대되는 타자의 윤리를 『카라마조프가의 형제』에서 찾았다. 앞에서 인용했던 조시마의 진술을 레비나스는 윤리의 초석으로 인용한다.

우리 모두는 모두 앞에서 모두에 대해 죄인이지만 그중에서도 제가 가장 많은 죄를 지었어요(Levinas 2009: 146).

이와 비슷한 내용의 말, 혹은 상황은 소설 속에서 무수히 반복되면서 도스토옙스키의 종교철학의 정수로 굳어진다. "만인은 만인 앞에 만사에 대해 죄인이다." 사실 이것은 말도 안 되는 진술이다. 누군가 이렇게 말한다면 그는 아마도 백치이거나 위선자일 것이다. 그러나 도스토옙스키도, 그리고 도스토옙스키에게서 영감을 받은 레비나스도 이것이야말로 인간이 도달할 수 있는 궁극의 선이라 생각했다. 러시아어로 바꿔 말해 보면 이 구절의 의미는 더욱 구체적으로 드러난다.

Каждый пред всеми за всех и во всем виноват.

(Kazhdyi pred vsemi za vsekh i vo vsem vinovat.)

러시아어로 "vinovat"는 "누구누구 탓이다", "무엇에 대해 죄가 있다"를 의미하지만 또 "책임이 있다"를 의미하기도 한다. 그러므로 이 문장은 결국 "우리는 모두 모든 일에 대해 모든 사람에 대해 책임이 있다"라는 뜻으로 읽힌다. 이것은 타자에 대해 전적으로 책임을 지고 타자의 고통을 나의 것으로 받아들인다는 것을 의미한다. 여기서 중요한 것은 법적인 정의의 문제도 아니고 인과율의 문제도 아니다. 따지거나 논의해서는 절대로 도달할 수 없는 결론이다. 그러나 이것이 불가능하다면 세상의 악에 대항할 수 있는 것은 없다. 증오와 교만과 심판, 살인과 학대와 폭력에 대한 대안은 이것밖에 없다.

10. 실천적 사랑

책임의 윤리는 '실천적 사랑'으로 구체화된다. 2권 4장 "신앙심이 부족한 귀부인"에서 조시마 장로의 입을 통해 언급되는 '실천적 사랑'은 『카라마조프가의 형제』의 결론이자 앞에서 언급한 이반의 "모든 것이 허용된다"는 명제에 대한 응답이다. 아니 그것은 도스토옙스키 예술 전체, 사상 전체, 인생 전체의 결론이라 해도 과장이 아니다.

이것이 언급되는 상황은 다음과 같다. 하반신에 마비가 온 딸 리자를 위해 수도원을 찾은 호흘라코바 부인(그 주책없는 부인!)은 조시마에게 자신의 딜레마에 대해 조언을 구한다. 그녀의 딜레마는 마음속으로는 조건 없이 인류를 사랑하려고 하지만 가끔씩 대가를 바라게 되고 신심이란 것도 끊임없이 흔들린다는 것을 요체로 한다. 그녀의 하소연에 대한 조시마의 답이 바로 '실천적 사랑'이다.

그는 사랑을 두 가지로 나누어 본다. 하나는 공상적인 것이고 다른 하나는 실천적인 것이다. 공상적 사랑(love in dreams)은 문자 그대로 그냥 마음속에서 하는 사랑, 추상적인 사랑, 관념적인 사랑, 생각 속에서 진행되는 사랑, 혹은 감정적인 사랑이다. 예를 들어, 멋진 이성을 향해 느껴지는 호감은 엄밀히 따지자면 공상적인 사랑이다. 또 우리가 흔히 쉽게 언급하는 인류에 대한 사랑 역시 조시마에 따르면 공상적인 것이다. 인류란 너무나도 방대한 개념이다. 하나의 개념으로서의 인류를 사랑하는 것은 한 사람의 인간을 구체적으로 사랑하는 것과는 전혀 다른 것이다. 조시마는 인류에 대한 사랑의 한계를 예시하기 위해 어떤 의사가 한 말을 인용한다. 그는 인류에 대한 사랑의 한계를 이렇게 설명한다.

나는 인류를 사랑한다. 하지만 나 자신에 대해 놀라게 된다. 내가 인류를 사랑하면 할수록 개별적인 인간, 다시 말해서 한 사람 한 사람에 대한 사랑은 줄어들기 때문이다. 공상을 할 때는 흔히 인류에 대한 지극한 봉사정신에 빠져들기도 하고, 만일 갑자기 그럴 필요가 생긴다면 사람들을 위해 실제로 십자가를 걸머지겠다고 생각하지만 나는 단 이틀도 같은 방에서 어떤 사람하고든 함께 지낼 수가 없다. … 아무리 훌륭한 사람이라도 나는 하루만 지나면 그를 증오하게 된다.

무척 의미심장한 대목이다. 조시마는 여기서 인류에 대한 사랑과 전 인류를 향한 막연한 봉사정신이란 것이 얼마나 쉽게 자기애와 자기만족을 덮어주는 몽상이 될 수 있는지를 보여 준다. 한 사람을 사랑하는 것이 거의 불가능할 정도로 어려운 바로 그만큼 인류 전체를 사랑하는 것은 누구나 할 수 있을 만큼 쉽다는 것은 진정 아이러니다.

실천적 사랑(love in action)이란 바로 내 앞의 한 사람을 진정으로 사랑하는 것이다. 감정이 아닌, 어떤 행위로서의 사랑은 결코 만만한 일이 아니다. 누군가를 실천적으로 사랑한다는 것은 때로는 나를 전적으로 희생해야 함을, 아무런 보답도 없다는 것을 알면서도 그냥 베풀기만 해야 함을 의미한다. 인류를 사랑한다고, 혹은 조국과 민족을 사랑한다고 생각하고 말하는 것은 그다지 어려운 일이 아니다. 그러나 그 인류의 한 구성원, 민족의 한 구성원인 내 이웃, 나에게 피해를 주고, 나를 힘들게 하는, 때로는 혐오스럽기까지 한 가까운 누군가를 순전히 그것이 인간의 도리이기 때문에 사랑하는 것은 아무나 할 수 있는 일이 아니다.

이것은 절대로 쉬운 일이 아니다. 아니 거의 불가능한 일일지도 모른다. 그래서 조시마는 그것을 가혹한 일이라 말한다. "실천적 사랑은 공상적 사랑에 비해 가혹하고 두려운 일입니다. 공상적인 사랑은 사람들이 그것을 주목해 주는, 만족도가 빠른 성급한 성취를 갈망하게 됩니다. 그럴 때 실제로 자기 생명까지 바치겠지만 오래 지속되지 못하며 모든 사람에게서 주목받고 칭찬받기 위해 무대 위에서처럼 얼른 실행에 옮기게 됩니다. 그러나 실천적 사랑은 노동이자 인내이며 어떤 사람들에게는 완벽한 학문이기도 합니다."

사랑이 얼마나 어려운 일인가 하는 것은 나중에 '조시마 장로의 설교'(6권 3장)에서 다시 한번 강조된다. "사랑은 얻기 힘든 것입니다. 구하려면 비싼 대가를 치러야 하고 오랜 세월에 걸쳐 많은 일을 해야 합니다. 사랑이라는 것은 우연한 순간이 아니라 어느 때에나 실천해야 하는 것이기 때문입니다. 우연히 하는 것이라면 누구든 할 수 있으며 악당들조차도 그렇게 할 수 있습니다."

조시마는 인간에게 이 사랑을 완성하라고 요구하지 않는다. 이토록 불가능에 가까운 사랑을 누가 완성할 것인가. 그러나 사랑하려는 시도를 중단하

지 않는다면, 사랑에의 지향을 포기하지 않는다면 마지막 순간에 다른 누군
가가 그 사랑을 완성시킨다. 그가 곧 신이다. 우리가 실천적 사랑의 완성에
서 멀어지고 있다는 사실을 두려움 속에서 목격하는 순간 "갑작스레 목표를
달성하게 되며 언제나 사랑으로 보살피며 언제나 보이지 않게 이끌어 주시
는 하느님의 기적적인 권능과 마주치게 될 것입니다."

앞으로 보게 되겠지만 소설에서는 거창한 인류애와 대립하는 소소한 '실
천적 사랑'이 말과 행위로써 끊임없이 나타난다. 이 사랑은 바흐친의 타자
의 윤리, 레비나스가 말한 책임의 윤리를 실현시키는 행위이며 이런 사랑만
이 소설에 등장하는 모든 악에 대한 대안이 될 수 있다. 조시마가 말했듯이
"만일 실천적 사랑이 성공을 거두게 되면 신의 존재도 자기 영혼의 불멸도
확신하게 될 것입니다. 이웃 사람들에 대한 사랑이 완벽한 자기희생에 이르
게 된다면 그때는 틀림없이 확신을 얻게 되고 또한 어떤 의혹도 당신의 영
혼 속에 찾아들지 못하게 될 것입니다." 한마디로, 실천적 사랑은 교만, 증
오, 단절, 탐욕, 질투, 열등감, 그리고 이 모든 것을 합리화시켜 주는 이론적
인 무신론에 대한 도스토옙스키의 응답이다.

11. 믿음과 기적

제1권-제4권까지에는 소설 중후반에 나오게 될 테마에 대한 여러 복선이
깔려 있는데 믿음과 기적의 문제도 그중 하나다. 제1권 5장에서 화자는 현
실주의와 기적에 관해 언급한다. 화자에 의하면 알료샤는 '리얼리스트'(현실
주의자)였다. 그는 어느 날 불현듯 영생과 신이 존재한다는 확신을 갖게 되어
수도원에 들어갔고 수도원에서 기적을 믿게 되었으나 신비주의자는 아니었

다. 리얼리스트를 신앙으로 이끄는 것은 기적이 아니다. 리얼리스트에게는 기적으로부터 신앙이 나오는 것이 아니라 신앙으로부터 기적이 나온다.

화자는 스쳐 지나가는 듯한 뉘앙스를 풍기며 기적과 믿음에 관해 이와 같이 언급하지만 이 대목은 나중에 소설에서 여러 번 되풀이하여 울려 퍼진다. 화자에 의하면 기적은 신비하고 초자연적이고 마술적인 현상이 아니라 '현실적인' 어떤 것이다. 단, 믿음에서 비롯된 기적만 그렇다. 만일 우리가 믿기 위해서 마술 같은 기적을 기대한다면 그것은 미신과 혹세무민의 전형적인 조건이라 할 수 있다.

인물들은 다양한 방식으로 기적과 관련된다. 알료샤는 믿음을 토대로 하는 기적을 믿지만 끊임없이 흔들리고 마을 사람들은 조시마 장로가 선종하면 모종의 기적이 일어날 것이라는 기대로 한껏 부풀어 있다. 드미트리는 알료샤에게 절박한 심정으로 기적에 대해 토로한다. "난 기적을 믿는다. 하느님의 섭리대로 이루어지는 기적을. 그분은 내 마음을 아시고 내 절망의 모든 것을 보고 계시지. 그분께서 끔찍한 일이 벌어지도록 그냥 내버려 두시기야 하겠니? 알료샤, 나는 기적을 믿고 있어." 무신론자인 이반은 민중을 지배하는 데 필요한 도구로서 기적을 염두에 둔다. 이 모든 '기적'들은 소설이 진행됨에 따라 다른 모티프와 연결되고 충돌하면서 인간에 대한 도스토옙스키의 메시지를 한층 더 풍요롭게 만든다.

12. 교회재판과 사회재판

소설의 후반을 논하는 부분에서 자세하게 언급하겠지만 도스토옙스키는 법과 정의에 대해, 그리고 당대 있었던 사법개혁에 대해 지대한 관심을 가지고 있었다. 그래서 드미트리가 결국 체포되고 재판에 회부되는 제12권은 전적으로 법정 공방과 사법제도에 할애된다. 그런데 도스토옙스키는 제12권에 대한 일종의 복선으로 2권 5장 "아멘, 아멘"에서 교회재판과 사회재판에 관한 논쟁 장면을 깔아 놓는다. 갑자기 재판 얘기가 나와 뜬금없다는 느낌이 들고 대부분의 독자는 이게 다 무슨 소린가 하고 어리둥절하기 마련인데 나중에 12권하고 연결시켜 읽으면 앞뒤가 딱 들어맞는다.

그러므로 여기서 잠깐 간단하게나마 2권의 논쟁을 살펴보고 가는 게 나중의 독서에 도움이 될 것 같다. 장소는 앞에서 언급한 수도원이고 참석자는 카라마조프가 사람들, 수도사들, 그리고 민중들과의 면담을 마치고 돌아온 장로 등이다. 지적인 이반을 중심으로 재판에 관해 열띤 논쟁이 벌어지는데 상당히 어렵고 복잡한 내용이지만 간추리면 다음과 같다.

여기 한 사람의 범죄자가 있다. 그를 붙잡아서 재판에 회부한 뒤 적절한 수위의 처벌을 가한다 치자. 그 경우 사회는 결국 정화될 것인가? 아니다. 범죄자는 처벌을 통해 자신이 사회에 진 빚을 다 갚았다고 생각할 것이므로 사회에 돌아가 아무런 양심의 가책도 없이 다시 죄를 지을 것이다. 그렇다면 교회재판은 어떤가. 만일 중죄인의 죄를 물어 교회가 그를 파문시킨다면 어떻게 될 것인가? 이 역시 아무런 해결책도 되지 못한다. 파문당한 인간은 어디로 갈 것인가? 그는 어쩌면 의지할 데 없음에서 오는 불안감에서 혹은 홧김에 더 나쁜 죄를 지을지도 모른다. 이 모든 논의는 사실상 2권에서 해결될 수 없는 성질의 것이고 이반의 논지는 교활할 정도로 요리조리 피한다는 느낌을 주기 때문에 적어도 이 시점에서 이반이 무엇을 이야기하고자 하는 것인지는 모호하다.

그러나 한 가지 분명한 것은 사법제도만 가지고는 정의를 실현하기 어렵다는 사실이다. 교회재판도 만일 그것이 징벌에 초점을 맞춘다면 정의 실현에 아무런 기여도 할 수 없다. 이 대목에서 조시마가 하는 말은 도스토옙스키가 나중에 드미트리의 법정 공방을 통해 하려는 말을 미리 요약해서 전달한다. 그에 의하면 어떤 형벌도 범죄의 재발을 막지 못한다.

왜냐하면 해로운 인간들을 기계적으로 도려내고 멀리 유형을 보내 눈앞에서 사라지게 할지라도 그자 대신 다른 범죄자가 그것도 두 배로 늘어나 나타나기 때문입니다. 사회를 보호하고 범죄자를 교화시켜서 다른 사람으로 갱생시키고자 한다면 그것은 자기 양심 속에 내재한 그리스도의 율법뿐입니다. 그가 그리스도 공동체의 아들로서, 즉 교회의 아들로서 자신의 죄를 깨닫자마자 그는 바로 그 공동체, 즉 교회 앞에서 자신의 죄도 깨닫게 되는 것입니다.

결국 조시마는 '죄와 벌'의 논리에 기초하는 속세의 법은 무기력하며 교회가 범죄자를 갱생시키는 길만이 범죄자도, 사회도 구원할 수 있는 길이라고 말하고 있다. 그는 그러나 자신의 말이 작금의 교회 상황과는 괴리가 있다는 것을 인정할 만큼 현실적이다. 그래서 그는 "현재의 교회는 그럴 준비가 되어 있지 않습니다"라고 덧붙인다. 이 장에서 조시마가 하는 말은 법이 처한 딜레마를 지적하면서 동시에 사법제도가 나아갈 방향을 제시한다. 현실적으로 사법제도도 교회도 이상적인 교화의 기능을 하지 못한다. 그렇다고 조시마의 '희망'처럼 교회가 국가의 법 시행을 대신하게 되는 것은 대부분의 보통 사람들에게 요원한 꿈처럼 들린다. 그러나 한 가지, 처벌만으로는 범죄를 예방할 수 없다는 것, 그러므로 종교적인 방식이 되었건 아니면 세속적이고 심리적인 방식이 되었건 범죄자를 교화시키고 교정시키는 길만이 범죄를 예방하고 모든 사람이 상생할 수 있는 사회를 만드는 길이라는 것만은 분명하다.

13. 기억의 힘

『카라마조프가의 형제』를 집필할 무렵 도스토옙스키는 심각한 기억 장애를 앓고 있었다. 아마도 고질적인 간질 탓이었겠지만 그는 자신이 점차 기억을 상실해 가고 있다는 사실을 공포에 떨며 인정해야 했다. 그래서 그랬던지 그는 기억의 의미와 가치에 그 어느 때보다도 큰 의미를 두었다. 그에게 기억은 인간을 인간으로 만들어 주는 핵심적인 조건 중의 하나였다.

도스토옙스키는 기억은 좋은 것이고 망각은 나쁜 것이라는 얘기를 하려는 것이 아니다. 모든 것을 다 기억한다는 것은 축복보다는 저주가 되고 나쁜 기억은 앙심으로 변질되기도 한다. 살다 보면 적절한 망각이 필요할 때도 있으며 망각은 비움으로 번역되기도 한다. 니체(F. Nietzsche)의 지적처럼 "기억 없이도 인간은 심지어 행복할 수조차 있다. 그러나 망각 없이는 그 어떤 진정한 의미에서의 인생도 절대적으로 불가능하다"(석영중 2011: 215). 한마디로 말해서 적당히 기억하면서 또 적당히 망각도 하는 것이 인간이라는 얘기다. 그러나 본질적으로 기억은 실존의 조건이다. 그것은 과거와 현재를 이어 주고 현재와 미래를 연결시켜 줌으로써 존재의 연속성을 담보해 준다. 그러므로 기억을 상실한 존재, 역사를 잃어버린 존재는 한 개인이건 사회건 국가건 살아 있다고 할 수 없다.

『카라마조프가의 형제』에서 도스토옙스키는 기억과 망각의 여러 가지 현실적인 변주를 보여 준다. 소설의 1권에서부터 마지막 에필로그에 이르기까지 기억은 지속적으로 언급된다. 1권의 제목 '내력'도, 첫 문장에서 화자가 강조하는 '기억'도 모두 도스토옙스키에게 기억이 얼마나 중요한 개념인가를 입증해 준다. 소설은 기억으로 시작해서 기억으로 끝난다고 해도 과언이 아니다. 1권에서는 무엇보다도 망각하는 아버지와 기억하는 아들의 대립이 두드러진다.

a) 망각 장애

표도르 카라마조프의 특성 중 빼놓을 수 없는 것은 망각이다. 그는 거의 모든 것을 다 잊어버리고 산다. 노년기의 기억력 감퇴와 지속적인 폭음으로 인한 뇌세포의 파괴가 아마도 그의 망각 성향에 대한 생물학적 설명이 될 것이다. 그러나 망각은 생물학적 증상을 넘어 그에게 일종의 정체성과도 같은 것이다. 그는 젊은 시절부터 망각의 제왕이었다. 그의 망각은 장남 드미트리에서 시작된다.

그는 아델라이다 이바노브나와의 사이에서 태어난 제 자식을 버리게 되었는데 그것은 자식에 대한 미움이나 부부 사이에 겪은 어떤 모멸감 때문이 아니라 단지 자식에 대해 완전히 잊었기 때문이다.

두 번째 결혼에서 얻은 두 아들의 운명도 마찬가지였다. 표도르는 두 번째 아내가 죽자 두 아들에 관해서도 완전히 잊어버렸다.

어머니가 죽은 후 두 아이들에게는 이복형인 드미트리와 거의 똑같은 상황이 전개되었다. 그 아이들은 아버지에게서 완전히 잊혀지고 버림받아 하인 그리고리의 손에 넘겨졌다.

표도르의 망각은 점점 더 심해진다. 충직한 하인 그리고리가 없었더라면 그는 망각으로 인한 여러 심각한 상황에 직면했을 것이다. 그는 아내의 무덤이 어디 있는지도 잊어버렸고 심지어 첫 아내와 둘째 아내에 대한 구분도

하지 못할 만큼 두 사람의 존재 자체에 대해 잊어버렸다. 그래서 그는 두 번째 아내의 추도식을 위해 수도원에 1000루블을 기부한다고 생각했지만 실제로는 깜빡 잊고 첫 번째 아내의 이름을 써 버렸다.

살해당할 즈음 표도르의 머릿속은 완전히 뒤죽박죽이었다. 노화와 죽음에 대한 공포, 돈과 성을 향한 끝없는 집착, 그리고 과식, 과음 등 총체적 무절제가 하나로 합쳐져 그의 기억을 완전히 지워 버려 정신은 파탄에 이르렀다. 현재의 쾌락에 대한 동물적인 감각 이외에 그의 머릿속에 남아 있는 것은 거의 아무것도 없다. 그는 기억을 잃어버린 인간의 추악함을 적나라하게 보여 줌으로써 기억이란 살아 있는 인간의 조건이라는 도스토옙스키의 주장을 뒷받침해 준다.

b) 기억과 망각

카라마조프가의 아들들에게 기억이란 무엇보다도 부모에 대한 기억, 어린 시절에 대한 기억, 혹은 '대물림'이라 표현할 수 있는 모종의 물질적이고 정신적인 연속성이다. 부모로부터 잊혀진 첫아들 드미트리에게 부모와의 유일한 끈은 어머니로부터 물려받은 유산이다. 그러나 그 유산을 소비하는 과정에서 그는 아버지의 망각, 성향을 물려받은 듯 돈의 액수 따위는 기억하지 못하면서 그냥 마구 써 버린다. 그의 비극, 그리고 소설의 비극은 어느 정도 그의 이러한 망각, 낭비에서 비롯된다. 그러나 나중에 언급하겠지만 그에게는 어린 시절에 대한 기억이 아주 조금이지만 남아 있고 이 작은 기억의 불씨는 그를 구원으로 인도한다.

둘째 아들 이반은 아예 아무것도 기억하지 않는다. 머릿속에서 '카라마조프가'의 피를 지워 버린 듯 그에게는 나쁜 기억도 좋은 기억도 없다. 그의 머릿속을 꽉 채우고 있는 것은 지식뿐이다. 기억하지 않는 이반은 기억하지 못하는 아버지의 닮은꼴이다.

반면 셋째 아들 알료샤에게 현재의 그, 스무 살의 견습 수도사를 있게 한 가장 중요한 것은 기억이다. 도스토옙스키는 여러 차례 알료샤를 소설의 주인공이라고 지칭하는데 그런 주인공을 소개하는 대목에서 제일 먼저 기억을 강조하는 것은 결코 우연이 아니다.

그는 겨우 네 살 때 어머니를 잃었으나 그 후 평생에 걸쳐 (마치 정말로 어머니가 살아서 내 앞에 서 있는 것처럼) 어머니의 얼굴과 그 부드러움을 기억하고 있었다. … 그는 어느 조용한 여름 저녁, 활짝 열어젖힌 창문, 비스듬히 흘러드는 저녁 햇살을 기억했다. 방 안 한구석에 성상이 세워져 있었고 그 앞에는 타오르는 램프가 놓여 있었으며 성상 앞에서는 자신을 두 팔에 안고 있는 어머니가 마치 히스테리 발작이라도 하는 듯 고함을 지르고 악을 쓰며 무릎을 꿇은 채 흐느꼈다. 그녀는 알료샤를 으스러지도록 힘껏 부둥켜안고 성모께 기도를 드렸다. 마치 성모의 비호 아래 두려는 듯 성상을 향해 알료샤를 받쳐든 두 손을 추켜올렸다.

드미트리, 이반, 알료샤 모두 부모에게 버림받은 채 하인과 친척들의 손에 양육되었고 어린 시절의 행복한 추억이라고는 아무것도 없다는 공통점을 지닌다. 성장 환경은 셋 모두 동일하다. 그럼에도 어떤 아들은 무언가를 기억하고 어떤 아들은 아무것도 기억하지 못하며 또 어떤 아들은 평생 동안 어머니의 얼굴을 기억한다는 것은 많은 것을 시사한다. 어머니의 얼굴을 기억하는 알료샤가 셋 중에서 가장 행복하고 평온하다는 것은 무슨 뜻일까. 어쩌면 우리의 기억 속에 있는 것은 기억되는 사건 그 자체가 아닌지도 모르겠다. 동일하게 열악한 조건이지만, 그 속에서도 의미 있는 것을 기억하고 되새길 수 있는 능력은 어쩌면 행복할 수 있는 능력과 동일한 것인지도 모른다.

c) 곱씹기

마지막으로 스메르자코프는 나쁜 것만 기억하고 쌓아 두는 비상한 능력을 보여 준다. 그의 기억력은 알료샤의 경우와는 정반대로 그 자신의 비극은 물론 타인의 비극까지 초래하는 사악한 원동력이 된다. 망각이 생존의 조건이라는 어느 뇌과학자의 지적은 스메르자코프의 경우에 딱 들어맞는다. "망각은 종류와 관계없이 한 가지 공통점을 가지고 있다. 다른 정보들을 위해서 어떤 정보를 버린다는 점이다. 그 덕분에 망각은 인류가 지구를 정복하는 데 일등 공신이 되었다"(석영중 2011: 216). 스메르자코프의 머릿속에는 나쁜 기억이 꽉 들어차 있어서 다른 어떤 좋은 기억을 위한 공간도 없다.

스메르자코프의 기억력은 사실상 인지 능력과 별 상관이 없다. 그는 지식이라든가 사물에 대해 느끼는 감정, 혹은 세계가 우리에게 선사하는 온갖 기호들은 전혀 기억하지 못하고 기억하려는 의도도 없다. 그에게는 책도, 예술도, 방금 만난 사람도 '안중에' 없다. 그런 그가 절대로 잊지 못하는 것은 타인으로부터 받은 모욕과 상처다. 그리고리가 고양이 죽이는 놀이를 하는 그를 채찍으로 혼내 주자 "그는 방구석에 틀어박혀 일주일이나 눈을 흘기고 있었다." 그리고리가 그에게 심하게 모욕적인 욕설을 내뱉자 그는 결코 "그 말을 용서할 수 없었다." 그의 간질병 역시 부분적으로 '잊지 못함'에 기인한다. "그리고리는 힘껏 소년의 뺨을 때렸다. 소년은 아무 대꾸도 하지 않은 채 모욕을 참았지만 다시 며칠간 구석에 틀어박혀 버렸다. 그런 일이 있은 후로 일주일이 지나자 나중에 그를 평생 괴롭힌 간질병 증세가 처음으로 나타났다." 이것뿐만이 아니다. 그는 어린 시절 동네 사람들의 수군덕거림까지 시시콜콜 죄다 마음속에 쌓아 둔 채 성장한다. 그를 사악한 괴물로 만든 것은 나쁜 아버지와 나쁜 양아버지 그리고리와 그의 마음속에 쌓여 있던 앙심이다. 앙심이 쌓여 괴물이 된 것인지, 아니면 괴물이기 때문에 앙심을 쌓아 둔 것인지는 알 수 없지만, 잊지 못한다는 것이 비극의 원천인 것만은 분명하다.

d) 초월적인 기억

도스토옙스키에게 기억은 궁극적으로 초월적인 사건이다. 그것은 단순한 정보의 누적도 아니고 모든 것을 머릿속에 차곡차곡 쌓아 두고 시시때때로 곱씹는 '앙심'도 아니다. 그것은 본질로의 회귀이며 현재를 있게 해 준 근원에 대한 인정이며 앞으로의 삶을 희구하게 해 주는 동력이다. 진정한 기억이라는 것은 단순히 과거의 사실을 되새기는 것이 아니라 모종의 메커니즘을 통해 과거의 사실을 다른 차원의 항구함으로 고착시키는 행위이다. 그 메커니즘은 삶과 죽음을 초극하며 인간의 현세에서의 삶, 3차원적 삶, 유한한 삶, 그래서 비극적인 삶을 불멸로, 영원한 기쁨으로 전환시켜 주는 과정이다. 도스토옙스키는 조시마의 입을 통해 이와 같은 의미에서의 기억을 2권 3장 "신앙심이 깊은 아낙네들"에서 환기시킨다.

앞에서 잠깐 언급했던 죽은 아이 '알료샤'의 어머니에게 조시마가 들려주는 것은 초월적인 기억의 이야기이다. 아낙네는 자신의 세 살배기 아들 알료샤를 잊을 수가 없다. "장례를 치르고 나서도 잊혀지지가 않아요. 그 애는 세상을 뜬 것이 아니라 바로 내 앞에 살아 있는 것 같아요. 제 영혼은 고갈되어 버렸어요. 그 애의 조그만 속옷이나 저고리 아니면 장화만 보아도 울음이 터져 나와요."

아낙네는 이 말을 '통곡하듯' 하고 화자는 그녀의 슬픔을 '억누를 길 없는 통곡'으로 정의한다. "통곡은 가슴을 자극하고 폭발시킴으로써 위안을 가져다준다. 그런 슬픔은 위안조차 바라지 않으며 해소될 수 없음에 대한 인식에 의해 지탱된다. 통곡은 상처를 끝없이 자극하려는 욕구이다." 다시 말해서 그녀의 통곡은 슬픔과 상처의 상호 작용이 시간이 흐름에 따라 눈덩이처럼 불어나 인간을 압살하는 상황의 실현이다. 여기에는 반역과 종교적 절망의 위험이 내재한다(Jackson 2004: 236).

아낙네의 죽은 아기 이야기는 앞에서 살펴본 고통당하고 학대받는 아이들의 테마에 대한 변주로 그 아이들에 대한 억누를 길 없는 슬픔을 대변한다. 그것은 또한 제5권 4장 "반역"에서 무고한 어린이의 고통 때문에 신을 용서할 수 없다고 외치는 이반의 분노를 예고한다. 잭슨이 그녀의 통곡에서 반역과 종교적 절망의 위험을 읽어 내는 것은 이 때문이다(Jackson 2004: 236). 마지막 한 가닥 신앙의 끈 이외에 그녀는 모든 것을 잊고 모든 것을 버렸다. 슬픔으로 인해 완전히 망가진 그녀에게는 삶도 집도 재산도 다 의미가 없다. 심지어 남편도 그녀에게는 아무 의미가 없다. 그녀는 벌써 석 달째 집을 떠나 있으며 남편을 비롯한 삶의 모든 것을 "잊어버렸다." 그녀는 반역에 위험할 정도로 가까이 다가와 있다. 조시마 장로의 말 한마디가 그녀로 하여금 마지막 반역의 선을 넘을 것인가 아니면 되돌아갈 것인가를 결정하게 할 수도 있다. 그녀가 지금 원하는 것은 아이를 돌려 달라는 것조차 아니다. 그저 한 번 다시 보게 해 달라는 것, 그 목소리를 다시 한번 듣게 해 달라는 것이다. 그녀에게 조시마가 주는 전형적인 '교회식 위로', 즉 죽은 아이는 천국에 있을 것이라는 말은 전혀 도움이 되지 않는다. 그녀는 아직 신앙을 잃지는 않았지만 이 소박한 시골 아낙네에게 닥친 지상의 이 거대한 불의와 상실 앞에서 신의 정의는 빛을 잃는다(Miller 1992: 40).

조시마의 위로는 다른 차원에서 주어진다. 그는 그녀에게 '초월적인 기억'

을 제시한다.

"위안을 얻으려 하지 마시고 그냥 눈물이 나오면 나오는 대로 우세요. 단지
울 때마다 당신의 아들이 하늘나라의 천사가 되어 내려다보다가 당신의 눈
물을 보고 기뻐하며 그것을 하느님께 알려 드린다는 사실을 반드시 기억하
십시오."

조시마는 우선 위안을 얻으려 하지 말라고 한다. 그것은 다른 말로 '통곡'
을 그치라는 얘기다. 통곡이 가져오는 위안, 상처를 후벼 파는 데서 오는 위
안, 위안이란 어차피 불가능하다는 자각에서 오는 위안을 버리라는 얘기다.
그는 또 잊으라고 하지 않는다. 죽은 아이에 대한 집착을 버리라고도 하지
않고 마음을 비우라고도 하지 않는다. 그는 오히려 '기억하라'고 한다. 단,
이때의 기억은 아들의 지상에서의 삶을 기억하는 것(아이의 옷가지와 신발과 허
리띠)과도, 그리고 단순히 아들이 천국에 있음을 기억하는 것(교회식 추모)과
도 다른 것이다. 조시마가 아낙네에게 말하는 것은 궁극적으로 '다른 세상과
의 접촉'에 대한 기억이다. 죽은 아이는 천국에서 어머니를 위해 기뻐하고
어머니는 그것을 기억함으로써 양자 간에는 모종의 연결이 가능해지고 그
것은 아이의 "장식이 달린 조그만 허리띠"(존재)와 "이제는 죽고 없는 아이"
(부재) 간의 대립을 초월한다. 그것은 초월적인 기억이다. 이제 아낙네는 통
곡하며 삶을 부정할 것인지, 아니면 초월적 기억 행위로써 남편에게 돌아가
고 삶과 다시 연결되고 아들과 항구한 관계를 맺을 것인지 사이에서 선택을
해야 한다.

이어지는 조시마의 조언은 시간에 대한 도스토옙스키의 생각을 전달한
다. 도스토옙스키가 시간의 문제에 골몰했던 것은 인간의 유한성과 직결된

다. 인간은 누구나 죽는다는 사실은 고통의 근원이자 악의 근원이다. 주지하다시피 죽음의 순간을 유예하기 위해 돈과 성에 집착하는 삼소노프와 표도르의 탐욕 근저에는 유한성에 대한 자각이 깔려 있다. 그것이 근본적으로 그들의 탐욕 역시 비극적일 수밖에 없는 이유다. 아낙네의 아들 알료샤의 죽음, 도스토옙스키의 아들 알료샤의 죽음, 그리고 소설 속에서 지속적으로 나오게 될 다른 아이들의 죽음은 인간 유한성의 비극을 극명하게 보여 주는 동시에 그것을 수용하는 방식에 대한 탐구의 여지를 남겨 놓는다. 도스토옙스키의 시간은 유한성의 문제에 대한 탐구의 결과이다.

제6권 "러시아의 수도사"에서 더 자세하게 살펴보겠지만 아낙네에게 하는 조시마의 조언은 첨예한 시간의 문제를 내포한다.

"앞으로도 오랫동안 당신은 어머니의 위대한 슬픔을 겪게 되겠지만 결국 그것은 고요한 기쁨으로 변하여 그 쓰라린 눈물도 죄악으로부터 구원해 주는 고요한 위안과 진정한 정화의 눈물이 될 것입니다."

모든 인간의 비극 아래 도사리고 있는 것이 유한성의 시간이라면 조시마가 제시하는 시간은 '다른 시간'이다. '다른 세상'의 '다른 시간'이야말로 도스토옙스키가 궁극적으로 제시하는 비극과 악의 대안이다. 상실의 고통 앞에서 '다른 시간'을 믿고 그 시간과 함께 사는 것이다. 그 시간은 더 이상 숫자로 계량화되지 않는다. 시간은 앞만 보고 달리는 괴물이 아니며, 죽음으로 끝나지도 않으며 모든 인간적인 흔적을 집어삼키지도 않는다. 그것은 치유의 시간이며 희망의 시간이며 신의 위대함을 말해 주는 신비의 시간이다. 그것은 사악한 시간, 무감각한 시간, 무질서를 향해 돌이킬 수 없이 질주하는 악마의 시간을 쳐부수는 '신의 시간'이다(석영중 2015: 302-303).

그 시간에 슬픔을 내맡기는 것이 아낙네가 선택할 수 있는 대안이다. 그 시간은 부드럽게 그녀의 슬픔을 어루만져 줄 것이며 결국 언젠가는 그녀의 슬픔까지도 고요한 기쁨으로 변할 것이다. 그녀는 다시 살 것이며 어쩌면 다시 행복을 느낄 것이다. 이때의 시간은 인간이 싸워서 쟁취하는 어떤 것이 아니다. 더 많이 살고, 더 잘 살기 위해 그 흐름에 역행하고 그 흐름을 막아야 하는 무자비한 어떤 대상도 아니다. 인간은 자기 자신에 대해, 순리에 대해, 신에 대해 깊은 믿음을 가질 때 비로소 이 시간과 함께 살 수 있게 된다.

IV

제5권–제7권

개요: 소설은 이제 핵심을 향해 치닫는다. 5권 "찬과 반"(Pro et Contra), 6권 "러시아의 수도사", 그리고 7권 "알료샤"는 소설의 사상적 요체가 응축되어 있는, 문자 그대로 서사의 중심부라 할 수 있다. 알료샤는 이반과 술집에서 만나 담소하는데 이 자리에서 이반은 자신이 왜 무신론자일 수밖에 없는가를 설명하고 자작 서사시 「대심문관의 전설」을 들려준다.

집으로 돌아온 이반은 스메르쟈코프가 붙임성 있게 구는 모습에 무서운 혐오감을 느낀다. 표도르는 그루센카가 올 경우에 대비해서 암호 노크법을 마련하여 스메르쟈코프에게만 알려 주었다. 스메르쟈코프는 드미트리가 위협적으로 나오는 바람에 너무나 무서워서 그만 그에게 이 암호 노크법을 가르쳐 주었다고 이반에게 실토한다. 그러면서 그리고리는 몸져누웠고 자신은 너무 긴장해서 간질 발작을 일으킬 것 같으니 오늘 밤 무언가 무서운 일이 일어날지도 모른다고 넌지시 말한다. 그리고 "그러니 도련님은 체르마쉬냐로 가시는 게 좋겠다"고 덧붙인다. 체르마쉬냐는 표도르의 산림이 있는 곳으로 표도르가 이미 이반에게 거기 가서 매매 의사를 제시한 장사꾼을 만나 사정을 알아봐 달라고 한 터였다. 이반은 마치 스메르쟈코프의 모종의 '계획'을 승인이라도 한 듯 다음 날 집을 떠난다. 그러나 체르마쉬냐로 가려던 생각을 바꿔 모스크바로 간다. 그날 스메르쟈코프는 자신의 예상대로 지하실로 내려가다가 굴러떨어져 간질 발작을 일으켜 그리고리의 옆방으로 옮겨진다.

한편 알료샤는 수도원으로 돌아가 장로의 임종을 지킨다. 장로는 마지막 말을 알료샤에게 남기고 자신의 지나간 생을 마치 이야기처럼 풀어서 회고

한 뒤 평화롭게 눈을 감는다. 알료샤는 훗날 그가 이 시점에서 했던 이야기와 이전의 강론을 편집하여 조시마의 '생애전'(Hagiography)이란 제하의 글로 남긴다. 소설의 제6권은 이 '생애전'의 내용이 된다. 생애전에는 조시마의 어린 시절에서부터 수도서원을 할 때까지의 스토리, 독립적인 스토리 형태의 '에피소드', 그리고 순수한 설교문이 포함되어 있다.

수도원에서는 엄숙하게 입관이 거행되었다. 사람들 사이에 동요와 초조한 기대감이 점점 커졌다. 사람들은 벌써 오래전부터 장로가 선종한 뒤에는 모종의 기적이 일어날 것이라 기대하고 있었다. 그들은 대체로 장로의 시신에서는 썩는 냄새가 아닌 향기가 뿜어져 나올 것이라고 기대했다. 그러나 장로의 관에서는 오히려 속인의 경우보다 더 독한 악취가 더 빠르게 풍겨 나왔다. 기적에 대한 기대가 좌절되자 장로를 숭배했던 사람들은 분노했고 장로를 질투했던 사람들은 쾌재를 불렀다. 알료샤는 깊은 절망을 견디다 못해 수도원을 슬그머니 나왔다.

흔들리고 좌절하고 갈팡질팡하는 알료샤에게 출세주의자 신학생인 라키틴이 접근한다. 신앙심이 없는데도 빈곤 때문에 신학교에 들어온 라키틴은 카라마조프 형제에게 시기심과 앙심을 품고 있다. 부와 출세만을 좇는 그는 알료샤의 타락을 보고 싶어 그에게 소시지와 술을 권한 뒤 함께 그루센카네 집으로 가자고 한다. 언젠가 그루센카가 알료샤를 데려오면 돈을 주겠다는 말을 했기 때문이다. 그는 성자에서 죄인으로 타락하는 알료샤의 모습을 보고자 하는 야비한 속셈과 금전적 이득을 위해 알료샤를 그루센카에게 데려간다.

그루센카는 멋지게 차려입고 그 옛날 자기를 버린 첫사랑 애인 폴란드 장교가 모크로예 마을에서 보내올 소식을 학수고대하고 있다. 그녀의 마음속에는 언제나 이 옛 남자가 있었다. 그래서 드미트리의 순수한 열정에 끌리면서도 그를 받아들이지 못하고 있었던 것이다.

그녀가 알료샤를 데려오면 돈을 주겠다고 했던 것은 상처받은 자존심과 수치심 때문이다. 알료샤의 순수하고 거룩한 모습을 보면 노인의 첩 노릇을 하고 있는 자기 자신이 너무나도 수치스러워져서 그를 놀려 주고 그의 성스러움에 흠집을 내고 싶어서 그런 것이다. 그녀는 알료샤의 무릎에 앉아 아양을 떨지만 알료샤가 조시마 장로가 선종했다는 소식을 전하자 바로 정색을 하고는 그의 무릎에서 내려와 성호를 긋는다. 이 순간부터 그녀와 알료샤 사이에는 무언의 공감대, 형제애와도 같은 어떤 감정이 싹튼다. 바로 이 대목에서 그녀는 유명한 '양파 한 뿌리' 이야기를 한다. 그녀는 알료샤에게 드미트리를 좋아하고 사랑하지만 자신은 첫사랑 남자에게로 돌아가겠노라고 말하면서 오열한다. 알료샤는 그녀에게 깊은 연민을 느낀다. 그녀는 곧 마차를 타고 모크로예 마을로 떠난다.

알료샤는 그루센카와의 만남을 계기로 좌절과 분노와 배신감에서 벗어나 수도원 암자로 돌아온다. 조시마 장로의 관 앞에서 파이시 신부가 성경을 봉송하고 있다. 썩은 내는 더 이상 알료샤를 괴롭히지 않는다. 졸음이 쏟아진다. 「요한의 복음서」의 '가나의 혼인 잔치'를 봉송하는 소리를 들으며 그는 꿈을 꾼다. 꿈속에서 조시마 장로가 그에게 삶은 기쁨이라는 말을 한다. 잠에서 깨어난 그는 알 수 없는 환희에 충만하여 밖으로 나간다. 그에게 선택의 순간이 온 것이다. 그는 오열하면서 대지에 입을 맞추고 신비한 '거듭남'을 체험한다. 사흘 후 그는 장로와의 약속대로 수도원을 나갔다.

1. 종교와 무신론의 대립

5권, 6권, 7권의 내용을 한 문장으로 요약하라면 아마도 신앙과 무신론의 대립이라 답할 수 있을 것이다. 앞에서도 지적했듯이, 도스토옙스키는 이 세상에서 가장 중요한 질문은 신이 존재하느냐 하지 않느냐의 문제라 했고, 자신을 평생 동안 가장 괴롭혔던 문제도 신의 존재 여부라고 실토했으며 (29-1: 117), 열렬한 신앙인으로 거듭난 후에도 "나는 그저 어린아이처럼 그리스도를 믿고 신앙을 고백하는 게 아니다. 나의 호산나는 엄청난 불신의 도가니를 거쳐 나왔다"라고 못 박아 말했다(27: 86). 이는 즉, 그의 최후의 작품인 『카라마조프가의 형제』가 아무리 다양한 내용과 주제를 포함한다 하더라도, 그리고 소설이 러시아 정교를 선전하는 작품과는 아무리 거리가 멀다 하더라도, 신앙과 불신의 문제를 비껴가면 소설을 온전히 파악하기 어렵다는 뜻이기도 하다.

여기서 우리는 도스토옙스키에게 종교가 의미하는 바를 좀 더 소상히 짚고 넘어갈 필요가 있다. 그에게 그리스도교와 무신론의 대립은 단순히 종교와 무교 간의 대립이 아니다. 아니 도스토옙스키에게 신이 존재하느냐 하지 않느냐의 문제는 이미 종교와 신학의 문제를 넘어선다. 그것은 정치 이데올로기의 문제이고 법의 문제이고, 경제의 문제이고, 사회제도의 문제이며 과학과 문명의 문제이고 도덕과 윤리의 문제이다. 그는 당대 러시아 현실을 읽으면서, 온갖 불의와 부조리와 폭력을 읽으면서, 모든 갈등의 근저에 놓인 것은 신앙과 무신론의 갈등임을 간파했다. 마지막 대작 『카라마조프가의 형제』에서 모든 모티프, 주제, 인물, 사건, 사상이 결국 돌고 돌아 신앙과 불신의 대립으로 수렴하는 것은 바로 그 때문이다. 그러면 이제 그 수렴점에 해당하는 5권, 6권, 7권을 보자.

아주 간단하게 도식화시켜 보자면, 5권의 중심인물은 이반이며 그가 개진하는 것은 불신이다. 6권의 중심인물은 조시마 장로이며 그의 일대기를 통해 전달되는 것은 신앙이다. 7권의 중심인물은 알료샤인데 그는 신앙과 불신 사이에서 흔들리다가 7권의 말미에서 신앙을 회복한다. 요컨대 소설의 중앙에는 무신론자, 성직자, 신앙을 가진 일반인이 체험하는 불신과 신앙의 문제가 놓여 있는 것이다. 이 중심부가 얼마나 중요한 것인지는 도스토옙스키 자신의 입을 빌려 여러 번 강조된 바 있다.

1879년 5월 10일 편집자 류비모프(N. Liubimov)에게 보낸 편지에서 도스토옙스키는 제5권이야말로 소설의 정점임을 누누이 강조한다.

제 생각에 5권은 소설의 정점입니다. 그래서 5권을 완성하는 데는 특별한 배려가 필요합니다. 제가 보내드린 원고를 보시면 아시겠지만 5권은 궁극의 신성모독, 이 시대 러시아에 만연한 파괴적 사상의 중심 테마를 다루고 있습니다. … 제 인물은 신의 부정이 아니라 신의 창조의 의의에 대한 부정을 개진합니다. 제 인물은 아이들이 당하는 무의미한 고통에 초점을 맞추어 그로부터 모든 역사적 리얼리티가 부조리하다는 결론에 도달했고 이것은 제 생각에 반박하기 불가능한 주장입니다(29-1: 68).

이반의 무신론에 대해 그는 소설가로서, 그리고 사상가로서 한없는 자긍심을 가지고 있었다. 인간이 생각해 낼 수 있는 가장 강력한 무신론이기 때문이다.

이반은 심오하다. 그는 신앙의 결여를 통해 좁아터진 세계관과 둔재의 무덤을 보여 주는 현대의 무신론자 중의 하나가 아니다. … 사악한 자들은 내 신앙이 원시적이고 낙후되었다고 조롱한다. 그러나 그 얼간이들은 '대심문관'과 후속 장들에서 드러나는 바와 같은 그런 강렬한 신앙의 부정은 꿈도 꾸지 못했을 것이다. 내 소설 전체가 그것에 대한 답이다. 나는 멍청이나 광신자로서 신을 믿는 게 아니다. 그런데도 그들은 나를 가르치려 들고 내가 퇴행적 사고를 고집한다고 비웃는다. 그러나 그들의 어리석은 본성으로는 내가 겪은 것과도 같은 그런 강렬한 신의 부정은 꿈도 못 꿀 것이다(27: 48).

이토록 강렬한 무신론을 생각해 낸 저자는 그것을 반박하는 사상도 만들어 내야 한다. 그는 이어지는 제6권, 그리고 소설 전체가 5권의 '반박 불가능한 주장'을 반박하기 위한 것이라고 말함으로써 신앙과 불신 간의 치열한 공방을 예고한다. 그는 류비모프에게 보낸 편지(1879년 6월 11일)에서 자기가 두려움과 전율과 공경 속에서 작업하고 있는 원고는 이반의 무신론을 장엄하게 격파할 것이라고 호언장담했다. 또 정교회의 수장인 포베도노스체프에게 1879년 8월 24일 자로 보낸 편지에서는 6권 "러시아의 수도사"가 이반의 반박 불가능한 주장에 대한 반박인데 "전율하면서 쓰고 있다"고 밝혔다.

성하께서는 가장 근본적인 질문을 제기하고 계십니다. 이 모든 무신론적 주장에 저는 아직까지도 답을 못 찾았습니다. 그러나 반드시 답이 있어야만 합니다. 맞습니다. 그것이 제 주된 걱정이자 관심사입니다. 사실 저는 제6권 '러시아의 수도사'에서 이 모든 부정적인 주장에 답을 하려고 합니다. … 저는 부들부들 떨면서 쓰고 있습니다. 그게 적절한 응전이 될까 고민하기 때문입니다(29-1: 121-122).

1879년 8월, 조시마 장로와 관련하여 류비모프에게 보낸 편지를 보면 그가 얼마나 조시마라는 인물을 만들어 내는 데 고심했는가를 알 수 있다.

조시마는 제가 그에게 부여한 것 이외의 다른 언어나 혹은 다른 기질로써는 스스로를 표현할 길이 없습니다. 저는 그의 형상을 고대 러시아의 수도사와 고위 성직자에서 따왔습니다. 그들은 깊은 겸손과 함께 러시아의 미래에 대해, 그 도덕적인, 그리고 심지어 정치적인 운명에 대해서 한없이 순수한 희망을 지니고 있었습니다(30-1: 102).

이렇게 부들부들 떨면서 쓴 6권은 5권에 대항하는 강력한 내용을 담고 있어야 하지만 저자는 자신이 쓴 것에 대해 계속해서 불안해했다. 그러나 어쨌든 6권을 쓰고 난 후 그는 소설의 정점은 5권이 아닌 6권이라 자부하게 된다. "저는 제가 원하는 바의 10분의 1밖에 못 썼어요. 하지만 저는 그래도 제 6권이 제 소설의 정점이라 생각합니다"(1879년 8월 7일 자 편지).

도스토옙스키의 편지만 몇 편 읽어 보아도 5권과 6권이 얼마나 중요한 것인지, 그리고 각 권에 포함된 신앙과 불신의 극단적 대립이 얼마나 강렬한지 짐작할 수 있을 것이다. 5권에 포함된 이반의 서사시 「대심문관」은 대단히 심오한 내용을 담고 있다. 그의 종교철학과 문학적 상상력은 이 작중인물의 서사시에서 인류의 미래에 대한 예언과 우려로 응축된다. 이 서사시 하나에 관해서만 이제까지 수백 명의 저명한 연구자와 작가와 철학자와 신학자들이 앞을 다투어 논평을 한 것도 이 때문이다. 예컨대 프로이트, 비트겐슈타인, 하이데거, 사르트르, 카뮈 등등 수없이 많은 사상가, 철학자들이 그것에 관해 논평했고 지금도 논평하고 있다. 도스토옙스키에게 붙여진 '예언자'라는 별칭도 대부분이 「대심문관」 덕분이라 해도 과언이 아니다(Kroeker and Ward 2001: 35). 도스토옙스키는 자신이 우려하는 사상을 너무나도 설득력 있게 개진하여, 즉 보통 사람들은 꿈도 꾸지 못할 '강렬한 신앙 부정'을 만들어 내어, 심지어 꽤 지적이라 알려진 일부 논평가들까지도 대심문관의 생각이 도스토옙스키가 지지하는 사상이라는 황당한 오류를 범하기도 했다. 이렇게 「대심문관」은 대단히 복잡하고 깊고 어려운 텍스트이므로 그것 하나만 가지고 써도 책 한 권이 모자랄 지경이다. 제한된 지면상 이 책에서는 5권, 6권, 7권의 내용을 주로 살펴볼 것인바, 「대심문관」과 관련된 좀 더 다양한 정보는 『도스또예프스끼 대심문관』(이종진 편역, 2004)을 참조하기 바란다.

2. 신처럼 된 인간

a) 신인 대 인신

종교와 무신론의 대립적인 주제는 소설에서 우선 겸손과 교만의 대립으로 가시화된다. 도스토옙스키는 교만이 삶 속에서 실현되는 양상을 다양한 각도에서 보여 준다. 인물들은 지적 교만, 경제적 교만, 도덕적 교만 등 다양한 교만의 모습을 보여 주는 가운데 지상의 존재 중 가장 교만한 존재인 '신이 된 인간'의 창조에 기여하게 된다.

'신격화'란 말이 시사하듯이, 인간은 신이 아니고 신이 될 수 없다. 다만 '신격화'될 수 있을 뿐이다. 이 신격화된 인간은 진정 전능한 존재가 아니라 교만이 극에 다다른 인간이다. 인간의 교만이 극에 이르렀을 때 그는 신처럼 된 인간, 신이 된 인간, '인신'(人神, Man-God)이 된다. 교만을 가장 무서운 악이라 생각한 도스토옙스키에게 교만의 정점인 '인신'은 가장 두렵고 끔찍하고 위협적인 개념이다.

교만한 인물들의 선봉에 서서 '인신'의 형상을 이끌어 가는 것은 카라마조프가의 둘째 아들 이반이다. 모든 인물들 중 가장 '지적'인 인물인 그는 그 지성의 힘을 극한까지 밀어붙여 인신의 대명사라 할 수 있는 '대심문관'을 창조함으로써 신에게 도전장을 내민다. 대심문관은 이반의 사상을 대표하는 가상인물로, 인간들보다 한없이 높은 곳에 홀로 고고하게 서서 전 인류를 지배하는 절대 권력의 소유자다. 그의 권력은 신의 권력을 대신한다.

'대심문관'이 '신이 된 인간'이라면 그의 반대편 극단에 서 있는 것은 '인간이 된 신', '신인'(神人, God-Man), 곧 그리스도이다. 그리스도는 신의 '아들'이지만 초라한 마구간에서 태어나 수난 끝에 십자가에서 처참한 죽음을 맞이함으로써 비움과 낮춤의 극한을 보여 준다. 요컨대 대심문관이 궁극의 교만과 권력을 의미한다면 그리스도는 궁극의 겸손과 온유를 의미한다. 앞서 인물을 소개하는 대목에서 지적했듯이 『카라마조프가의 형제』에서 인물들은 여러 다양한 척도로 분류되는데 '교만 대 겸손'은 가장 중요한 척도 중의 하나이다. 인물들은 이를테면 교만한 '대심문관 파'와 겸손한 '그리스도 파'로 나뉘며 양자의 대립은 5권, 6권, 7권에서 절정에 이른다. 이반, 표도르, 스메르자코프, 그리고 이반의 지적 상상력이 만들어 낸 대심문관이 전자를 대표한다면 알료샤, 조시마 장로는 후자를 대표한다. 전자는 무신론 진영의 대표선수들이고 후자는 그리스도교 진영의 대표선수들이다.

b) 아동 학대 리스트

이반은 대단히 지적인 인물이지만 그의 본성 속에는 '창백한 지식인'이 아닌 원시적 본능으로 가득 찬 '카라마조프'가 있다. 그는 알료샤에게 자신의 내면에 있는 삶에 대한 열정, 사랑, 생명력을 이렇게 설명한다.

"알료샤, 나는 살고 싶고 또한 살고 있어. 비록 논리를 거스르고 있다 할지라도, 비록 사물의 질서를 믿지 않는다고 해도, 봄이면 새싹을 틔우는 작은 이 파리들이 내겐 소중하고 파란 하늘이 소중하고 때론 이유 없이 좋아지는 그런 사람이 소중해." … "끈끈한 봄날의 새싹, 푸른 하늘을 나는 사랑해, 바로 그거야! 이건 이성도 논리도 아니야, 속 깊은 곳에서, 뱃속에서부터 사랑하는 거야. 자신의 젊은 태초의 힘을 사랑하는 거지."

3권 3장에서 그루셴카와 사랑에 빠진 드미트리가 실러를 인용하며 생명의 환희를 읊조렸듯이 이제 5권 3장에서는 이반이 생명의 환희를 노래한다. 이반 역시 이 시점에서 카테리나를 사랑하고 있으므로 육체적 사랑이 그의 생명력을 부채질하고 있다고 봐도 좋을 것이다. 애욕은 이토록 멋진 생명의 송가를 만들어 내는 원동력이 되기도 한다.

그런데 이반의 감성과 본능은 삶을 사랑하지만 그의 이성은 삶에 대해 분노한다. 이반의 딜레마는 여기 있다. 그는 냉철한 지성과 카라마조프적인 생명 사이에서 찢겨져 있다. 이를테면 그의 몸은 살고 싶어 아우성을 치는데 그의 머리는 삶이 부당하고 부조리하다며 자꾸만 제동을 거는 형국이다. 그는 왜 이토록 찢겨져 있는 것인가? 그는 이 세상에 존재하는 그토록 큰 고통과 불의 때문에 너무나 화가 나서 그런 세상을 만든 조물주를 인정할 수 없고 그가 만든 세상을 받아들일 수도 없다.

"나는 신을 인정하며 인생의 질서와 의미를 믿고 영원한 조화를 믿어. 그러나 난 그가 창조한 이 세계를 받아들이지 않겠어. 종말의 시간에 고귀한 형상이 나타나 모든 피에 대한 보상을 한다 해도, 내 눈으로 목격한다 해도, 난 받아들이지 않겠어. 그게 나의 본질이다."

쉽게 말해서 그는 신의 존재를 인정할 용의는 있지만 신이 만든 세상을 받아들이지는 않겠다는 것이다. 물론 이것은 수사적인 진술이다. 그가 신의 존재를 인정할 '용의'가 있다고 하는 것은 사실은 "신이 존재한다는 것을 믿는다"는 것이 아니라 "신이 있건 말건 상관하지 않는다"라는 뜻이며 그에게 중요한 것은 설령, 만에 하나, 신이 존재한다고 하더라도 그가 만든 이 세상을 거부한다는 사실이다.

이반이 신에 대한 이른바 '반역'의 근거로 내세우는 것은 아이들이 당하는 고통이다. 1-4권에서 우리는 버림받고 학대받고 죽은 아이들의 고통을 만났다. 이제 그것은 이반의 논리를 거치면서 신에 대한 부정의 가장 강력한 빌미로 등장한다. 앞에 나온 아낙네(죽은 꼬마 알료샤의 어머니)가 아이의 죽음으로 인한 너무도 큰 슬픔 때문에 삶을 거의 포기하다시피 한 것과 유사한 맥락에서 이반은 아이들이 당하는 고통이 너무나 부당해서 전격적으로 세상을 거부하겠다고 나서는 것이다.

이반의 논리는 이렇다. 어른이 고통을 받는 것은 만에 하나 자업자득이라고 설명할 수도 있지만 아직 아무런 때도 묻지 않은 순진무구한 아이들이 고통을 받는 것은 도저히 설명할 수 없는 일이다. 그것은 묵과할 수 없고 '논리적으로' 받아들일 수 없고 감정적으로 용서할 수 없는 일이다. 그는 역사 이래로 아이들에게 가해진 잔혹한 범죄의 사례를 수없이 들먹인다. 터키 병사는 '장난삼아' 어린아이를 공중으로 던졌다가 그 어머니가 보는 앞에서 총검으로 찔러 죽였다. 교육받은 지식인 부부는 일곱 살짜리 딸을 정신을 잃을 정도로 회초리로 때려 재판에 회부되었다. 그러나 변호사가 '단순한 가정 문제'라고 강변하여 배심원들은 무죄판결을 내렸다. 인간 본성 중에는 유아 학대의 성향도 들어 있다. 일부 인간들은 소아성애자들로, 그들은 성적 쾌락을 위해 유아를 학대한다. "아이들의 방어 불능 상태, 몸을 숨길 만한 곳도 없고 달리 의지할 데도 없는 아이들의 천사 같은 믿음"이 그들의 추악한 피를 끓게 만든다. 교양 있는 어느 부모는 다섯 살짜리 여자아이를 자신들도 이유를 모르는 채 구타하고 발길질하고 채찍으로 때렸다. 그리고 밤새도록 아이를 화장실에 가두고 배설물을 강제로 먹이기도 했다. 어느 장군은 여덟 살짜리 하인 집 아이가 돌을 던져 자기 사냥개의 다리를 다치게 했다는 이유로 음산한 가을날 아이를 발가벗겨 뛰게 한 뒤 사냥개를 풀어 뒤쫓게 했다. 사냥개들은 어머니가 보는 앞에서 아이를 갈기갈기 물어뜯어 죽였다.

여기서 이반이 나열하는 학대 사례들은 도스토옙스키가 지어낸 것이 아니라 실제로 당대 신문에 보도된 자료를 토대로 한다. 아니, 꼭 당대 러시아만이 아니라 요즘 우리나라 신문에서 접하게 되는 아동 학대 사례만 보더라도 아동 학대란 그 잔인함의 유형만 다를 뿐 거의 시공을 초월하는 대단히 현실적인 범죄라는 생각이 든다. 아동 학대는 모든 '갑질'의 원형이자 정점이며 한 사회의 근간을 흔들리게 할 정도로 추악하고 사악한 범죄이다.

이제 앞에서 언급했던 아이들의 고통은 이반이 나열하는 범죄 사례들과 합쳐지면서 인간에 대해 우리가 가져 왔던 모든 신뢰를 부숴 버린다. 이런 인간들이 현실에 존재하는데, 인간은 신의 모습과 닮음으로 창조되었다는 둥 어쨌다는 둥 하는 것은 거의 망언 수준이다. 그래서 이반은 신의 "모습과 닮음"으로 창조된 인간을 아예 뒤집어 버린다. "악마가 실제로 존재하는 것이 아니라 필경 인간이 창조해 낸 것이라면 인간은 악마를 자신의 모습과 흡사하게 창조해 냈을 거라고 생각해."

아동 학대 앞에서 우리는 누구나 혐오와 분노에 치를 떤다. 이반은 마치 그러한 우리를 대변하듯 분노에 치를 떨며 절규한다. 그의 분노는 아동 학대범을 넘어 그런 인간을 지상에 내놓은 신을 향해 미사일처럼 날아간다.

만일 미래의 천국을 위해 지금 우리가 고통을 당해야 한다면 그것까지는 참아 줄 수 있다, 하지만 어린애의 고통은 절대로 수용할 수 없다, 진리의 대가가 어린애의 고통이라면 그런 진리 따위는 개한테나 주어 버릴 것이다. … 고통받는 사람들에 대한 사랑, 죄 없이 죽어 가는 수많은 어린아이들에 대한 사랑 때문에 이반은 천국을 원하지 않는다. 천국으로 가는 입장권이 너무 비싸다. 그래서 그는 입장권을 반납하고 싶은 것이다.

"만일 어린애들의 고통으로 진리를 구입하는 데 드는 꼭 필요한 총액을 보충해야 한다면 나는 미리 단언해 두는데 진리 전체가 그만한 가치가 없다고 말하고 싶어. 나는 조화를 원치 않아. 인류에 대한 사랑 때문에 원치 않는단 말이야. 난 차라리 보상받지 못한 고통과 함께 남고 싶어. 비록 내 생각이 틀렸다고 하더라도 차라리 보상받지 못한 고통과 해소되지 못한 분노를 품은 채 남을 거야. 게다가 조화의 값이 너무 비싸서 내 주머니로는 입장료를 도저히 지불할 수 없단 말이야. 그래서 나는 서둘러 입장권을 되돌려 보내 주는 거야."

이반의 주장에 전적으로 공감하지 않는 사람이 어디 있을까. 도스토엡스키가 이반의 논지를 가리켜 웬만한 사람들은 "꿈도 꾸지 못할", "반박하기 어려운 신의 부정"이라 말한 것은 옳았다. 맞다. 이보다 더 강력한 신 탄핵이 어디 있겠는가. 이토록 거대한 불의와 무의미한 고통 앞에서도 만일 신을 찬미하고 신을 변호한다면 어쩌면 그런 존재야말로 악마일지 모른다. 이반의 주장은 논리적으로 빈틈이 없으며 정서적으로 지극한 공감을 불러일으키며 주장의 주체가 가지고 있는 고결한 심성을 드러내 보인다. 그래서 앞에서 조시마 장로는 이반을 가리켜 '고결한' 인간이라 말했던 것이다.

이반은 알료샤에게 묻는다.

"내가 궁극적으로 인류를 행복하게 만들고 평화와 안정을 가져다줄 목적으로 인류의 운명의 건물을 건설한다면 그러나 그 일을 위해서 단 한 명의 미약한 창조물이라도, 예를 들어, 아까 말한 조그만 주먹으로 자기 가슴을 치던 불쌍한 계집애라도 괴롭히는 것이 불가피한 일이므로 그 애의 보상받을 수 없는 눈물을 토대로 그 건물을 세우게 된다면, 그런 조건하에서 건축가가 되는 것에 동의할 수 있겠니? 자 어디 솔직히 대답해 봐!"
"네가 건설한 건물 속에 사는 사람들이 어린 희생자의 보상받을 길 없는 피 위에 세워진 행복을 받아들이는 데 동의하고 결국 받아들여서 영원히 행복해진다면 넌 그런 이념을 용납할 수 있겠니?"

알료샤처럼 신심이 깊은 청년도 이 질문 앞에서는 신심을 내세울 수 없다. 그 역시 "아니, 동의할 수 없을 거예요"라는 대답밖에는 할 수 없다. 어린아이의 고통 — 그것은 거의 모든 것을, 거의 모든 주장이나 반박을 무력하게 만드는 정말로 강력한 무기다.

도스토옙스키의 소설이 나온 지 약 100년 후, 미국 작가 어슐러 르 귄(U. Le Guin)은 『오멜라스를 떠나는 사람들』(1973)에서 이반의 '어린아이'를 토대로 공리주의 도덕의 문제를 제기한다. 소수의 희생을 대가로 얻어지는 다수의 행복은 정의로운 것인가. 왕도 없고 노예도 없고 모든 사람이 평등하고 행복하게 사는 도시 오멜라스. 그러나 모든 사람의 행복을 위해서는 지하실에 방치되어 헐벗고 굶주린 채 울부짖는 어린아이가 존재해야 한다. 우리는 과연 이 어린아이의 피눈물을 토대로 행복할 수 있겠는가. 이로부터 30년이 흐른 뒤, 마이클 샌델(M. Sandel)은 정의론을 강의하면서 다시 고통받는 무고

한 어린아이의 이미지를 상기시킨다. 그는 르 귄의 소설을 인용하면서 "설령 다수의 행복을 위한 것이라 하더라도 죄 없는 어린아이의 인권을 유린해야 한다면 그것은 잘못된 일이다"라고 못 박는다(Sandel 2010: 40-41).

르 귄의 소설이나 샌델의 정의론은 이반이 지적하는 어린아이의 고통이 얼마나 강력한 무기인가를 다시 한번 확인해 준다. 아무리 냉정한 사람이라도 '고통받는 어린아이'의 문제 앞에서는 무너지게 되어 있다. 우리는 어린아이의 고통을 대가로 하는 것이라면 지상에서의 행복까지도 거부할 수밖에 없다. 그러니 눈에 보이지도 않고, 있는지 없는지도 확신할 수 없는 저 먼 어떤 곳의 천국, 그 천국에서의 행복을 위해 어린아이의 고통을 수용하라는 것은 어불성설이다. 이때 천국이란 고통과 불의를 가리고 숨기는 입막음 돈에 불과하지 않겠는가.

c) 이론적인 분노

그런데 아동 학대에 대한 이반의 분노가 아무리 당연하고 심지어 고결한 것이라 할지라도 한 가지 점 때문에 그의 분노는 벽에 부딪힌다. 그가 전하는 또 하나의 아동 학대 사례 '리샤르 사건'은 그의 모든 고결한 분노를 무로 돌린다.

리샤르는 누군가의 사생아로 여섯 살 때 부모는 그를 스위스 목동들한테 버렸다. 리샤르는 교육은커녕 헐벗고 굶주린 채 목동들한테서 짐승 취급을 받으며 살다가 청년이 되자 밥이라도 실컷 먹으려고 제네바로 도망쳐 날품팔이로 생계를 유지했다. 그러다가 돈이 궁색해지자 강도 짓을 하려고 노인을 살해했다. 그는 체포되어 사형선고를 받았다. 리샤르에 관해 알려지자 스위스의 목사들, 각종 기독교 단체들, 고상한 귀부인들이 그를 '개종'시키려고 줄을 섰다. 그들은 이 짐승만도 못한 살인범에게 글을 가르치고 성서를 읽혔다. 그는 마침내 자신의 죄를 고백하고 사형장으로 갔다. 사람들은 열광했다. 그는 마침내 주님의 품 안으로 가게 되었으니 오늘은 가장 기쁜 날이라고 웅얼거리며 기요틴 아래로 들어갔다. 신심 깊은 교인들은 그를 형제라 불렀고 어서 은총 속에서 감사히 죽으라고 소리치며 뿌듯해했다.

리샤르 이야기 역시 듣는 이에게 공분을 자아낸다. 아동 학대와 종교적 위선이 더해지면서 종교를 비난하는 데 더없이 훌륭한 사례를 제공한다. 그런데 여기서 정말 흥미로운 것은 이반이 이런 이야기를 하며 분노할 자격이 과연 있는가 하는 사실이다. 리샤르는 누군가를 매우 강렬하게 기억나게 하지 않는가. 리샤르는 바로 스위스 버전 스메르자코프 아닌가! 스메르자코프도 사생아로 갓난아기 때 버림받았고 학대와 모욕과 욕설 속에서 자라났고 잔인한 신앙인 그리고리에 의해 개종당할 뻔했고 결국 표도르를 살해하는 것으로 생을 마무리 지을 운명 아닌가. 그런 스메르자코프에게 연민과 동정을 준 사람이 누구인가.

이반은 그리스도교의 위선을 비난하지만 그 역시 스메르자코프-리샤르를 경멸하기는 마찬가지다. 리샤르는 근본적으로 악당이 아니다. 스메르자코프도 같은 원리에서 태어날 때부터 악당은 아니다. 그럼에도 이반은 자신이 왜 스메르자코프를 경멸하는지에 대해 깊이 생각해 보지 않는다(Golstein 2004: 94). 위선적인 그리스도교인들이 자신들의 공허한 신앙을 위해 리샤르를 이용하듯이 이반 역시 자신의 사상을 위해 스메르자코프를 이용한다. 그는 3권 8장에서 스메르자코프를 가리켜 "쓰레기 같은 머슴 놈"이라 부른다. "때가 되면 선두에 설 고깃덩어리"라 부르기도 한다.

"선두에 서다니?"

"훌륭한 사람들도 나오겠지만 저런 놈들도 있어요. 먼저 저런 놈들이 나오고 그 뒤를 이어 훌륭한 사람들이 나오는 법이지요."

"그때가 언제라는 거냐?"

"봉화가 오를 때이지요."

이반이 생각할 때 스메르자코프는 인간이 아니라 '소모품'에 불과하다. 아동 학대에 대해 그토록 격하게 분노한 이반, 그래서 신도 용서할 수 없다고 벼르는 이반이 자기 집에서, 바로 자기 코앞에서 진행되었던 아동 학대에는 눈을 감는다. 학대한 자에 대해서 분노하는 만큼, 아니 그것의 100만분의 1이라도 학대받은 자에 대해 동정하는 마음이 있었더라면 스메르자코프를 쓰레기 같은 머슴 놈이라 부르며 무시하지 않았을 것이다. 결국 이것은 무슨 뜻인가. 이반의 분노가 아무리 고결한 것이라 하더라도 그것은 머릿속에서 진행되는 것이라는 것, 오로지 이론일 따름이라는 것, 희생자를 위해서는 아무것도 변화시킬 수 없는 사변이라는 뜻이다. 이것이 이반의 한계다.

또 한 가지, 이반의 이론은 이론으로서도 한계를 가진다. 어린아이의 고통은 신을 탄핵하는 데 대단히 강력한 도구이지만 그것은 신이 만든 세상뿐 아니라 그 어떤 세상도 무너뜨리는 양날의 칼이 될 수 있다. 신이 만든 세상이기 때문에 어린아이의 고통이 존재하는 것은 아니기 때문이다. 르 귄이나 샌델이 신의 문제는 전혀 거론하지 않으면서도 어린아이의 고통을 통해 인간의 윤리에 도전장을 던지고 있다는 것은 이반의 철통 같은 논리에 뚫린 작은 구멍을 말해 주는 증거라 할 수 있다.

d) 대심문관

어린아이들의 부당한 고통을 도저히 참을 수가 없어 신을 거부하는 이반은 신의 자리에 대심문관을 올려놓는다. 대심문관은 70년 후의 이반, 이반의 나이 든 분신이다. 물론, 완벽한 분신은 아니다. 이반이 지금 추구하는 것을 끝까지 추구할 경우, 지금의 분노를 끝까지 밀고 갈 경우 예상되는 '나이 먹은 이반'이다. 이반과 대심문관은 완벽한 복제품은 아니며 무신론의 정도나 원숙도에 있어 차이를 보인다. 이반 역시 다른 카라마조프 형제들처럼 찢겨진 존재이므로 그가 앞으로 수없이 많은 갈림길에서 어떤 선택을 하느냐에 따라 그는 대심문관으로 늙어 가지 않을 수 있다. 그리고 실제로 소설의 마지막 부분에 이르면 이반은 대심문관이 되기를 거부하는 '선택'을 한다. 그는 자신의 논리를 따르지도 않고 자신이 만들어 낸 대심문관의 장대한 불경을 따르지도 않는다(Catteau 1984: 252).

이반은 1년 전에 머릿속에서 구상한 서사시 「대심문관」에 대해 알료샤에게 들려준다. 서사시의 배경은 매일 장작더미가 타오르던 16세기 종교재판 시대의 세비야이다. 대심문관이 거의 100명의 이단을 화형시킨 다음 날 그리스도가 지상에 강림하신다. 그는 조용하지만 군중은 그를 알아본다. 수백, 수천의 군중이 그의 뒤를 따르고 그는 그 옛날처럼 치유의 기적을 일으킨다. 한 저명한 시민의 일곱 살 난 외동딸이 관 속에 들어가 있는 것을 보시고는 "탈리타 쿰"이라 외치자 소녀는 되살아난다. 마침 대심문관이 그 광경을 목격한다. 그는 아흔 살 가까운 나이의 후리후리한 노인으로 허름한 수도사의 복장에 쇠약한 얼굴을 하고 있지만 두 눈은 불꽃 같은 광채를 내뿜고 있다. 노인은 그리스도를 체포하라고 명령한다. 호위대는 포로를 종교재판소의 낡은 건물에 있는 비좁고 음침한 아치형 감옥에 가둔다.

그날 밤 대심문관이 홀로 그리스도의 감옥을 방문한다. 그는 "왜 우리를 방해하러 왔소?"라고 그리스도를 힐난하며 그리스도의 '죄'를 조목조목 추궁한다. 그는 그리스도가 오히려 인간에게 혼돈만을 선사한다고 비난하면서 자신과 몇몇의 추종자들이 그리스도 없이 지상천국을 완성할 것이므로 다음 날 그리스도를 화형에 처하겠다고 으름장을 놓는다. 그리스도는 아무 말도 없이 끝까지 듣는다. 그리고는 노인에게 다가가 말없이 그의 핏기 없는 입술에 입을 맞춘다. 대심문관은 감옥 문을 열고 죄수를 내보내며 다시는 찾아오지 말라고 명한다.

대략 줄거리만 보아도 이것은 대단히 종교적인 텍스트다. "「묵시록」의 상징주의를 패러디하는 종말론적 우화"라는(Kroeker and Ward 2001: 5) 정의에 걸맞게 성서, 종말론, 상징 등이 두텁게 밑바닥에 깔려 있다.[06] 서사시의 배경이 대심문관이 존재하던 세비야라는 것은 특히 이 텍스트가 로마 가톨릭에 대한 도스토옙스키의 반감을 전달하는 것처럼 읽힌다. 그가 로마 가톨릭과 예수회를 한통속으로 묶어서 혐오했던 사실을 고려해 본다면 일리가 있다. 그러나 신앙으로서의 로마 가톨릭에 대한 러시아 정교의 우월성을 입증하는 것이 도스토옙스키의 목적은 아니다. 도스토옙스키가 여기서 비난하는 것은 전체주의, 권력 지상주의, 인간모독이며 그런 점에서 이 텍스트는 특정 종교 간의 대립을 훌쩍 넘어선다. 도스토옙스키는 여기서 즉각적인 정치 이데올로기, 경제 논리, 사회사상을 통해 신적 원리가 작동하는 방식을 흘끗 보여 준다. 그는 또 초월적 사랑의 코드로 보수와 진보, 자본주의와 사회주의, 그리고 물질만능주의와 인간 존엄의 대립을 해석한다. "도스토옙스키는 종말론적인 고대의 예언자들처럼 즉각적인 문맥 속에서의 세상의 정의 문제에 열정적으로 관여했지만 언제나 궁극적인 맥락, 즉 신적인 정의의 우주적인 파토스의 맥락을 언급하면서 그렇게 했다"(Kroeker and Ward 2001: 9).

06　마이코프의 시 「스페인 대심문의 전설」을 비롯하여, 「대심문관」의 토대에 깔려 있는 온갖 기저 텍스트들은 도스토옙스키의 *Polnoe sobranie sochinenii* 15: 462-466을 참조할 것.

e) 행복이냐 자유냐

「대심문관」의 가장 근원적인 관념은 자유와 행복의 대립이다. 대심문관은 그리스도가 광야에서 받은 세 가지 유혹에 인류의 모든 것이 응축되어 있다고 말한다. 첫 번째 유혹은 가장 직접적이고 가장 절실한 문제, 즉 빵의 문제를 제기한다. "돌을 빵으로 만들라, 그러면 인류는 착하고 온순한 양 때처럼 네 뒤를 따를 것이다"라는 악마의 유혹에 그리스도는 "인간은 빵만으로 살 수 없다"며 거부했다. 빵으로 복종을 산다면 그건 굴종이며 물질적 풍요만이 인간을 '인간답게' 만드는 것은 아니기 때문이다. 대심문관은 그리스도가 그 제안을 거부한 것은 중대한 실수라고 비난한다.

대심문관의 반박에 따르면, 그리스도는 인간에게 '천상의 빵'을 약속했지만 인간이란 원래가 무력하고 비열하고 죄 많은 존재이므로 하늘의 양식보다 지상의 양식을 필요로 한다. 설령 몇 명의 인간들, '위대하고 강력한 인간들'이 천상의 빵을 위해 그리스도를 따른다 해도 여전히 대부분의 그만 못한 인간들, '가련한 생물들'은 지상의 빵을 멸시할 힘이 없다. 그런데도 그리스도는 인간에게 정작 가장 필요한 빵 대신 오로지 극소수의 탁월한 인간만이 향유할 수 있는 천상의 빵을 약속했다.

여기서 대심문관이 말하는 '지상의 빵'이란 먹을거리에서부터 돈, 부, 안락에 이르는 일체의 물질적인 조건을 포괄하는 개념이다. 그것은 인간의 동물적인 본능과 욕구를 충족시켜 주는 모든 것을 함축한다. 반면, '천상의 빵'이란 도덕과 윤리, 양심, 절제, 성찰, 가치 추구, 의미에 대한 추구, 그리고 궁극적으로 선악의 자유를 의미한다. 요컨대 지상의 빵은 물질적인 '행복'이고 천상의 빵은 인간이 양심에 따라 선택하는 '자유'라 할 수 있다.

대심문관의 논리에 따르면 대부분의 인간에게 본능의 억제와 자기성찰은 너무나 힘든 과업이다. 나약하기만 한 인간에게 욕구 충족 대신 의미를 추구하라고 하는 것은 지나친 기대다. 같은 논리에서 선악의 자유, 양심의 자유는 끔찍한 짐이며 무서운 고통이다. 인간은 의지가 박약하기 때문에 자신을 이끌어 주고 자기 대신 선택을 해 줄 강력한 힘과 물질적인 풍요를 갈망한다. 인류는 결국 자유의 짐을 견딜 수가 없어 "우리를 노예로 삼되 우리들에게 빵을 주시는 편이 더 좋답니다"라고 말할 것이다. 그들은 빵과 자유는 양립할 수 없다는 것을, 자신들이 무력하고 하잘것없는 존재들이어서 절대로 자유를 누릴 수 없다는 것을, 그리스도가 천상의 빵을 약속했지만 지상의 빵이 천상의 빵보다 훨씬 소중하다는 것을 깨닫게 될 것이다. 설령 무척 위대한 수천 명이 천상의 빵을 위해 그리스도를 따른다 해도 그 수만 배, 수십만 배에 해당하는 수천만, 수억, 즉 대부분의 민중은 지상의 빵을 택할 것이다.

대심문관의 논리는 사실상 앞에서 살펴보았던 스메르자코프의 궤변을 한층 업그레이드시킨 것이다. 그러나 스메르자코프의 주장이 죽은 뒤에 천국을 가느냐 마느냐를 두고 왈가왈부하는 궤변이었다면 이제 그것은 종교의 테두리를 넘어서 도저히 무시할 수 없는 이념의 영역으로 들어간다. 보통 사람은 좁쌀만 한 신앙조차 가질 수 없으므로 모두 다 마찬가지라는 그 냉소적인 조롱이 이반의 머리를 거치면서 인간에게 가장 중요하고 절실한 문제를 건드리기 시작하는 것이다. 인류의 모든 이념은 사실상 빵의 문제에서 출발하고 빵의 문제로 귀결하기 때문이다.

f) 동물과 성인의 중간

앞에서 이반이 언급했던 어린아이의 고통처럼 이번에도 이반의 논리는 대단한 설득력에도 불구하고 교묘하게 숨겨진 구멍을 가지고 있다. 이반의 논리에 대한 도스토옙스키의 반격은 소설 곳곳에 깔려 있는데 그것을 요약하면 대략 다음과 같다.

"부자가 천국에 가는 것은 낙타가 바늘구멍을 통과하는 것보다 어렵다." 부를 질타하는 가장 대표적인 성경 구절이다. 그러나 성경이 물질을 경시하라고 가르치는 것은 아니다. 구약 성경은 곳곳에서 물질적인 부가 '주 하느님의 은총'임을 이야기한다. 「욥기」가 그 대표적인 예다. 하느님이 욥에 대한 사랑을 표현하는 방식은 지상에서의 '부'였다. 욥뿐만이 아니다. 토빗에게도, 다윗에게도, 솔로몬에게도 물질적인 부는 하느님의 사랑에 대한 징표였다. 그러므로 신약 성경의 위 구절을 모든 사람이 다 똑같이 청빈의 삶을 사는 것만이 답이라는 뜻으로 해석하는 데는 무리가 있다. 성경에서 부는 절대적인 악이 아니다. 러시아 정교 역시 물질을 부정하지 않는다. 정교 교리에 따르면 부(물질)는 다른 모든 것과 마찬가지로 '주 하느님의 은총'이므로 문제는 그것을 어떻게 쓰느냐에 있는 것이지 그것을 전면적으로, 철저하게 부정하는 데 있는 게 아니다.

대심문관은 그리스도가 오로지 정신만을 중요시했다는 듯이 이야기하지만 그건 사실과 다르다. 그리스도가 "빵만으로는 살 수 없다"고 한 것은 이중적이다. 빵만으로는 살 수 없다는 것이지 반드시 빵 없이 살아야만 한다는 것은 아니다. 인간에게는 빵도 필요하고 또 다른 것도 필요하다. 빵이 전부가 아니지만 그렇다고 해서 빵이 없어야 되는 것은 아니다. 돈이 다는 아니지만 그렇다고 해서 돈이 중요치 않다는 얘기는 아니다. 인간이 정신적인 것을 추구해야 한다고 해서 그의 육체, 그의 동물적인 본성을 아예 무시해야 한다는 뜻이 아니다. 인간은 완벽한 동물도 아니고 완벽한 성인도 아니기 때문이다.

g) 수와 양

대심문관의 논리는 또 숫자의 논리다. 한 명의 의로운 성인과 그만 못한 99명의 '짐승 같은' 사람을 대립시키는 것은 사실상 함정이다. 그는 묻고 있다. "한 명의 의로운 성인만이 따를 수 있는, 그토록 어려운 것이 신의 계율이라면 일찌감치 포기하고 그냥 짐승처럼 빵으로 배나 불리며 사는 게 답이 아니냐"라고. 앞에서도 잠깐 언급했지만 대심문관의 논리는 수와 양에 의한 셈법이라는 점에서 좁쌀만 한 신앙 운운하던 스메르자코프의 무신론 궤변과 중첩된다. 두 사람 모두 초등학생이라도 이해할 수 있는 평이한 산수의 언어로 인간을 정의 내림으로써 어려운 이념이나 정리를 무색하게 만들지만 바로 그것이 그들이 감추고 있는 함정이다.

인류는 1명의 성인과 99명의 짐승 같은 인간으로 깔끔하게 정리되지 않는다. 대부분의 인간은 성인이 아닐지 모르지만 짐승도 아니다. 설령 99명이 짐승이라 해도 그 99명의 짐승은 다 제각각이며 절대로 획일화되지 않는다. 인간이 내면에 가지고 있는 짐승 같은 면의 성질도, 강도도, 그리고 무엇보다도 그것이 현실화되는 모습도 다 다르기 때문에 통계학적 고려는 어느 선을 넘어서면 큰 의미가 없다. 좁쌀만 한 신앙이 불가능하다고 해서 모두가 동일한 무신론자가 되는 것은 아니며 인간이 지상의 빵에 연연한다고 해서 그가 언제나 100퍼센트 '빵의 인간'이 된다고 단정할 수도 없다. 때론 단순 변덕 때문에, 때론 자존심 때문에 인간은 자신의 이익에 반하는 행동을 하기도 하고 때론 그저 아무 이유도 없이 이상한 일을 저지르기도 한다. 비근한 예로, 앞에 나왔던 가난한 이등대위 스네기료프의 경우처럼 인간은 아무리 배가 고파도 어떤 때는 자존심 때문에 눈앞에 있는 빵을 거부하기도 한다. 다시 한번 강조하지만, 인간은 도저히 완벽하게 설명할 길이 없다. 짐승 같은 인간의 내면에도 모종의 정신적인 추구가 존재하며 그 정신적인 것이 양적으로 아무리 적을지라도, 그것이 그야말로 '좁쌀만큼' 미미한 것이라도, 그것이 존재한다는 것 자체가 인간을 동물과 구분 지어 준다. 그렇기 때문에 인간을 논할 때만큼은 숫자가 별 소용이 없다.

h) 심리학적 불가능

대심문관의 논리가 갖는 또 하나의 '구멍'은 심리학적인 것이다. 그는 한마디로 말해서 빵점짜리 심리학자다. 그는 인간 내면의 그 깊은 심연을 간과한 채 오로지 수와 양으로 계산하여 인간을 위한 '수학적 행복'을 상정했다. 그러나 인간에게는 '심리'라는 것이 있기 때문에 그것을 읽어 내지 못하면 수학적 행복은 사상누각이다.

인간은 좋게 말해서 '영원히 추구하는 존재'이지만(18: 97) 나쁘게 말하면 '만족할 줄 모르는 존재'다. 『미성년』에서 베르실로프가 주장하듯이 "사람이란 배가 부르게 되면 지난날의 일은 회상하지 않는다. 회상은커녕 바로 그 자리에서 '자, 이제는 배가 부릅니다. 이번에는 무엇을 해야 하지요?' 하는 법이다. 그러니 문제는 영원히 미해결로 남게 된다." 요컨대 빵은 어느 단계에서만 인간에게 행복을 줄 뿐, 그다음 단계에 오른 인간은 행복을 위해 다른 것을 추구하기 시작한다. 이 추구는 그가 죽는 순간까지 완결되지 않는다.

인간 심리의 또 다른 특징은 인간이란 단 한 명의 예외도 없이 지배를 원한다는 점이다. 두 명만 있어도 당장 '갑을관계'가 설정되고 세 명이 모이면 조직이 만들어지고 넷이 모이면 서열이 완성된다. 바람직한 일은 아니지만 어쩔 수가 없다. 인간이 원래 타고난 게 그 모양인 걸 어떻게 하겠는가. 즉 인간은 가진 게 없을 때는 '남처럼' 되고 싶고 남들 가진 만큼 갖고 싶어 안달하지만 일단 남과 똑같은 수준에 올라 남들 가진 만큼 갖게 되면 그때부터는 반드시 남과 다르게 되고, 남보다 더 많이 가지고 싶어 안달한다. 그러므로 누구나 똑같은 빵을 먹는 사회, 누구나 다 똑같이 잘사는 사회는 심리학적으로 불가능하다.

대심문관의 논리는 바로 이와 같은 심리학적 불가능을 토대로 하기 때문에 오류일 수밖에 없다. 그의 심리학적 오류는 정치학적 오류, 경제학적 오류와 맞물린다. 대심문관이 생각하는 지상의 천국은 모든 사람에게 충분히 빵을 제공하는 사회, 누구나 배불리 빵을 먹는 사회다. 그 사회는 평등 사회가 아니라 균등 사회이지만 인간은 너무나도 이상하고 변덕스럽고 예측하기 어려운 존재라 본성적으로 균등을 거부한다. 그 사회는 심리학적으로 불가능하기 때문에 그것을 유지하기 위해서는 다른 힘, 대심문관의 '절대 권력'이 필요하다. 이 사회에서 인간의 '수학적 행복'은 수학적이라는 바로 그 점 때문에 행복이 아닌 악몽이 된다.

i) 인간모독

대심문관은 그리스도가 '기적, 신비, 권위'를 부정함으로써 대중을 저버렸다고 비난한다. "무기력한 반란자들의 행복을 위해서 세 가지 힘이, 그들의 양심을 영원히 지배하고 사로잡을 강력하고 유일한 세 가지 힘이 지상에 존재하오. 기적과 신비와 권위가 바로 그것이오. 당신은 첫 번째 것도, 두 번째 것도, 그리고 세 번째 것도 거부했으며 스스로 전범을 남겼소."

인간을 빵만 주면 군소리가 없는 동물로 생각할 때, 그리고 인간의 사회를 빵으로 통제되는 균등 사회라 상정할 때 그것을 다스리는 최적화된 수단은 기적, 신비, 권위다. 즉 신비(초능력)로 무장한 절대 권력자(대심문관)가 기적(돌을 빵으로 만들기)을 행하면서 권위(절대 권력)로써 민중을 지배해야 한다는 뜻이다. 이 세 가지를 다른 말로 바꾸면 '마술, 신비화, 독재'다(Cox 1969: 210).

신비는 일종의 초능력으로 기적의 토대이자 기적의 파트너이다. 양자는 짝을 이루며 세 번째 조건인 권력을 뒷받침해 준다. 기적과 신비와 권위는 그러므로 '어리석고 허약한 인류'를 지배하는 절대 권력의 세 가지 얼굴이라 해도 무방하다.

대심문관은 계속해서 그리스도를 비난한다. 악마가 "성전에서 떨어져 보라, 천사들이 받쳐 준다고 하지 않았느냐"라고 유혹했을 때 그리스도는 "주 너의 하느님을 시험하지 마라"라고 답했다. 악마는 또 높은 산으로 그리스도를 데려가 세상의 모든 나라와 영광을 보여 주며 자신을 경배하면 이 모든 것을 주겠다고 했다. 그러자 그리스도는 "주 너의 하느님께 경배하고 그분만을 섬겨라"라는 말로써 유혹을 물리쳤다. 그때 그리스도가 악마의 충고를 받아들였다면 그는 인간이 지상에서 찾고 있는 모든 것을 실행시켜 주었을 것이다. 그러나 그는 그러지 않았다. 인간은 본질적으로 기적과 신비를 원하고 기적적인 능력을 가진 지도자에게 복종하려는 경향이 있다. 그런데 그리스도는 인간의 이러한 약점을 이용하지 않고 기적도 신비도 권위도 모두 거부했다.

나약한 인간들에게 기적의 거부는 너무나 힘든 과업이다. 대심문관이 묻는다. "인간의 본성이란 것이 기적을 거부하고 그 무서운 생사의 갈림길에서, 가장 본질적이고 고통스러운 정신적 의혹의 순간에 자유로운 결정을 내릴 수 있도록 창조되었을 것 같은가?" 그리스도는 인간을 기적의 노예로 삼고 싶지 않았지만 인간은 그리스도가 생각하는 것보다 훨씬 허약하다. "당신은 인간이 기적을 거부하자마자 곧 하느님도 거부할 것이라는 사실을 몰랐소. 왜냐하면 인간은 하느님을 찾는다기보다 기적을 찾고 있기 때문이오. 인간은 기적이 없는 한 무력한 존재이므로 수없이 반역자, 이교도, 무신론자가 되어 가면서까지도 자신들만의 새로운 기적을 창조해 내고, 또 심지어는 마법적인 기적, 황당무계한 기적에 매료되는 것이오."

여기서 대심문관이 말하는 기적은 제1권에서 화자가 말했던 기적을 상기시킨다. "믿음에서 기적이 오는가, 기적에서 믿음이 오는가"의 문제가 이제 정치적 맥락에서 그 의의를 드러낸다. 인간이란 허약하기 때문에 기적을 원하며 인간을 지배하기 위해서는 기적에 대한 욕구를 충족시켜 주어야 한다는 대심문관의 주장은 미신을 통해 대중을 지배하는 사이비 종교, 정치적인 포퓰리즘, 혹은 혹세무민이라 요약할 수 있다.

혹세무민하는 절대 권력자로서의 대심문관의 본질은 서사시의 마지막에서 드러난다. "우리들은 당신의 위업을 손질해서 '기적'과 '신비'와 '권위'를 반석으로 삼았소." 여기서 대심문관과 그의 '우리'는 전체주의 국가의 지도자이자 사이비 종교의 교주이다. 그들은 마침내 기적·신비·권위로써 전 인류를 지배하게 되고 인류는 공손한 짐승처럼 그들을 따르게 될 것이다. "인류는 짐승처럼 우리에게 기어 와 우리 발을 핥으며 눈에서 피눈물을 흘릴 것이오. 그러면 우리는 그 짐승을 깔고 앉아 축배를 들 테니, 그 잔에는 신비라고 적혀 있게 될 것이오. 그러나 오직 그때에만 사람들을 위한 평온과 행복의 왕국이 도래할 것이오."

대심문관의 인간모독은 그를 소설 속에 등장하는 모든 나쁜 아버지의 원형으로 만들어 준다. 그의 '평온과 행복의 왕국'의 토대가 되는 관념은 인간은 어린애처럼 혹은 가축의 떼처럼 무력하며 그래서 복종 속에서 행복을 발견할 것이라는 주장이다. 나쁜 아버지에게 자식은 항상 부족한 모습으로 비친다. 못나고 나약하고 방황하는 자식들이 홀로 서려고 할 때 나쁜 아버지는 그것을 배은망덕으로 간주하여 즉각 폭력으로 제압한다. 그에게 가혹함과 잔인함은 사랑과 동정을 대신한다(Golstein 2004: 96, 102).

대심문관이 그리스도를 비난하는 근거 또한 인간모독으로 환원된다. 그는 그리스도가 인간을 인간으로 취급했다는 사실에 분개한다. 그리스도는 인간을 자유로운 존재, 혹세무민에 휘둘리지 않는 존재, 육체적인 욕구 못지 않게 정신적인 욕구가 있는 존재로, 존엄한 존재로 '대접'했다. 대심문관은 바로 그것이 그리스도의 잘못이라는 것이다. 인간은 동물 같은 존재이므로 동물에 합당한 존재로 대접해야 했다는 것이다. 한마디로, 대심문관의 인류 사랑은 인간에 대한 극도의 경멸을 다른 식으로 포장한 것에 불과하다.

대심문관이 펼치는 그리스도 탄핵은 어떤 면에서 너무도 논리적이어서 반박하기가 어렵다. 시대와 국가를 막론하고 기아와 질병 속에서 허우적 거리는 수많은 인간들에게 그는 고결한 이상주의자요 박애정신의 화신처 럼 보인다. 그러나 빵만 제공하면 인간은 군소리가 없을 것이라는 대심문관 의 생각은 불쾌할 뿐만 아니라 위험하다. 수학적으로 완벽하게 계량된 행복 이 지배하는 사회에서 인간은 인간이 아닌 짐승 혹은 기계로 전락한다. 그 것은 인간 본성의 일부를 완벽하게 짓밟는 디스토피아가 될 것이다. 카토(J. Catteau)의 지적처럼 그가 제시하는 행복한 유토피아는 모든 희망을 죽이는 세 가지 부정, 즉 인간의 부정, 인간 사회가 스스로를 구축할 수 있는 능력의 부정, 그리고 신의 부정 위에 구축된다. 삶, 자유, 문화에 대한 믿음을 제거 한 그는 불타오르는 인류애에도 불구하고 우주를 빙하 시대로 되돌려 놓는 다(Catteau 1984: 248).

대심문관의 행복한 왕국이 만일 지상에서 진정 실현된다면 그것은 인간 의 사고와 자유를 박탈하고, 인간의 존재를 돈과 권력의 노예로 축소시키고, 전 인류를 생각 없는 짐승의 무리로 획일화시키는 모든 유형의 전체주의라 할 수 있다. 도스토옙스키가 대심문관과 관련하여 청소년을 대상으로 행한 연설은 그의 의도를 분명하게 보여 준다.

우리가 그리스도 신앙을 이 세상의 목표에 얽어맴으로써 왜곡시킨다면 그리스도교의 의미 전체가 즉각적으로 상실되고 그리스도의 숭고한 이상 대신 새로운 바벨탑이 세워질 것입니다. 그리스도교의 인간에 대한 고결한 관념은 인류를 짐승의 무리로 보는 사상으로 단번에 축소될 것입니다. 인간에 대한 '사회적' 사랑의 외피 아래에서 우리가 감지하는 것은 인간에 대한 은닉된 경멸입니다(15: 198).

3. 그리스도, 인간이 된 신

a) 그리스도의 침묵

이반의 서사시는 인물과 주제 모두 대심문관과 그리스도라고 하는 극명하게 대립하는 두 존재를 토대로 한다. 사실 등장인물은 다수의 군중 외에 딱 두 명, 대심문관과 그리스도이며 주제는 대심문관의 무신론과 그리스도교로 압축된다. 그런데 서사시에서 개진되는 것은 오로지 전자이며 후자는 대심문관의 비난 속에서만 간접적으로 언급된다. 대심문관은 줄곧 그리스도를 비난하고 그리스도는 줄곧 듣기만 할 뿐, 단 한마디도 반박하지 않는다. 맨 마지막에 대심문관의 입에 조용히 입맞춤할 뿐이다. 대심문관은 옥문을 열고 죄수를 풀어 주며 "다시는 오지 마라"라고 소리친다. 그리스도의 침묵에 깔려 있는 도스토옙스키의 의도는 무엇일까? 도스토옙스키는 서사시 안에서 그리스도로 하여금 대심문관을 반박하게 하는 대신 조시마 장로를 주인공으로 하는 제6권 "러시아의 수도사" 전체를 대심문관에 대한 반론으로 기획했다. 조시마 장로는 지상에서 그리스도를 대변하는 인물로 설정되었으며 그의 선종을 둘러싼 각종 사건들은 그 자체로서 대심문관의 주장에 대한 반론이 된다. 제6권은 구성적으로 소설의 한가운데 위치하며 장르론적으로는 소설, 소설 속의 이야기, 성자전, 설교 등 다양한 형태를 취하고 있어 형식적인 면에서도 단연 두드러진다. 다채로운 이야기와 에피소드는 일관되고 호전적이고 냉철한 대심문관의 논리를 부드럽게 물리친다. 그리스도를 작중인물로 설정하는 데 따르는 소설의 전략적 난제를 고려해 본다면 그리스도를 전면에 내세우는 대신 그리스도를 닮은 허구의 인물로 하여금 대심문관을 반박하게 하는 것이 훨씬 자연스럽다.

그러나 서사시는 이반이 지은 것이고 그리스도의 침묵 또한 이반이 설계한 것이므로 그리스도의 침묵은 이반의 의도와 인물로서의 특징을 설명해 주는 열쇠도 된다. 그리스도의 침묵은 대심문관의 다변과 오만에 극명하게 대립하면서 무엇보다도 케노시스적인 겸손을 대변한다(Jens 2016: 65). 그것은 또한 심판하지 말라는 그리스도의 가르침을 웅변적으로 보여 주는 행위이기도 하다. 물론 이반이 제기하는 문제에 대한 답은 불가능하다. 그 어떤 신학적인 논증도 반박도 이성적인 대안도 불가능하다. 친교, 접촉, 감각만이 모든 논리에 대한 유일한 답일지도 모른다(Kroeker and Ward 2001: 260).

여기서 중요한 것은 그리스도의 침묵이 대심문관의 장광설을 단박에 무너뜨리는 역설적 힘을 갖고 있다는 식의 해석이 아니다. 오히려 그리스도를 침묵하게 함으로써 대심문관의 빈틈없는 논리에 빈틈을 만들어 준 이반의 태도가 더 중요하다. 이반이 서사시의 마지막에 집어넣은 그리스도의 침묵과 경청과 겸손은 그에게 빠져나갈 구멍을 마련해 준다. 그의 서사시는 대심문관의 세계는 마지막 답이 아니며 이반 같은 무신론자에게도 여전히 그리스도를 따를 수 있는 가능성이 남았다는 기묘한 여운을 남긴다. 실제로 이반은 부지불식간에 그리스도를 흉내 낸다. 그는 절망 때문에 반항하지만 이 반항은 인간성을 회복하고자 하는 끊임없는 욕구, 자신을 희생하고자 하는 욕구, 즉 그리스도를 닮으려는 욕구를 보여 준다(Jackson 1981: 334).

b) 고통 vs. 기쁨

도스토옙스키가 조시마 장로와 관련하여 끊임없이 강조하는 것은 기쁨이다. 도스토옙스키는 한낱 시골 수도원의 쇠약한 장로로 하여금 그리스도의 대변인으로서 강력한 대심문관의 논리를 격파시킬 수 있도록 하기 위해 기쁨의 의미를 집요하게 부각시킨다. 제6권에 삽입된 조시마 관련 에피소드들을 하나로 엮어 주는 것은 사랑과 기쁨이다.

문제는 조시마가 강조하는 사랑과 기쁨이 과연 대심문관의 물질적으로 균등한 세계에 대한 대안이 될 수 있는가이다. 이것은 사실상 너무나 어려운 문제여서 그 누구도 선뜻 답하기 어렵다. 대심문관을 통해 이반이 제기하는 문제는 정의의 문제이고 법의 문제이고 정치와 경제의 문제이다. 그러나 조시마의 답은 신앙의 문제이고 맥락에 따라 다소 허황되게 들릴 수도 있는 '기쁨'의 문제이다. 요컨대 대심문관과 조시마의 대결은 동일한 평면에서 이루어지는 게 아니며 양자의 소위 대화는 자칫 선문답이 될 수도 있다는 얘기다. 그러나 도스토옙스키의 의도는 바로 여기, 즉 양자가 속한 평면의 엇나감, 그 차이와 그 간격과 휘어짐에 존재한다. 동일한 평면에서 양자가 대결한다면 결국 그것은 또 다른 이념과 제도와 종교 간의 갈등이 될 것이며 그 갈등은 돌파구를 못 찾은 채 영원히 제자리에서 빙빙 돌 것이다. 정의의 문제에 대해 인간이 제시할 수 있는 답은 아무리 미약하고 허황되게 들릴지라도 사랑밖에 없다.

고통의 문제는 또한 양자 간의 대립에서 매우 중요한 변수가 된다. 이반이 애당초 서사시를 작성하여 신에게 도전장을 내밀게 된 이유는 어린아이들이 당하는 무의미한 고통 때문이다. 고통에 대한 분노와 고통을 가능하게 한 신에 대한 분노, 신에 대한 심판이 대심문관이라고 하는 인물의 토대를 구성한다. 그러나 고통에 대한 '지식'으로 치자면 조시마 장로가 몇 수 위다. 조시마는 60년을 살아온 인생 베테랑이다. 수도서원을 하기까지의 그의 삶은 형의 죽음, 어머니의 죽음, 실연, 결투 등 당대의 평균적인 청년이 겪을 수 있는 대부분의 우여곡절을 포함한다. 그러나 수도서원 이후의 그의 삶에서 고통은 평균적인 러시아 성인이 겪을 수 있는 것보다 훨씬 강도가 높다. 수도사로서의 극기와 절제의 삶을 고통으로 묘사할 수는 없다. 그러나 그를 찾아오는 대부분의 사람들은 '고통'을 나누기 위해서 찾아온다. 제2권에서 묘사되는 수도원의 일상만 보더라도 무수히 많은 사람들이 조시마를 찾아와 죄를 고백하고 고통을 하소연하고 고통에 대한 치유를 간청한다. 그는 수십 년간 고해성사를 통해 온갖 고통을 다 접했다는 얘기다. 반면 이반의 경우 고통에 대한 그의 지식은 전적으로 간접적인 것이다. 양과 질에서 그의 고통 체험은 조시마를 따를 수 없다. 24세 청년에게 고통은 책과 신문에서 읽은 것이 전부다(Kroeker and Ward 2001: 80). 이는 다시 말해서 조시마가 강조하는 사랑과 기쁨은 고통에 대한 무지에서 오는 나이브하고 공허한 립서비스가 아니라는 얘기다. 그것은 이반의 체험보다 훨씬 강력한, 그리고 훨씬 오래된 인생 경험에서 나오는 지혜이므로 오히려 이반의 논리보다 더 개연성이 높을 수도 있다.

우리는 여기서 이반이 조시마 장로를 가리켜 'Pater Seraphicus'라 부른다는 사실을 상기할 필요가 있다. '파테르 세라피쿠스'는 로마 가톨릭에서 전통적으로 아시시의 성 프란치스코를 지칭하는 다른 이름이다. 이 이름은 대심문관과 조시마 장로의 대립을 로마 가톨릭과 러시아 정교의 대립으로 볼 수 없게 만든다. 대심문관이 대변하는 것은 중세 가톨릭도 아니고 예수회도 아니다. 그의 사상은 오히려 근대의 역사주의와 니힐리즘에 가까우며

(Kroeker and Ward 2001: 78) 그의 반대편에 있는 정교회 수도사 조시마의 사랑과 기쁨은 프란치스코회의 복음적인 삶에 가깝다. 요컨대, 조시마의 영성은 종교적 경계를 뛰어넘어 그가 설교하는 바 그대로 모든 사람, 모든 피조물을 다 포함하는 보편적인 사랑으로 연장된다.

c) 기쁨의 시간

조시마에게 기쁨은 "분노와 심판이 일시 정지된 상태"(Emerson 2004: 168)이므로 시간의 선적인 흐름에서 벗어난다. 그것은 또 시간성을 벗어난다는 바로 그 이유에서 인간 비극의 원천인 유한성에 대적한다. 조시마와 관련된 일련의 에피소드들은 모두 기쁨의 시간 속으로 들어간다.

조시마의 형 마르켈은 조시마보다 여덟 살 위로, 열일곱 살 되던 해 사순절이 시작될 무렵 자유주의자에게 매료되어 신을 부정하기 시작했다. 형은 얼마 후 급성 폐결핵에 걸렸는데 병세가 급격하게 악화되어 의사는 봄을 넘기기 어려울 거라고 했다. 신심 깊은 어머니의 간청에 못 이겨 형은 성당에 다니고 집에서 고해성사를 받고 성체를 영했다. 그러던 중 갑자기 형은 완전히 변했다. 어떤 기적적인 일이 일어났다. 형은 맑고 기쁜 얼굴로 행복한 미소를 지으며 모든 이에게 다정한 눈길을 주기 시작했다. "산다는 게 얼마나 즐겁고 기쁜 일인지 모르겠어요." 형은 나날이 기쁨으로 충만하게 되어 갔고 왕진 온 의사가 "여러 달, 여러 해 더 살 수 있을 걸세"라고 덕담을 하자 "그런데 왜 그렇게 날짜를 계산하시는 건가요? 온갖 행복을 맛보는 데에 인간에겐 하루면 충분할 텐데요"라고 대꾸했다. 의사는 어머니에게 "댁의 아드님은 병 때문에 정신착란증에 걸렸습니다"라고 귀띔해 주었다. 부활 후 3주 정도 지나서 형은 조시마에게 자기 대신 살아 달라고 말한 뒤 편안하게 기쁨 속에서 세상을 하직했다. 열일곱 살의 나이에 세상을 하직한 조시마의 형은 조시마에게 수도사의 길로 들어서는, 즉 '새로운 삶'을 찾는 계기를 마련해 준다. "나는 당시 어린애에 불과했지만 가슴속에 그 모든 것이 고스란히 남아 있었다. 나는 알 수 없는 어떤 감정을 품게 되었다."

마르켈의 시간은 근본적으로 생로병사의 시간에 대립하는 시간이다. 그에게 시간은 죽음을 향해 치닫는 무자비한 것이 아니라 기쁘게 향유할 수 있는 신의 선물이다. 이 선물로서의 시간은 인간으로 하여금 비극의 근원인 필멸의 인식을 뛰어넘을 수 있게 해 주는 유일한 대안이다. 이 시간 속에서 분노와 심판과 증오는 영원히 정지된다. 오로지 이 시간 속에서만 고통이 치유될 수 있다.

조시마가 강론의 핵심으로 삼는 「욥기」 역시 이 시간의 문제를 다룬다. 고통의 문제를 중심으로 이반과 욥은 마주 본다. 욥은 이유도 모르고 원인도 모르는 채 고통에 시달린다. 의로운 욥이 당하는 고통을 설명할 수 있는 것도 없고, 정당화시킬 수 있는 것도 없다. 인과응보나 권선징악은 욥의 경우에 해당되지 않는다. 그런 의미에서 욥은 이반이 거론했던 무고한 어린아이의 복사판이자 모든 고통받는 인간의 대변인이다. 그러나 이반의 고통이 현세적인 대심문관을 창조하는 것과 달리 욥의 고통은 시간 너머에서 치유된다. 욥의 시간은 마르켈의 시간에 대한 성서적 해석이다. 「욥기」의 저자도, 「욥기」를 인용하는 조시마도, 그리고 조시마를 창조한 도스토옙스키도 이 신비한 시간을 논리적으로 혹은 신학적으로 설명하려 시도하지 않는다. 그들은 그 시간이 존재한다는 것을 그냥 알 뿐이다. 그러나 도스토옙스키는 조시마로 하여금 대심문관의 표현을 그대로 사용하여 「욥기」를 해석하게 함으로써 그 시간만이 대심문관의 분노와 심판에 맞설 수 있다는 것을 분명하게 전달한다.

"그 속에는 얼마나 위대하고 **신비**로우며 상상할 수 없는 것들이 담겨 있는지 모릅니다. … 거기에는 위대함이 있고 지상을 스쳐 가는 빛과 영원한 진리가 서로 마주치는 비의가 있는 것입니다. … 얼마나 위대한 성서이며 인간에게 주어진 얼마나 대단한 **기적과 권능**입니까." (강조는 필자)

조시마가 말하는 '신비와 기적과 권능'은 대심문관의 '기적·신비·권위'와 팽팽하게 대립하면서 양자의 차이를 극명하게 드러내 준다. 대심문관의 신비가 인간을 지배하기 위한 현세적인 도구라면 조시마의 신비는 현세적인 것과 초월적인 것이 마주치는 신비이다. 대심문관의 권위가 반대파를 화형에 처하는 지배 원칙이라면 조시마가 말하는 권능은 고통과 슬픔 속에서도 기쁨을 건져 올릴 수 있는 권능이다.

"과거의 슬픔은 인간생활의 위대한 비밀에 의해 조금씩 고요하고 감동적인 기쁨으로 변합니다. 피 끓는 젊음 대신에 온화하고 찬란한 노년이 열리기 때문입니다. 나는 매일 아침 떠오르는 태양을 축복하고 나의 가슴은 예전처럼 태양을 찬미하는 노래를 부르지만 이제는 일몰을, 비스듬히 내리쬐는 햇살을, 그리고 그 햇살과 더불어 고요하고 온화하며 감동적인 추억을, 축복받은 긴 인생 속에서 떠오르는 보고픈 사람들의 모습을 더욱 사랑하게 됩니다. 그러나 그 모든 것에는 사람들을 감동시키고 화해시키며 용서하시는 하느님의 진리가 필수적입니다! 나의 생명은 끝나고 있으며, 그것을 알고 있고 또 그 소리를 듣고 있습니다. 하지만 남아 있는 나날 동안 나는 매일매일 마치 지상에서의 나의 삶이 영원하며 말로 이루 다 표현할 수 없는 가까운 미래의 새로운 삶과 이미 연결되어 있는 것 같은 느낌이 듭니다. 새로운 삶에 대한 예감으로 나의 영혼은 환희에 떨며, 지성은 빛을 발하고, 가슴은 기쁨의 눈물을 흘리는 것입니다 ….”

지나간 생을 반추하며 기쁨의 눈물을 흘리는 조시마는 하루에도 몇십 명씩 화형에 처하는 분노에 찬 대심문관과 대립한다. 노년을 온화하고 찬란하게 맞이하는 조시마는 “20년은 더 사내 노릇을 하기 위해 돈을 모아야 한다”는 표도르와도 대립한다. 온유와 감동과 화해와 용서를 말하는 조시마는 궁극적으로 이때까지 나온 모든 나쁜 아버지들, 심판하고 지배하고 학대하는 아버지들과 대립한다. 독자는 이 대립에서 선택을 해야 한다. 그리고 독자의 선택에 도움을 주는 것은 조시마의 말이 갖는 힘보다는 조시마가 갖는 인물로서의 개연성, 그리고 인간으로서의 매력이 될 것이다. 기쁨은 이론이나 교의로 논증되는 것이 아니기 때문이다.

d) 공동체 정신

조시마(그리고 도스토옙스키)는 대심문관식의 균등에 ‘공동체 정신’(sobornost’, communality)으로 대응한다. ‘공동체 정신’은 러시아 정교의 오랜 전통 속에서 발견되는 개념으로 사람들을 하나로 연결시켜 주는 모종의 유대감을 의미한다. ‘공동체 정신’은 수학적인 균등이 아닌 인간 개개인의 존엄에 기초하는 진정한 평등의 개념이자 오로지 사랑과 신뢰와 자유만을 토대로 하는 공감과 소통과 온유의 정신이다.

공동체 정신은 도스토옙스키 사상의 모든 것을 담고 있는 핵심이다. 그가 걸어갔던 그리스도교 신앙인의 길도, 그리고 그가 작품 속에서 추구했던 문학성과 종교철학도 모두 공동체 정신과 연결된다. 여기서 우리는 도스토옙스키가 의미하는 바의 공동체 정신은 공동생활이나 공동체적인 삶과는 다른 것임을 상기할 필요가 있다.

100명의 인간이 함께 산다고 해서 공동체가 형성되는 것은 아니다. 우리는 한 인간이 자기만의 이익을 좇을 때 이기주의라고 한다. 그러나 두 명 이상이 모인 가족도, 여러 명이 모인 집단도, 심지어 국가도 이기주의를 실현할 수 있다. 가족 이기주의, 집단 이기주의, 국가 이기주의, 도둑들 간의 의리, 패거리 문화는 공동체 정신과 거리가 멀다. 요컨대 공동체 정신이란 여러 명이 함께 공간을 점하고 있는 상태와는 별 상관이 없다. 공동체 정신은 인간 존엄성에 기초하는 윤리적인 개념으로 공존과 상생과 화합을 지향하는 의식적인 노력이다.

도스토옙스키가 이해한 '공동체 정신'을 가장 정확하게 설명해 주는 것은 앞에서도 언급했던 '만인은 만인 앞에 만사에 대해 죄인'이라는 진술이다.

"우리들 한 사람 한 사람은 이 지상의 모든 사람들에 대하여, 모든 일에 대하여, 세계의 보편적인 죄악뿐만 아니라 이 지상의 만인들에 대하여, 각각의 개인들에 대하여 분명히 죄인입니다."

대심문관의 균등한 세계가 모든 인간을 소수의 절대 권력자와 나머지 '우매한 짐승들'로 구분하는 것과 대조적으로 조시마의 공동체 정신은 인간의 모든 관계를 '나와 너'의 관계로 바라본다. 타인에 대한 윤리적 책임은 한 사람에서 시작하기 때문이다. 공동체 정신 속에서는 너에 대한 나의 책임이 인류의 행복을 대신하고 나와 너의 상호 연민이 심판을 대신하며 나와 너의 실천적 사랑이 박애주의를 대신한다.

공동체 정신은 조시마의 젊은 시절에 일어난 하나의 극적인 사건을 통해 가시화된다. 스토리를 요약하면 다음과 같다.

이것은 40년 전에 일어난 일이다. 수도의 군사학교에서 조시마는 완전히 다른 사람이 된 것 같았다. 만취에다 난동은 기본이고 시중꾼 병사들을 가축 취급했다. 그가 따르던 것은 군인의 명예, 군인의 도덕, 군인의 코드였다. 그는 돈도 넉넉했으므로 향락에 젖어 살았다. 성서는 읽지 않았지만 항상 몸에 지니고 있었다. 4년 뒤, 그는 사교계의 총아가 되었다. 마침 젊고 아름답고 현명한 아가씨에게 반했는데 독신생활을 포기하고 싶지 않았기에 애정의 표시만 할 뿐 청혼은 하지 않았다. 그런데 그가 두 달간 출장을 마치고 돌아와 보니 그녀는 부유한 지주와 결혼한 뒤였다. 알고 보니 상대는 그보다 교육 수준도 높고 정중하고 돈도 많은 사람이었다. 두 사람은 이미 오래 전부터 약혼한 사이였는데 조시마만 그걸 모르고 있었던 것이다. 그는 그녀가 자신을 조롱했다고 생각하고 복수심과 분노로 타올랐다. 그래서 일부러 남자를 모욕하여 결투를 유도했다. 그런데 결투 당일 기적 같은 일이 일어났다. 그 전날 그는 무언가로 화를 내며 졸병 아파나시를 두들겨 팼다. 날이 밝아 오자 그는 마음이 무거웠는데 그 원인이 결투에 대한 두려움이 아니라 무고한 졸병 아파나시를 팼다는 사실에서 오는 자책감이라는 것을 알아차렸다. 그는 두들겨 맞으면서도 자신을 방어할 생각도 못 하는 아파나시의 얼굴을 기억하며 수치심과 고통으로 몸을 떨었다. 그는 마침내 오열하기 시작했다. "내가 도대체 무슨 자격으로 나 자신과 다름없이 하느님의 형상과 닮은 다른 인간의 봉사를 받는 것일까." "나는 어쩌면 그 누구보다도 더 많은 죄를 저질렀으며 이 세상에 있는 그 누구보다도 더 못된 인간일지 모른다." 그는 졸병의 발밑에 엎드려 이마가 땅에 닿도록 절을 하며 용서를 청했다. 졸병은 너무나도 당황스러워하며 울먹였다. 이때 이미 그는 어떤 결심을 하고 결투장에 갔다. 상대가 먼저 총을 쏘았으나 맞추지 못했다. 조시마 차례가 되자 조시마는 총을 멀리 던져 버리고 상대방에게 용서를 청했다.

입회인들은 그가 연대의 명예에 먹칠을 했다고 그를 비방했고 그는 졸지에 겁쟁이 바보가 되어 버렸다. 그러나 그가 수도사가 되기로 했다는 것을 알게 되자 모든 사람들이 그를 용서해 주고 사랑하기 시작했다. 그는 사람들 사이에서 '유로지비'로 통하게 되었다.

조시마가 졸병을 자신과 똑같은 인간으로 생각하는 바로 그 순간이 공동체 정신이 시작되는 시점이다. 하인을 '나와 너'의 관계 속에서 바라볼 때 그는 비로소 지배의 원칙에서 벗어나게 된다. 이것이 도스토옙스키가 생각한 공동체 정신이자 '실천적 사랑'이다. 공동체 정신은 '공동체'란 어휘로 인해 '단체'를 의미하는 듯이 들리지만 실제로 공동체 정신의 바탕이 되는 것은 한 사람에서 시작되는 실천적 윤리다. 이런 의미에서 앞에서 언급했던 '실천적 사랑'이란 결국 '나와 너' 간의 사랑으로 압축된다. 너 속에 비춰진 나를 보면서, 나 속에 비춰진 너를 보면서 우리는 비로소 나와 너는 모두 똑같이 신의 모습대로 창조된 인간임을, 그래서 나도 너도 모두 존엄하다는 것을 깨닫게 된다.

이때의 나와 너는 막연한 우리가 아니다. 어떤 이익, 다른 집단에 대한 배제와 증오, 혹은 이해타산으로 일시적으로, 우연하게 형성된 우리가 아니라 바로 이 구체적이고 실천적인 '나와 너'의 관계만이 대심문관의 파괴적인 공상적 사랑, 인간 경멸에서 우리를 구원할 수 있는 힘이다.

e) 매우 불편한 용서의 문제

조시마의 '신비한 방문객' 이야기는 신의 위대함과 용서의 문제를 입체적으로 보여 준다. 일단 스토리를 읽어 보자.

어느 중년의 견실한 가장이자 사업가인 남자가 수도서원을 하기 전의 조시마를 찾아오기 시작했다. 남자는 망설이다 그에게 무서운 사실을 고백했다. 자신이 살인자라는 것이었다. 14년 전, 그는 이 마을의 한 부유한 미망인에게 연정을 느꼈다. 그러나 그녀는 이미 다른 사람에게 마음을 주었기에 그의 청혼을 거절했다. 어느 날 그는 복수심과 질투심에 사로잡혀 그녀의 집에 몰래 숨어 들어가 잠든 여자의 가슴에 칼을 꽂았다. 그리고 살인을 하인들의 소행으로 돌리기 위해 금품을 훔쳐 갔다. 행실이 나쁜 하인에게 혐의가 돌아갔다. 그는 주인이 자신을 군대에 보낼 생각이라는 걸 알고는 앙심을 품고 있었다. 게다가 체포될 당시 그의 주머니에는 칼이 있었고 그의 손에는 피까지 묻어 있었다. 그래서 그는 체포되어 재판을 받았지만 일주일 뒤 열병에 걸려 죽고 말았다. 그렇게 해서 사건은 종결되었다. 살인자는 피살자가 타인의 아내가 되는 것을 참을 수 없었기에 양심의 가책도 별로 안 느꼈다. 그리고 이후 양로원에 거액을 기부하는 등 많은 박애적인 일을 함으로써 자신의 범죄를 잊을 수 있었다. 그런데 결혼을 하고 자식들이 태어나자 그의 마음속에서 평화가 사라졌다. 순진무구한 어린애들을 보며 자신이 그들을 사랑하고 양육할 자격이 없다는 것을 깨달았다. 그는 사회적으로 존경받고 식구들의 사랑을 받는 가장이었으나 그의 마음속에는 지옥이 있었다. 그래서 그는 고백할 결심을 했는데 조시마는 그의 결심에 단초를 제공해 주었다. 그는 자신의 고백으로 아내와 자식들이 겪을 고통 때문에 괴로워하고 있었다. 조시마는 그런 그에게 "주님께서는 권력 속에 계신 것이 아니라 진리 속에 계신 것입니다"라고 말하며 고백을 독려했다. 다음 날은 그의 생일이었다. 그는 생일 만찬이 끝나자 참석한 손님들에게 자신의 14년 전 살인을 고백했다. 그는 강탈한 피살자의 금붙이와 수첩, 편지 등을 증거로 제시했다. 그러나 아무도 그의 말을 믿지 않았다. 그가 과로로 인해 정신착란증에 걸린 것이라고 사람들은 판단했다. 닷새 후 그는 열병에 걸렸다. 조시마가 문병을 갔을 때 그는 아내와 자식들에게 오점을 남기지 않게 되었음을 기뻐하며 하느님의 자비를 찬미했다. 일주일 후 그는 사망했고 그의 명예는 조금도 손상되지 않았다. 약 5개월 후 조시마는 수도의 길에 입문했다.

'신비한 방문객'은 인간이 결코 획일화된 동물일 수 없음을, 인간은 때로 스스로의 이익에 반대되는 행동까지 하는 불합리한 존재임을 보여 주는 사례다. 완전 범죄에 성공한 주인공은 현재 전혀 살인 혐의를 받지 않는 상태이고 그 무엇으로도 그의 행복은 위협받지 않고 있다. 그럼에도 그는 범죄를 기억 속에서 끄집어내 물질적인 행복과 정신적인 고통 사이에서, 빵과 자유 사이에서 무서운 갈등을 겪다가 결국 행복과 빵을 포기하고 양심의 자유를 선택한다. 이 에피소드에서 도스토옙스키는 마치 일부러라도 그러듯 '기적, 신비, 권위'를 반복해서 언급한다. '신비한' 방문객은 '기적적으로' 가족의 고통을 덜어 줌으로써 진리 속에 있는 신의 '권능'을 확인해 준다. 그래서 이 에피소드는 대심문관의 거창한 지배 원칙인 '기적, 신비, 권위'를 지상으로 끌어내려 그리스도교식으로 번역한 것처럼 들리기도 한다.

그러나 이 스토리는 용서의 문제와 관련하여 독자를 매우 불편하게 만든다. 주인공은 14년 전 살인을 저지를 때도, 그리고 지금 살인을 자백할 때도 이기적이다. 그의 고통에 공감이 가지만 그의 행위가 과연 누구를 위한 것이냐는 의심은 끝까지 해소되지 않는다. 결국 그는 살인을 저지르고도 14년 동안 사랑과 존경을 듬뿍 받으며 잘 살다가 평화로운 양심으로 저세상으로 가는 것 아닌가. 그는 신의 용서를 받았겠지만 그의 평온한 양심을 위해 가족들과 동네 사람들이 겪을 무서운 의혹의 고통은 누가 치유해 줄 것인가. 그가 죽인 사람의 억울함은 물론이거니와 누명을 쓰고 대신 죽은 사람의 억

울함은 어쩔 것인가.

에머슨이 지적하듯이 이 에피소드는 신비 그 자체이다. 스토리는 독자에게 용서에 관해 매우 어려운 도전장을 건넨다. 만일 우리가 그를 용서하지 않는다면, 그의 이기주의를 가차 없이 심판한다면, 우리 또한 사랑 없는 지옥에 가까이 가게 되는 셈이다(Emerson 2004: 174). 어쩌면 이 불편한 스토리에서 독자가 할 수 있는 일은 심판의 문제를 신에게 맡기고 조용히 다음 장으로 넘어가는 것뿐인지도 모른다. 그리고 그다음 장에서 우리를 기다리고 있는 조시마의 "심판하지 말라"는 설교를 받아들인 것뿐인지도 모른다. "사람들은 절대 심판자가 될 수 없음을 특히 기억해 두십시오."

f) 나는 존재한다, 고로 사랑한다

이어지는 조시마의 설교문은 한마디로 사랑에 관한 에세이라 할 수 있다. 설교에서 그가 지속적으로, 집요하게, 일관되게 강조하는 것은 사랑이다(6권 3장). 인간이면 누구나 "나는 존재한다, 고로 사랑한다"라고 말할 수 있어야 한다. 사랑은 실존의 조건이다. 사랑이 없을 때 지금 이곳의 현실은 언제라도 지옥이 될 수 있다. 그래서 조시마는 "지옥이란 결코 더 이상 사랑할 수 없는 고통"이라고 단언한다. 그가 후배 수도사들에게 하는 마지막 유언 역시 사랑하라는 것이다. "고독한 가운데 머물면서 기도드리십시오. 기꺼이 대지에 엎드려 그 대지에 입을 맞추십시오. 열심히 대지에 입을 맞추면서 끝없이 사랑하십시오. 만인을, 만물을 사랑하며, 사랑의 환희와 열광을 추구하십시오."

조시마의 사랑과 평화와 기쁨은 대심문관의 어둡고 칙칙한 심판의 세계와 정면으로 맞선다. 그러나 문제는 조시마의 설교가 너무나 '수도원식'이라는 점이다. 그것을 어떻게 보통 사람들이 현실 속에서 실천할 수 있을 것인

가. 조시마의 사랑을 대심문관의 세계에 대한 유일한 대안으로 볼 수 있을까. 그건 아닐 것 같다. "조시마의 주장은 아름답지만 그것이 이반의 주장에 승리를 거둔다고 보기는 어렵다. 양자의 주장은 상호 대립적이며 동시에 상호 보완적이다. 조시마의 가르침은 이반의 사상을 통해서만 의미를 갖는다. 도스토옙스키는 양자의 손을 동시에 들어 준다"(Blank 2010: 119).

그리스도교에 대한 이반의 비판은 우리의 리얼리티 경험을 일반화하려는 그리스도교 가르침에 대해 던지는, 어렵지만 정직한 질문이다(Srigley 2013: 219). 조시마의 사랑은 확실히 리얼리티를 일반화하며 이반의 의혹에 대해 오로지 매우 초라한 답만을 제공한다. 그러나 바로 그 초라함 때문에 사랑은 현실적인 것이 된다. "사랑만이 답이다", "사랑이 모든 것을 해결한다" 등등의 구호가 비현실적이라면 조시마의 사랑은 작고 초라하므로 해결한다는 의욕조차 보이지 않는다. 그러나 오로지 그런 사랑만이 현실적이고 거대한 악을 희석시킬 수 있다. 확실히 도스토옙스키에게서는 선과 악이 작동하는 방식 간에 기묘한 상호성이 존재한다(Miller 2007: 166). 사랑이 세상의 모든 악에 대한 해독제가 될 수는 없다. 그러나 사랑이 없으면 모든 것이 악이 될 수 있다. 이반의 인류애가 악이라는 것은 아니다. 그러나 신비한 세상에서 흘러나오는 사랑과 연결되지 않으면 그것은 심오한 악이 될 수 있다.

4. 대심문관과 조시마 사이에서

대심문관도 조시마도 현실 속에서 흔히 만날 수 있는 사람은 아니다. 그리스도는 물론 더 말할 것도 없다. 대부분의 인간은 양극단 사이 어디엔가 위치한다. 인간은 어느 정도는 교만하고 또 어느 정도는 겸손한, 조금은 동물적이고 조금은 고결한, 요컨대 중간적 존재다. 대심문관에 대한 가장 강력한 안티테제인 조시마 장로는 수도사라고 하는 '특수한' 위치에 있기 때문에 그리스도를 대변할 수 있지만 또 바로 그 점 때문에 현실성이 떨어진다. 그래서 도스토옙스키는 6권 "러시아의 수도사"에 이어서 7권 "알료샤"를 내놓는다. 알료샤는 대심문관에 대응하는 인물이지만 그는 조시마처럼 완덕에 이른 인물이 아니라(조시마는 완덕에 이르렀으므로 결국 그의 존재는 거기서 마무리된다. 조시마와 같은 인물은 사실상 소설 속에서 지속적으로 등장할 수 없다) '카라마조프', 즉 찢겨진 인물, 보통 사람에 훨씬 가까운 인물이다. 알료샤가 이끌어 나가는 7권의 서사는 갈림길에서 고뇌하는 인간의 모습을 보여 주는 동시에 갈림길에서 그가 선택하는 길이 어떻게 대심문관의 세계를 반박하는지를 보여 준다.

a) 혹세무민

일부 선대 장로들이 선종했을 때 시신에서 광채가 나고 향기가 뿜어져 나왔다는 기록이 있기에 사람들은 이번에도 그런 것을 기대했다. 그런데 장로의 시신이 썩는 대신 향기를 내뿜을 것이라는 기대감이 고조된 바로 그 시점에서 사건이 일어났다. 시간이 흐를수록 관에서 점점 더 강하게 썩는 냄새가 풍겨 나오기 시작했다. 어떤 사람들은 당혹감과 절망으로 흔들렸고 다른 사람들은 기뻐 날뛰었다. 후자는 장로를 시기하고 장로가 받는 존경심을 질투한 사람들이었다. 장로는 기적이 아니라 사랑으로 사람들을 이끌었고 그 때문에 오히려 시기의 대상이 되었던 것이다. 장로의 시신은 다른 사람보다 더 빨리 부패했다. 그것은 '자연의 법칙을 뛰어넘고' 있었다. 이오시프 신부는 이 상황에 대한 변명으로 뼈의 색깔로 기적이 좌우된다는 논리를 폈으나 신부 자신을 포함하여 아무도 믿지 않았다. 장로제를 비난해 왔던 사람들은 물 만난 고기처럼 당당했다. "장로는 잘못 가르쳐 왔어. 인생은 비탄에 젖은 겸손이 아니라 위대한 기쁨이라고 가르쳐 왔거든." "금식재를 엄격히 지키지도 않고 단 음식을 허용했대. 차와 함께 체리 잼도 먹었대." 장로가 살아 있을 때는 아무 소리도 못하던 온갖 고행자들, 정진자들, 침묵 수행자들이 떠들어 댔다.

그리고 드디어 페라폰트 신부가 모습을 드러냈다. 그가 조시마 장로를 싫어했다는 것은 널리 알려진 사실이다. 그는 고행용 족쇄를 절거덕거리며 드라마틱하게 등장하여 우렁찬 목소리로 "사탄아 물러가라"를 외쳤고 자신이 악마를 몰아내고 있다고 큰소리를 쳤다. 파이시 신부는 그에게 "어쩌면 신부님 자신이 악마에게 봉사하고 있는지도 모릅니다"라고 정곡을 찌르는 말을 했다. "심판을 하시는 것은 하느님입니다. 이곳에서 우리가 목격하고 있는 '계시'는 당신도 나도 혹은 그 누구도 이해하지 못하는 것입니다. 나가 주세요. 어린 양 떼를 선동하지 말아 주세요."

페라폰트는 금식을 안 지킨 조시마 장로에게 신의 징벌이 내려서 이런 계시가 일어났다고 선언한다. 자기는 무식쟁이이지만 그래서 오히려 하느님이 자신을 보호해 준다고 무지를 자랑하는가 하면 조시마의 장례 미사에서는 수도사들이 영광스러운 찬송가를 부르겠지만 자기가 죽으면 고작해야 보잘것없는 찬송가를 부를 것이라며 마음속 깊은 곳의 시기심을 드러내 보이기도 한다. 그는 "나의 하느님께서 승리하셨도다, 그리스도께서 저물어 가는 태양을 이기셨도다"라고 미친 듯이 소리치더니 급기야 두 팔로 땅을 짚고는 온몸에 경련을 일으키며 꺼이꺼이 울기 시작했다. … 대중은 그를 보며 "이분이야말로 진정한 성자시다"라고 열광했다. 알료샤는 너무나도 절망하여 파이시 신부의 눈길을 피해 암자를 떠났다.

페라폰트 신부 '사건'은 무엇보다도 앞에 나왔던 '기적과 믿음'의 상관성을 상기시킨다. 대부분의 사람들에게 믿음은 기적에서 나오며 믿음을 유지하기 위해 반드시 기적이 있어야만 한다. 기적의 힘은 위대하다. 심지어 알료샤처럼 독실한 믿음을 가지고 있는 청년도 기적의 무산 앞에서 심하게 흔들린다.

기적에 걸었던 대중의 기대가 좌절당한 시점에서 페라폰트 신부는 기적의 새로운 대안으로 등장한다. 그리고 그 점에서 페라폰트는 대심문관의 분신이다. 전자는 광신자이고 후자는 무신론자이지만, 전자는 일자무식 평수도사이고 후자는 최고위 성직자이지만, 전자는 러시아 정교를 대표하고 후자는 적어도 겉으로는 로마 가톨릭을 표방하지만 양자 모두 기적을 무기로 동일한 목표, 혹세무민과 지배를 추구한다. 페라폰트는 대중의 인기를 먹고 살고 대심문관은 대중의 공포를 먹고 산다. 두 사람은 사실 외모부터 유사하다. 두 사람 다 고령임에도 불구하고 건장하고 두 사람 다 허름한 옷을 입고 있고 두 사람 다 표정에는 고뇌를 담고 있다. 대심문관은 인류의 고통을 짊어져서 고뇌에 차 있고 페라폰트 신부는 사방에 널려 있는 악마가 눈에 보여 고뇌에 차 있다. 두 사람 다 조시마의 기쁨과는 거리가 멀다. 같은 맥락에서 두 사람이 제시하는 사랑은 공상적인 사랑이다. 대심문관의 공상적 사랑이 인류애로 실현된다면 페라폰트의 공상적 사랑은 하느님 사랑으로 실현되는 것이 다를 뿐이다. 두 사람은 모두 정의감에 사로잡혀 있고 심판에 대한 열망으로 타오르고 있다. 그 두 사람이 확인해 주는 것은 "지옥은 사랑의 불가능성뿐 아니라 심판에의 열망으로 실현된다는 사실이다"(Golstein 2004: 98).

b) '양파 한 뿌리'의 기적

조시마의 썩는 냄새를 둘러싼 수도원에서의 스캔들은 알료샤마저도 흔들리게 한다. 이제 알료샤 앞에는 생사의 갈림길에 버금가는 갈림길이 놓여 있다. 그에게 속세로 가라고 했던 조시마 장로의 의중이 드러나기 시작한다. 거듭나기 위해서 알료샤는 이 시험을 통과해야 한다. 그는 결국 통과하지만, 그리고 결국 더 강해지지만 그렇게 되려면 일단 먼저 쓰러져야 한다. "알료샤에게 그 사건은 평생 확고한 목적을 추구하는 영혼의 전환점이자 대변혁과 같은 것이었으며 흔들리긴 하지만 어느덧 결정적으로 그를 강하게 만든 이성이 되고 말았다." 알료샤의 스토리를 통해 우리는 도스토옙스키 시학에서 새로운 성장과 파멸을 시작하는 하나의 점은 언제나 인물의 자유로운 선택을 요구한다는 사실을 다시 한번 확인하게 된다(Blank 2010: 38).

조시마의 썩는 냄새를 접하며 알료샤가 체험하는 절망은 '정의'가 이루어지지 않은 데서 오는 절망이었다. 그것은 그의 신앙심이 너무나 강한 데서, 장로에 대한 사랑이 너무나 강한 데서 비롯된 것이었다. 그는 믿기 위해 기적을 원했던 것이 아니라 정의의 징표로서의 기적을 원했다. 그러나 결과적으로 보면 실망하여 수도원을 떠난 그는 대중의 한 사람일 뿐이다. 그는 소시지와 술을 받아들이고 라키틴이 이끄는 대로 그루센카의 집을 찾아간다.

그러나 타락한 여인이 보여 준 경건한 행동, 그리고 그녀가 들려주는 '양파 한 뿌리'의 전설은 그를 다시 일으켜 세운다. '양파 한 뿌리' 이야기는 이반이 지어낸 대심문관의 전설과 '유사와 대립'의 원칙에 따라 팽팽하게 균형을 이룬다. 조시마 장로의 일대기와 에피소드, 그리고 설교에 이어 그루센카의 이 스토리 역시 대심문관의 논리를 반사하면서 그 내용에 대한 해독제로 제시된다. 그루센카가 들려주는 양파 이야기는 다음과 같다.

옛날 옛적에 심술 사나운 할멈이 살다가 죽었다. 할멈은 평생 동안 단 한 번도 선행을 한 적이 없었다. 그래서 악마들이 할멈을 붙잡아 지옥 불에 던져 버렸다.

할멈의 수호천사가 지옥 불에서 허덕이는 할멈을 보고는 불쌍한 생각이 들었다. 그래서 할멈의 인생을 샅샅이 뒤져 보았다. 그랬더니 살아생전에 밭에서 양파 한 뿌리를 뽑아 거지에게 준 일이 있는 것이었다. 그래서 하느님께 말씀드렸더니 하느님이 "그 양파 한 뿌리를 할멈에게 내밀어 그걸 붙잡고 빠져나오게 해 주어라. 빠져나오면 천국으로 가게 해 주고 파가 끊어지면 지옥에 그대로 남게 하라"고 하셨다.

천사는 할멈에게 양파를 내밀고는 조심스럽게 잡아당기기 시작했다. 거의 다 끌어올렸는데 지옥 불속에 있던 다른 죄인들이 할멈이 올라가는 걸 보고는 자기들도 벗어나고 싶어 너도나도 할멈에게 매달렸다. 그러나 심술 사나운 할멈은 "나를 구해 주는 것이지 너희들을 구해 주는 게 아니야. 이건 내 양파야. 너희들의 양파가 아니라고!" 외치며 사람들을 발로 걷어차기 시작했다. 그 순간 양파가 뚝 끊어지고 할멈은 도로 불속으로 떨어졌다. 천사는 하는 수 없이 눈물을 흘리며 떠나갔다.

단순하고 소박한, 거의 이솝 우화처럼 들리는 이야기다. 그러나 이 이야기는 겉보기보다 훨씬 복잡하다. 이 이야기는 소설의 정중앙인 7권에 수록되어 있으며 알료샤가 절망하여 타락의 길을 선택하기 직전에 그가 듣고 '기적적으로' 다시 일어서도록 해 주는 역할을 한다. 이 이야기 자체가 기적이라는 얘기다. 여기서 우리는 그동안 지속되어 온 기적에 관한 담론에 또 하나의 차원이 더해지고 있음을 목격한다. 기적과 믿음의 정치적·종교적 함의에 심리적이고 개인적인 차원이 더해지는 것이다. 오윈 교수가 양파 이야기야말로 진짜 기적이라 부르는 것도 이 때문이다. "설령 자연의 법칙이 우리에게 그럴 이유를 제시하지 않는데도 우리가 자발적으로 선을 선택한다면 그것이 기적이다"(Orwin 2004: 138). 도스토옙스키는 자신의 종교철학을 이 번에는 소박한 러시아 민담을 통해, 타락한 한 여인의 입을 통해, 이제까지 와는 다른 각도에서 보여 준다.

c) 선행과 악행

'양파 이야기'는 도입부터 상식을 비껴간다. 스토리의 주인공은 심술 고약 한 할머니다. 할머니가 죽자 악마들이 할머니를 지옥 불구덩이에 던져 버린 다. 할머니는 무슨 큰 죄를 저질렀을까? 할머니가 저지른 악행에 대해서 스 토리는 아무런 얘기도 하지 않는다. 도스토옙스키가 창조한 지옥은 단테의 지옥과 이 점에서 완전히 구별된다. 단테의 지옥에서 죄인들은 구체적인 악 행의 꼬리표를 달고 있는 데 반해 도스토옙스키는 할머니가 아무런 좋은 일 도 하지 않았다는 것만 이야기한다. 요컨대 할머니의 죄는 나쁜 일을 저질 렀다는 데 있는 게 아니라 좋은 일을 행하지 않았다는 데 있다. 우리는 흔히 크게 좋은 일은 못 해도 최소한 남에게 폐 안 끼치고 살면 괜찮다고 생각한 다. 그러나 이 스토리는 바로 그 수동성을 가장 큰 죄목으로 지목하고 있는 것이다. 물론 선행을 한 적이 없다는 사실 하나 때문에 할머니가 지옥에 떨 어진 것은 아니다. 나중에 밝혀지겠지만 문제는 할머니가 '어떻게, 왜' 선행 을 하지 않았는가 하는 점이다.

d) 신의 은총

할머니는 사악한 죄인이다. 게다가 지옥 불에서 나가게 해 달라고 요청 한 적이 없다. 그런데 수호천사가 자진해서 할머니를 구해 주려고 노력한 다. 수호천사가 이 일을 한 동기는 무엇일까. 바로 할머니가 지옥에서 받는 고통이다. 사실 할머니는 죗값을 치르는 것이다. 할머니는 죄인이고 악마는 이를테면 검사의 역할을 한 것이며 하느님은 판사의 역할을 했다. 검사가 죄를 묻고 판사가 판결을 내려 할머니는 벌을 받고 있는 셈이다. 바로 이 법적으로 타당한 판결에 수호천사는 의문을 제기하여 판결을 뒤엎으려는 것이다(Esaulov 2001: 123).[07] 수호천사를 움직이는 것은 법적인 정의가 아니라 연민이다. 비록 사악한 할머니이지만 그가 겪는 고통을 보고 수호천사의 마음이 움직인 것이다. 그러므로 여기서 자업자득이라든가 뿌린 대로 거둔다는 인간의 법칙은 효력을 상실한다. 대상을 가리지 않는 연민, 인류 보편의 고통에 대한 연민만이 원칙으로 작용하는 것이다.

두 번째 주목할 것은 선행의 초라함이다. 당시 러시아에서 양파는 흔해 빠진 채소였다. 농부들은 거의 매일 양파를 먹었다. 그런데 이 흔해 빠진 양파, 그것도 딱 한 뿌리를 어쩌다가 거지에게 준 것이 할머니가 살아생전에 행한 유일한 선행이다. 아마 본인도 기억을 못 했을 것이다. 그런데 그 양파 한 뿌리가 사악한 죄인을 불구덩이에서 천국으로 직행할 수 있도록 해 주는 업적이 된다는 것이다. 이것은 상당히 솔깃한 대목이다. 살아생전에 양파 한 뿌리 정도 남에게 안 주고 세상을 하직하는 사람은 별로 없을 것이다. 양파 한 뿌리만 적선을 해도 천국에 갈 수 있다는 생각을 하면 무척이나 마음이 편해진다. 사실 『카라마조프가의 형제』 전체를 통틀어 이 부분만큼 희망적으로 들리는 부분이 없다.

그런데 이 양파 한 뿌리는 다른 각도에서 보면 대단한 불공정을 시사한다. 할머니의 사악함과 양파 한 뿌리는 비교를 불허한다. 지옥에 갈 만큼 사악한 인간이 양파 한 뿌리로 용서받는다는 게 말이 되는가. 아마도 천국에 있는 의인들이 알면 화를 낼 것이다. 자기들은 평생 동안 엄청난 선행과 덕

---

07 Esaulov의 논문 "Categories of Law and Grace in Dostoevsky's Poetics"(2001)는 양파 이야기와 관련하여 이제까지 출판된 저술 중 가장 훌륭한 해석이라 사료된다.

을 행하고 천국에 와 있는데 지옥 죄인이 겨우 양파 한 뿌리 덕분에 자기들과 같은 천국 대열에 합류한다는 생각을 하면 부당하다고 느낄 것이다. 그렇다. 이건 부당하다. 법적으로도 심리적으로도 부당한 일이다.

이 부당함이란 것은 사실 수학적인 계산, 합리성과 이성에 의거한 것이다. 계산에 의거하면 양파 한 뿌리는 아주 작은 것이다. 양파 한 뿌리보다는 양파 100뿌리가 더 많은 것이다. 그리고 양파보다는 황금 덩어리가 훨씬 비싼 것이다. 그러나 양파의 가치는 수학을 넘어선다. 이 스토리에서 양파 한 뿌리는 더 이상 자산이 아니다. 경제적이고 물질적인 단위도 아니다. 이쯤 되면 양파는 양파가 아니다. 이것은 신의 은총이 작동하는 방식을 보여 주는 하나의 가시적인 표징이다. 구원의 영역에서 양파는 아무것도 아닌 것이자 모든 것인 어떤 것이다.

게다가 양파는 할머니의 구원을 보장하는 최종적인 물질도 아니다. 양파는 구원 보증수표가 아니라 구원의 가능성을 담고 있는 일종의 씨앗이다. 신이 구원에 조건을 부여하기 때문이다. 하느님은 "끊어지지 않거든"이라는 단서를 붙인다. 이제 양파 줄기가 끊어지거나 안 끊어지거나는 할머니에게 달린 문제다. 신의 소관도 아니고 수호천사의 소관도 아니다.

e) 구원의 좌절

"할멈은 사람들을 발로 걷어차기 시작했다. 그 순간 양파가 뚝 끊어지고 할멈은 도로 불속으로 떨어졌다."

이것은 공멸에 대한 생생한 묘사다. 양파 줄기는 끊어지고 수호천사의 구원 계획은 수포로 돌아갔다. 그러면 양파는 왜 끊어졌을까. 양파는 할머니가 "이건 내 꺼야" 하고 소리치며 사람들을 떨쳐 버리는 바로 그 순간 끊어졌다. 이 부분은 그냥 할머니의 욕심이 일을 망쳤다는 정도로 해석하고 넘어가기에는 너무나도 중요하다. 이 대목이야말로 양파 이야기의 핵심이자 도스토옙스키의 공동체 정신을 보여 주는 가장 중요한 부분 중의 하나이다. 앞에서 언급했듯이 양파는 구원 보증수표가 아니라 구원 가능성의 징표이다. 이것을 구원의 보증수표로 만들려면 할머니의 결정이 필요하다. 그런데 할머니가 잘못된 결정을 내렸기에 구원은 수포로 돌아간 것이다.

할머니의 실수는 무엇보다도 수학적인 것이다. 할머니는 양파 한 뿌리를 물질로 보았다. 그랬기 때문에 양파에 여러 명이 매달리면 끊어질 것이라 파악한 것이다. 문제는 여기서 시작된다. 양파는 양이 아니고 숫자도 아니고 물질도 아니다. 그것은 은총이다. 양파 줄기의 내구성은 신의 은총으로 결정되는 것이지 물질의 법칙으로 정해지는 것이 아니다. 만일 양파가 물질이라면 어차피 할머니 한 사람이 매달려도 끊어질 수밖에 없을 것이다.

할머니의 두 번째 실수는 자기가 선택받았다는 자각에서 비롯된다. 할머니는 물론 선택받았다. 그러나 할머니는 자기가 양파 한 뿌리를 주고 그 대가로 은총을 샀다고 오판했다. 즉 양파 한 뿌리로 값을 치르고 구원을 벌었다고 생각한 것이다. 할머니의 실수는 이것이다. 할머니는 철저하게 현세적인 입장에서 계산하고 따졌다. 도스토옙스키에게 계산한다는 것은 비열함과 동의어가 된다(Esaulov 2001: 128). 할머니의 죄는 계산에 있다. 그녀는 자신이 신과 거래를 해서 싼값에 천국행 티켓을 샀다고 생각한 것이다. 그러나 신은 은총을 팔지 않는다. 은총을 다른 것과 교환하지도 않는다. 은총을 부여하는 것은 신의 고유 권한이다. 할머니는 은총을 받을 수 있을 뿐, 은총을 사거나 벌 수 없다(Esaulov 2001: 126).

f) 단절

물론 할머니를 다시 지옥으로 떨어지게 한 것은 단지 이런 계산 착오 때문만은 아니다. 도스토옙스키의 종교철학적 시각에서 보면 할머니는 '단절'이라는 이름의 가장 심오한 죄를 표상한다. 도입부에서 할머니의 죄는 단지착한 일을 하지 않았다는 것으로만 설명이 되었었다. 그러나 이제 비로소할머니의 진짜 정체성, 그 사악함의 본질이 드러난다. 할머니가 구현하는 '단절'은 교만, 증오와 함께 악의 삼각형을 그린다. 할머니는 교만하다. 자기만 선택받았다는 그 생각 자체가 교만이다. 할머니는 교만하기 때문에 타인들과의 연대를 생각할 수 없다. 그녀는 또 교만하기 때문에 지독하게 이기적이다. 그리고 이기적이기 때문에 자신에게 달라붙는 사람들을 증오한다. 마지막 순간에 할머니가 보여 주는 것은 교만과 이기주의와 인간혐오로 가득 찬 인간의 본성이다. 교만과 증오는 단절의 양면인 것이다.

할머니의 단절은 3단계에 걸쳐 구체화된다. "나를 구해 주는 것이지 너희들을 구해 주는 게 아니야." 여기서 즉각적으로 나와 너희들, 즉 자아와 타자 간에 경계선이 그어진다. 그다음 말 "내 양파야. 너희들의 양파가 아니라고!"에서 나와 타자 간의 경계선은 소유권 덕분에 더욱 공고해진다. 그다음에는 나와 너의 분리가 동작으로 실현된다: 할머니는 다른 사람들을 걷어찬다. 이렇게 할머니는 타인들과 단절되고 바로 단절의 죄 때문에 다시 불구덩이로 떨어진다. 단절은 도스토옙스키에게 가장 심오한 죄이다. 다른 모든죄 ㅡ강도, 살인, 탐욕 등ㅡ 는 모두 단절의 죄가 실현된 형태이다. 지옥의 가장 깊은 곳에는 인류로부터 분리된 죄인들이 존재한다. 이제 우리는 도입부에서 할머니가 "선행을 하지 않았다"는 것의 의미를 이해할 수 있다. 할머니는 분리된 존재이므로, 증오에 가득 찬 존재이므로 선행을 하지 않았던 것이다. 아니 선행을 할 수가 없었던 것이다.

윤리적 차원에서 도스토옙스키가 그린 지옥의 가장 깊은 곳은 개인의 고립과 공허로 표현된다. 혼자라는 것은 분리와 증오와 교만, 지배와 탐욕으로 이루어진 상태고 이것이 곧 최대의 악이다. 그래서 조시마 장로는 지옥을 더이상 아무도 사랑할 수 없는 상태라고 한 것이다. 아무도 사랑하지 않고 증오심에 불타면서 홀로 영원히 살아야 한다면 그것이 곧 지옥인 것이다.

물론 여기서 단절이란 것은 물리적인 '홀로 있음'을 의미하는 것은 결코 아니다. 누군가와 함께 존재하는 것, 함께 일하는 것, 어느 집단에 소속되는 것, 공동생활을 영위하는 것 ― 이것 자체로서는 단절에 대한 해결책이 될 수 없다. 앞에서도 얘기했지만 도스토옙스키에게 고립과 공동생활은 대립하지 않는다. 한 사람과 여러 사람의 대립도 의미가 없다. 중요한 것은 공동체 정신이며 그것은 집산주의와는 전혀 다른 개념이다. 도스토옙스키는 오히려 집산주의를 항상 경계했다. 대심문관의 획일화된 세계, 조시마의 썩는 냄새 앞에서 마을 사람들이 보여 주는 집단행동은 모두 집산주의의 유형이다.

양파 이야기를 다시 예로 들어 보자. 여기서 양파에 매달린 할머니 한 사람과 양파 줄기에 매달린 여러 명의 다른 죄인들은 대립하는 게 아니다. 할머니도 다른 죄인들도 서로에게 분신의 역할을 한다. 그들은 조시마 장로 식으로 말하자면 "모두 모든 일에 대해 모두 앞에 죄인이다." 만일 할머니가 이 사실을 수용했었더라면 그녀는 사람들을 걷어차지 않았을 것이고 그들은 모두 천국으로 갔을 것이다. 천사가 할머니에게 보여 주었던 그 연민을 할머니가 다른 인간들과 공유했었더라면 모든 이의 구원이 가능했을 것이다. 공멸과 상생을 가르는 것은 결국 공동체 정신의 유무였던 것이다.

g) 양파 한 뿌리와 밀알 하나

이제 소설의 제사를 언급할 때가 된 것 같다. 도스토옙스키는 가장 좋아했던 「요한의 복음서」의 한 구절을 제사로 삼았다.

"정말 잘 들어 두어라. 밀알 하나가 땅에 떨어져 죽지 않으면 한 알 그대로 남아 있고 죽으면 많은 열매를 맺는다"(「요한의 복음서」 12:24).

도스토옙스키가 제사에서 언급하는 밀알 하나는 양파 한 뿌리와 연결되면서 '실천적 사랑'의 가시적인 증거가 된다. 양파 한 뿌리는 조시마의 실천적 사랑에 대한 우화적인 주석이다(Miller 1992: 85). 실천적 사랑은 언제나 밀알 하나처럼 아주 작은 생각, 양파 한 뿌리의 적선처럼 작은 행위에서 시작하기 때문이다. 대심문관의 거창한 인류 구원 계획이나 이반의 인류 사랑은 '하나'에서 출발하지 않기 때문에 공상적인 것이다. 실제로 대심문관도, 이반도, 인류를 사랑할 뿐 현실 속에서 그 누구도 진심으로 사랑하지 않는다. 그들은 그 누구도 '나와 너'의 관계 속으로 들어오지 않는다.

양파 한 뿌리는 많은 열매의 가능성을 품고 있는 씨앗이다. 그것은 회심과 구원과 선물과 기쁨의 상징이다(Miller 2007: 83). 그런 의미에서 양파 이야기는 전체 소설이라는 열매를 담고 있는 한 알의 밀알과도 같다. 인물들, 그리고 소설의 맥락에서 분리된 이야기 자체는 그냥 단순한 권선징악에 관한 우화로 읽힐 수 있다. 그러나 양파 이야기를 매개로 그루셴카와 알료샤가 갱생한다는 소설의 스토리 덕분에 이야기의 골자는 희망과 기쁨으로 변형된다(Miller 2007: 84). 실제로 이 이야기는 모두가 다 지옥으로 돌아가는 비극으로 끝나지만 독자에 기억 속에 남아 있는 것은 희망이다. 그것은 소설 전체의 테마인 도덕적 갱생의 지속적인 가능성을 모델링하기 때문이다

(Holland 2007: 75).

h) 삶의 기쁨이 기적이다

도스토옙스키는 대심문관의 논리를 반박하기 위해 양파 이야기에 이어 또 다른 스토리를 준비해 두었다. 그것은 「요한의 복음서」 중의 '가나의 혼인 잔치' 이야기다. 성경은 가나의 혼인 잔치에서 그리스도가 행한 기적을 최초의 기적으로 기록한다. 가나의 혼인 잔치는 양파 한 뿌리처럼 작고 소소한 차원의 이야기이지만 기적에 대한 심오한 의미를 담고 있고 그 점에서 이반의 주장에 대한 안티테제로 기능한다.

도스토옙스키는 1879년 9월 16일 편집자 류비모프에게 보낸 편지에서 "갈릴래아의 가나는 제7권 전체에서 가장 본질적인 장입니다. 아니, 어쩌면 그것은 소설 전체에서 가장 본질적인 장인지도 모릅니다"라고 말함으로써 (30-1: 126) 그것이 신앙과 무신론의 대립 축에서 차지하는 중요성을 암시한다. '갈릴래아의 가나'는 이반을 비롯한 소설 속 무신론자들의 반역에 대한 답이며 더 나아가 반역과 의심을 거쳐 장엄한 호산나에 도달한 저자 자신에 대한 답이기도 하다(Vinogradov 2005: 182).

그루셴카에게 받은 '양파 한 뿌리' 덕분에 알료샤는 갱생하여 암자로 돌아온다. 관 앞에서 파이시 신부 혼자 성경을 봉송하고 있다. 한구석에 가서 기도를 드리는 알료샤의 마음속에는 기이한 기쁨 같은 것이 들어차기 시작한다. 썩는 냄새조차도 처음 같은 그런 고뇌와 분노를 일으키지 못한다. 점점 졸음이 쏟아지고 「요한의 복음서」 중 '가나의 혼인 잔치' 성경 봉송 소리와 환영이 겹쳐진다. 알료샤는 비몽사몽간에 생각한다. "난 이 구절을 좋아하는데. 갈릴래아 가나는 첫 번째 기적이거든. … 아아, 기적, 아아 … 그건 정말 놀라운 기적이야! 그리스도께서는 최초로 기적을 행하실 때 슬픔이 있는 곳이 아니라 기쁨이 있는 곳을 찾아 주셨고 인간의 기쁜 일을 도와주신 거야. … '사람들을 사랑하는 자는 그들의 기쁨도 사랑하는 법이니라 ….' 이건 돌아가신 장로님께서 늘 하시던 말씀으로서 그분의 가장 중요한 사상 중의 하나였지. … 기쁨이 없으면 결코 살아갈 수 없다고 드미트리 형님도 말했고 … 그래 드미트리 형님이 말했었지 …."

알료샤의 몽상은 결국 조시마 장로의 환영으로 이어진다. 꿈속의 장로는 자신도 가나의 혼인 잔치에 초대받았노라고 말한다. "우리는 새 포도주를 마시는 거야, 새롭고 위대한 기쁨의 포도주를. 자, 보려무나, 손님들이 얼마나 많은지를. 저기 신랑도 있고 신부도 있고, 지혜로운 연회장도 있고, 다들 새로운 포도주를 맛보는구나. … 나는 양파 한 뿌리를 적선해서 이 자리에 있는 거란다. 이 자리에 있는 많은 사람들도 단지 양파 한 뿌리를 적선했던 사람들이란다."

그리스도가 최초의 기적을 행한 장소는 보잘것없는 마을의 보잘것없는 혼인 잔치였다. 말이 잔치이지 술도 제대로 갖추지 못한 아주 형편없는 잔치다. 그래서 여기서 일어난 기적은 이를테면 '생활 밀착형' 기적이다. 고작 빈곤에 절은 하객들을 즐겁게 해 주기 위해 물을 술로 바꾼 것이 구세주가 한 일인 것이다! 이 기적은 대심문관의 인류 구원과는 비교도 할 수 없이 초라한 것이다. 그러나 이 기적은 대심문관의 세계가 갖지 못한 한 가지, 즉 기쁨을 가능하게 해 준다. 여기서 우리는 비로소 도스토옙스키가 말하고자 했던 진정한 기적이 무엇인지 어렴풋이나마 느낄 수 있다. 그 무엇에도 불구하고 우리 개개인이 기쁨을 느낄 수 있다면 그것이 곧 기적인 것이다. 돌이 빵으로 변하거나 시신이 썩지 않는 것이 기적인 것이 아니라 축제로서의 삶, 선물로서의 삶이 기적인 것이다.

알료샤의 꿈에서 기쁨이란 말이 얼마나 많이 언급되는가는 인용문만 흘

굿 보아도 금방 알 수 있다. 이 기쁨은 한마디로 말해서 알료샤가 마침내 찾은 자신의 정체성이다. 이 모든 것은 물론 대단히 종교적이다. 가나의 기적도, 알료샤의 환영도, 그가 느끼는 기쁨도 모두 종교의 테두리를 넘어서면 비현실적인 것으로 받아들여질 수 있다. 그러나 문제는 그 기쁨이 종교적인 것이냐 아니냐가 아니다. 우리가 알료샤의 회심과 갱생을 심리학적으로 개연성 있는 사건으로 받아들인다면 도스토옙스키는 현대 세계에 종교의 씨앗을 뿌리는 데 성공한 것으로 볼 수 있을 것이다(Orwin 2004: 138).

i) '다른 삶'

조시마 장로는 '다른 세상', 혹은 '다른 삶'을 여러 차례 설교에서 강조한다. '다른 세계'는 물질을 초월하는 실재이다. 도스토옙스키가 자신을 가리켜 "가장 고차원적인 의미에서의 리얼리스트"(27: 65)라고 했듯이 조시마는 가장 고차원적인 의미에서, 오감을 초월하는 실재를 받아들인다.

"지상의 많은 것들이 우리들 눈에 숨겨져 있지만 다른 세상, 지고한 천상의 세계와 우리들을 생생하게 연결시키고 있다는 은밀하고 비밀스러운 감각이 부여되어 있으며, 우리들의 사상과 감정의 뿌리는 이 땅이 아니라 다른 세상에 있습니다. 그것이야말로 철학자들이 사물의 본질은 지상에서 결코 이해할 수 없다고 말한 까닭입니다. 하느님께서는 다른 세상에서 씨앗을 얻어 이 세상에 뿌리시고 자신의 정원을 가꾸셨고 그리하여 싹을 낼 수 있는 것들은 모두 싹을 냈으나, 자라난 것은 오직 **신비스러운 다른 세상과 접촉하고 있다**는 느낌에 의해서만 생생하게 살아갈 수 있는 것입니다." (강조는 필자)

조시마에게 중요한 것은 다른 세계에 대한 물리적인 기술이 아니다. 그에게 중요한 것은 영원과 시간이, 신과 인간이, 이 세상과 다른 세상이 조우하는 신비, 그것을 인간으로 하여금 체험토록 하는 신의 섭리이다. 신의 왕국은 지금 이곳에 있으며 신과 인간은 현존 속에서 일체가 된다. 그렇기 때문에 조시마에게 지옥은 표도르가 생각하듯이 악마들이 죄인을 갈고리로 끌고 가는 실재가 아니라 '더 이상 사랑할 수 없는 고통'이다.

알료샤 역시 조시마와 똑같은 신비를 체험한다. 조시마 장로의 선종 후 썩는 냄새 때문에 방황하던 그는 밤샘기도 도중에 순간적으로 다른 세계를 체험한다. "무언가 알료샤의 가슴속에서 불타오르고 별안간 고통스러울 정도로 충만되더니 그의 영혼에서 환희의 눈물이 쏟아져 내렸다. … 그 순간 그는 두 손을 뻗쳐 비명을 지르며 깨어났다." 이때 그의 전 존재를 가득 채운 환희와 신비는 대심문관의 지배 원리로서의 신비와 강력하게 대립하면서 독자를 '다른 삶'에 대한 인식으로 유도한다. 알료샤의 변화를 단순히 잃을 뻔했던 신앙을 되찾은 것으로 설명하는 것은 턱없이 부족하다. 그는 '다른 삶' 속으로 들어간다. 누구보다도 먼저 이 변화를 눈치챈 사람은 파이시 신부다. "파이시 신부는 순간적으로 성서에서 눈을 돌려 알료샤를 바라보았으나 그에게 이상한 일이 벌어졌음을 눈치채고는 얼른 눈길을 돌려 버렸다."

그는 밖으로 나가 창공을 바라본다. "지상의 고요가 하늘의 고요와 융합하는 듯했고 지상의 신비가 별들의 신비와 맞닿은 듯했다." 알료샤에게 다른 실재는 물질의 척도로 재는 공간이 아니다. 그것은 한순간 인간에게 섭리로서 일어나는 일대 사건이며 인간은 영혼으로써 그것을 받아들이고 그것과 교감할 수 있다. "그처럼 수많은 신의 세계들에서 던져진 실타래들이 단번에 그의 영혼 속에서 마치 하나로 합쳐지기라도 한 것처럼 그의 영혼은 다른 세계와 교감하며 떨고 있었다."

꿈, 환상, 비전은 물리적·자연적 실체가 없지만 그것들을 통해 도덕적 진보와 퇴행이 결정되는 만큼 그것들은 리얼한 것이다(Orwin 2004: 137-138). 같은 맥락에서, 알료샤의 비전 속에 나타난 가나의 혼인 잔치, 조시마와의 영적인 조우는 그를 완전히 변모시킬 만큼 리얼한 것이다. 7권 "알료샤"의 마지막 장은 그의 변모를 이렇게 기술한다. "그는 연약한 젊은이로 대지에 몸을 던졌지만 한평생 확신으로 가득 찬 투사가 되어 일어났다." 알료샤의 변모는 종교적인 회심일 수도 있고 심리적인 성장일 수도 있다. 어떤 경우든 한 가지 확실한 것은, 이제 그는 믿음을 유지하기 위해 기적을 필요로 하지는 않는다는 사실이다. 그의 믿음은 이미 그에게 변모라고 하는, 기쁨이라고 하는, 그리고 천상의 신비와 지상의 신비의 만남이라고 하는 기적을 선사했다.

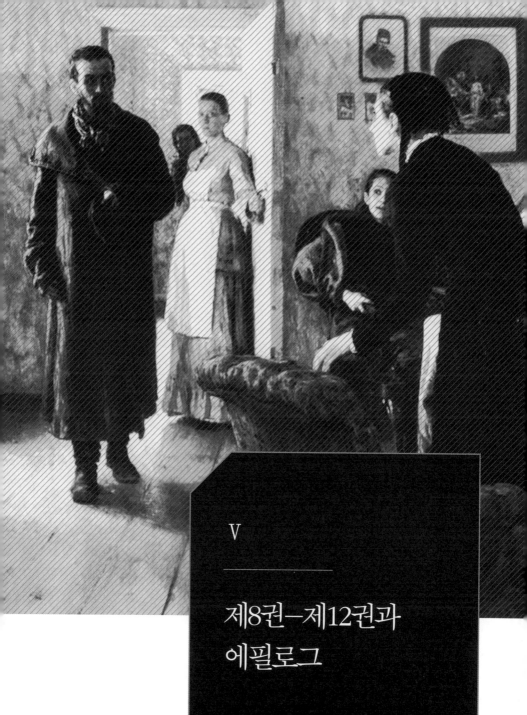

V

제8권−제12권과
에필로그

개요: 8권부터 12권까지의 스토리는 표도르의 살인 사건을 중심으로 전개된다. 살인과 관련된 표면적인 사실과 그 이면의 진실이 대립하는 가운데 인간의 비극적 운명, 삶의 근원적인 모순, 그리고 갱생의 가능성이 드러난다. 에필로그에서는 아이들을 통한 희망의 테마가 이 모든 것을 아우르며 전면에 부각된다.

소설은 드미트리가 알료샤와 만난 그날부터 만 이틀 동안의 급박한 사건의 전개를 다루다가 두 달 뒤로 훌쩍 넘어간 시점에서부터 다시 재판과 관련된 며칠간의 사건을 다룬다.

앞의 대심문관과 조시마의 일대기에 철학과 사상과 종교가 짙게 스며들어 있다면 8권부터 12권까지 플롯에는 사법제도와 배심원재판 같은 훨씬 현실적인 문제들이 들어차 있다. 그래서 이 부분과 관련된 연구는 '도스토옙스키와 법'이라고 하는 별도의 카테고리를 구성한다.

플롯은 크게 네 개의 스토리 라인으로 나누어진다.

1) 드미트리의 스토리 라인

드미트리는 그루셴카와 결혼하기 위해 3000루블이 절실하게 필요하다. 그러나 결국 돈을 구하지 못한 채 모크로예 마을에 가서 술판을 벌이다가 친부 살해범으로 체포된다. 정황증거와 심증과 물증 모든 것이 드미트리가 범인임을 말해 준다. 오로지 알료샤와 그루셴카만이 그의 무죄를 믿는다. 수도에서 특별히 초빙된 변호사와 검사가 법정에서 팽팽하게 대결하고 증인들이 차례로 소환된다. 피고인 측 증인들과 변호사의 끈질긴 노력에도 불구하고 드미트리는 유죄판결을 받는다. 사실과 진실이 뒤얽힌 드미트리의 체포와 판결 과정이 마무리되면서 분명해지는 것은 드미트리가 진정으로 갱생했다는 사실이다.

2) 이반과 스메르자코프의 스토리 라인

이반은 알료샤에게 대심문관 얘기를 들려주고 그다음 날 스메르자코프의 '조언'대로 집을 떠났다가 아버지 피살 소식을 듣고 다시 집으로 돌아온다. 그는 드미트리가 범인이 아닐지도 모른다는 생각과 드미트리가 범인이어야 만 한다는 생각 사이에서 갈등한다. 그는 마음의 평화를 얻기 위해, 즉 드미 트리가 범인이라는 것을 확신하기 위해 스메르자코프를 방문하여 세 번의 대면을 한다. 이 세 번의 대면을 통해 그는 자신이 아버지의 피살에 일조했 음을 알게 된다. 양심의 가책과 회한으로 그는 반미치광이 상태가 된다.

3) 검사와 변호사의 스토리 라인

드미트리의 유죄 여부를 둘러싼 검사와 변호사의 대결은 거의 재판에 대 한 패러디처럼 기술된다. 드미트리의 유죄를 100퍼센트 확신하는 검사나 그를 구해 주려는 변호사나 모두 실체가 없는 환상만을 좇다가 결국 사건의 본질에서 벗어나 코믹한 자화자찬으로 귀착한다. 법정 공방은 인간의 법이 갖는 한계, 더 나아가 인간 지성의 한계를 여실히 보여 준다.

4) 아이들의 스토리 라인

스네기료프의 막내아들 일류샤는 병에 걸린다. 카테리나가 돈을 대서 명 의를 모셔 오지만 소용이 없다. 아이는 결국 죽는다. 가장 친하게 지냈던 콜 랴와 몇몇 친구들, 그리고 알료샤는 깊은 슬픔 속에서 일류샤를 추억한다.

죽은 아이에 대한 그들의 사랑 속에서 상실의 고통은 '항구한 기억'으로, 잔잔한 기쁨으로, 그리고 훗날에 대한 희망으로 변모한다. 1권에서부터 제시되었던 아이들의 테마가 이반의 '고통받는 아이들'을 거친 뒤 에필로그에서는 '죽음을 넘어서는 삶'에 대한 장대한 희망의 테마로 마무리된다.

1. 도스토옙스키와 법

a) 러시아의 사법개혁

러시아의 사법개혁 및 그 후속 상황, 그리고 당대 신문 사회면을 빽빽하게 채웠던 유명한 법정 공방을 알아 두면 드미트리의 재판에 대한 저자의 의도를 좀 더 정확하게 파악할 수 있다.

1855년 니콜라이 1세의 뒤를 이어 제위에 오른 알렉산드르 2세는 낡은 제도를 가지고는 더 이상 체제를 유지하기 어려우며 지식인 계층의 지지가 절대적으로 필요함을 절감했다. 그래서 농노해방과 사법개혁, 그리고 지방 정부 개편, 신체형 폐지를 골자로 하는 이른바 '대개혁'을 시행했다. 황제가 기대했던 것은 실질적인 개혁 정책의 결실과 더불어, 아니 어쩌면 그것보다 더, 자신의 개혁을 고맙게 생각할 지식인 계급과 자신과의 우호적인 관계, 그리고 그것을 기반으로 한 정권의 공고화였다. 대개혁의 공과에 대해서는 역사가들마다 입장 차이를 보인다. 그러나 대부분의 역사가들이 동의하는 한 가지 사실은 개혁의 결과가 황제 자신의 기대와는 정반대의 방향을 향해 나아갔다는 점이다. 지식인들은 개혁자 황제에게 별로 고마워하지 않았고 국내 정세는 더욱더 불안정해졌으며 급기야 개혁의 주역 황제는 과격한 진보주의자의 손에 암살당하고야 말았다.

1864년에 공포된 사법개혁은 더 이상 미룰 수 없는 국정 과제였다. 19세기 전반까지 러시아 법은 심각하게 낙후되어 있었다. 절차법의 심각한 후진성과 비효율성, 사법부의 부패, 부와 연줄에 의한 재판, 뇌물 수수, 변호사제도의 부재는 흔히 당시 러시아 사법제도의 특징으로 거론된다(명순구·이제우 2009: 147; Wortman 2016: 15). 법의 의무는 계몽군주와 입법자들의 사고방식을 추종하면서 절대주의의 합법성을 공고히 하는 데 있었다(Wortman 2016: 15). 사실상 대부분의 민중에게 법은 있으나 마나 한 것이었다. 특히 농노들의 경우 1861년 농노해방령으로 자유로운 신분을 획득했지만 여전히 기본권조차 보장받지 못한 채 사각지대에 방치되어 있었다.

알렉산드르 2세가 선포한 러시아 사법개혁은 프랑스 법, 그리고 프랑스 법을 모델로 하는 독일 법을 토대로 "정의와 자비가 지배하는 법정" 및 "모두가 인권을 향유하는 시민 사회"를 목표로 했다(Wortman 2016: 13-14). 세부 조항은 대략, 사법권과 행정권의 완전한 분리, 재판관의 독립성과 신분 보장, 신분별 법정의 폐지, 재판 절차의 공개, 구두주의, 대심주의 등으로 요약된다. 검찰의 기능은 사법기관에 대한 감시가 아닌 형사 사건의 범죄 수사 기능으로 변화되었고 프랑스 배심제도를 모델로 하는 배심원제도가 도입되었다. 3인의 재판관과 12명의 배심원이 재판을 주도했는데, 현(구베르니야)지사는 특정 인물을 배제할 권한을 가지고 있었다(명순구·이제우 2009: 154-158). 배심원은 25세부터 70세까지의 남성으로 적절한 수입과 거주지를 자격요건으로 했다. 정신질환자, 맹인, 농아, 고용된 하인은 배제되었지만 문맹은 자격요건에 포함되지 않았다. 배심원단은 러시아 전 계급에서 선별되었는데 처음에 우려했던 것보다 훨씬 우수한 배심원단이 조성되었으며 법관의 숙련도도 점차 높아졌다. 배심제도는 영국·프랑스·독일 법에서 가져온 것이지만 이들 나라에서와는 달리 만장일치제가 아닌 다수결제도를 토대로 했다

(Murav 1998: 56; Rosenshield 2005: 20).

사법개혁은 다른 개혁보다 성공적인 편이었다. 물론 초기에 시행착오도 많았지만 적어도 비공개로 주먹구구식으로 진행되던 재판 과정이 공개되고 관계자의 인권을 무시하는 무기한 재판 연기 관례도 사라지면서 재판에 대한 민중의 신뢰도가 급속하게 높아졌다. 다만 앞에서 지적했던 대개혁의 기이한 결과처럼 사법개혁 역시 정권이 원하던 방향과는 다른 방향을 향해 갔다. 사법개혁을 시작할 때 황제에게 법은 국가의 연장이었으며 원활하게 작동하는 사법기관은 국가의 이익을 위한 것이었다. 그러나 법이 원활하게 가동한 바로 그만큼 그것은 전제 정부에 위협이 되었다(Murav 1998: 57). 무엇보다도 새로운 사법제도하에서 법관의 마인드 자체가 달라졌기 때문이다. 법도 법관도 더 이상 황제를 위해 존재하는 것이 아니었다. 법은 제대로 된 법학 교육을 받고 법정에서 실무적인 내공을 쌓은 전문가들의 소관이었으며 그들은 법관을 절대적으로 자율적인 직업으로 간주했다(Wortman 2016: 18).

b) 도스토옙스키와 법

러시아 작가 중에 도스토옙스키만큼 법과 밀착된 작가도 없을 것이다. 그는 젊은 시절 한때 반정부 서클에 가담한 죄로 체포되어 독방에 감금되어 있으면서 수차례 심문을 당했다. 결국 사형선고를 받았으나 형 집행 5분 전에 사면되어 시베리아 유배지로 이송되었고 옴스크 감옥에서 4년여 기간 동안 형사범들과 같은 막사에서 징역살이를 했다.[08] 그는 사법개혁 이전에 재판과 선고를 받았으나 그가 형기를 마치고 돌아와 작가로 활동한 것은 사법개혁 이후였다. 그는 직접 당대 최고의 심문관을 상대하면서 법의 심판을

---

08 도스토옙스키의 체포와 감옥살이에 관해서는 석영중 2015: 37-53을 참조할 것.

받은 사람으로서, 직접 법이 정해 놓은 죗값을 치른 사람으로서, 그리고 무수한 범법자들의 '사법 체험'을 직접 들은 사람으로서 러시아 사법제도에 관한 한 거의 전문가 수준의 지식과 체험을 가지고 있었다.

그런 만큼 그의 소설 및 1인 미디어라 할 수 있는 『작가일기』에서 형법, 재판, 심문과 관련된 법적 문제가 자세하게 논의되는 것은 너무도 당연한 일이다. 도스토옙스키가 사법개혁을 열광적으로 지지한 것은 널리 알려진 사실이다. 물론 1860년대 지식인 치고 사법개혁에 목말라하지 않은 사람은 단 한 명도 없을 것이지만 도스토옙스키는 그 누구보다도 사법개혁이 러시아의 갱생을 가져올 것이라고 굳게 믿었다. 그에게 법과 도덕은 한가지였다. "그때가 되면 방방곡곡에서 공정한 재판이 이루어질 것이다. 정말 대단한 갱생 아닌가. 생각만 해도 가슴이 벅차오른다"(28-2: 206). 그는 1864년 「노트북」에서 사법개혁의 준비가 불완전하더라도 한시라도 빨리 시작해야 한다고 촉구했다. "어떤 경우에도 이전보다 나쁘지는 않을 것"이기 때문이다(20: 180).

그러나 정작 사법개혁이 시행되자 도스토옙스키는 절망한다. 그가 기대한 것과 같은 가슴 벅찬 갱생은 없었다. 1870년대 러시아 신문을 달구었던 재판의 추이를 예리하게 주목하면서 그는 많은 경우 법이 오히려 정의 구현에 반대가 된다는 결론에 도달했다. 그는 특히 내연남의 아내를 폭행한 카이로바 사건(1876년 5월), 아동 학대범인 크로넨베르크 사건(1876년 2월), 드준콥스키 사건(1877년 7-8월), 그리고 코르닐로바 사건(1876년 10, 12월과 1877년 4, 12월)에 비상한 관심을 기울여 『작가일기』에 상당히 자세한 칼럼을 썼다.[09]

도스토옙스키가 생각한 대심제도의 결점은 진실에 대한 추구가 없다는

---

09 당대 재판에 대한 도스토옙스키의 저널리스트로서의 입장, 그리고 도스토옙스키와 법 일반에 대한 논의는 Belliotti 2016; Murav 1998; Ronner 2015; Rosenshield 2005를 참조할 것.

것에 기인한다. 검사 측과 변호인 측은 진실에는 아랑곳없이 자신한테 유리한 스토리 버전을 제시한다. 유명 법조인들의 연극적이고 수사적인 변론은 관계자(피고와 원고)에 대한 도덕적 배려가 아닌 좌중을 압도하려는 개인적인 교만을 드러내 줄 뿐이다. 거기에는 형식적인 평등과 추상적인 논리에 대한 요구만이 있을 뿐이다(Belliotti 2016: 2). 도스토옙스키의 비난은 일리가 있지만 그의 지적은 사실상 일관된 논조를 따르지 않으며 때로 지나치게 감정적이어서 법 전공자의 눈에는 아마추어처럼 보인다.

벨리오티(R. Belliotti)가 도스토옙스키의 법에 대한 시각을 부정적으로 평가하는 것도 이 때문이다. 그는 도스토옙스키가 실질적 정의(올바른 법적 결과에 도달하기)와 절차공정성(법적 결과에 도달하기 위한 공정한 과정 확보) 사이의 차이를 구별하는 데 실패했다고 지적하며 대심제도는 그 모든 단점에도 불구하고 실질적 정의와 절차공정성 모두를 추구하고 인간의 실수를 최소화하는 데 적절하다고 못 박는다(Belliotti 2016: 4). 그는 전반적으로 도스토옙스키의 그리스도교적 성향에 대해 매우 못마땅하게 생각한다. 도스토옙스키의 공동체 정신은 양가적이며, 교회재판에 대한 신뢰는 다소 나이브하며 이성과 과학이 아닌 종교를 향한 지향 또한 실패가 예정되어 있다는 것이다(Belliotti 2016: 4, 166-167, 174).

법적인 시각에서 이루어지는 비판에 대해 도스토옙스키를 변호하고 싶은 생각은 없다. 도스토옙스키는 법조인이 아니다. 그러나 그는 재판 그 자체에만 관심이 있었던 것이 아니라는 사실을 상기할 필요가 있다. 그는 사법개혁과 향후 진행된 일련의 재판을 관찰하면서 러시아 사회의 문제, 더 나아가 인간적인 삶의 문제에 관해 탐구했다. 그는 법을 그 본연의 것으로, 시간을 초월하면서도 변화무쌍하고 인간 삶의 모든 요소를 동시적으로 장악하는 어떤 것, 그러면서도 지극히 인간 중심적인 어떤 것으로 바라보았다

(Ronner 2015: 54). 도스토옙스키의 관심은 사실상 개혁 이전의 사법제도와 개혁 이후의 사법제도를 비교하거나, 아니면 새로운 재판, 즉 배심원제도와 대심제도의 훌륭한 면을 이론적으로, 법과 절차의 관점에서 파헤치는 것이 아니었다. 그의 관심은 서구에서 들여온 법과 러시아의 정의가 어떻게 대립하고 상충하는지, 그리고 법과 정의의 문제가 어떻게 선과 악의 문제, 책임과 도덕적 상대주의의 문제, 연민과 이기주의의 문제, 그리고 심지어 좋은 예술과 나쁜 예술의 문제로 연결되는가를 탐구하는 데 있었다(Rosenshield 2005: 6). 그렇기 때문에 우리는 벨리오티의 주장보다는 도스토옙스키의 문학 속에 나타난 법의 문제를 연구한 법대 교수 로너의 주장에 고개를 끄덕이게 되는 것이다. "법의 렌즈를 통해 도스토옙스키를 읽는다는 것은 인간적이고 충일한 삶을 산다는 것이 진정 무엇을 의미하는가를 조명해 준다"(Ronner 2015: 5).

2. 사실, 진실, 절반의 진실

도스토옙스키는 사실(fact)과 진실(truth)의 차이를 언제나 강조했다. 그의 소설에서 눈에 보이는 사실, 과학적인 사실, 혹은 과학적으로 입증된 사실들은 눈에 보이지 않는 진실, 과학적으로 입증되지도 않고 입증될 수도 없는 진실과 각축을 벌인다. 사실과 진실의 대립은 돈, 치정 살인의 테마와 함께 개진되다가 결국 인간의 본성에 대한 질문으로 우리를 유도한다.

a) 드미트리의 행적과 동선

첫째 날

드미트리는 그루셴카와 결혼하여 어디 먼 곳으로 가 건전하게 산다는 희망, 건전한 새 생활, 갱생에 대한 열망에 사로잡혀 있었다. 그런데 문제는 돈이었다. 그는 반드시 자기 돈으로 그녀를 먹여 살리고 싶었다! 카테리나의 돈 3000루블만은 반드시 갚은 뒤 새로운 삶을 시작하고 싶었다.

때는 알료샤와 마지막으로 만났던 바로 그날로 거슬러 올라간다. 그는 "누구를 죽이더라도 그 돈만은 갚겠다"고 결심했다. 약혼녀를 배신하고 그녀의 돈을 훔쳐 다른 여자와 사는 것만큼은 결코 할 수 없는 일이었다. 그는 불현듯 삼소노프를 찾아가겠다는 생각을 했다. 너무나 절박하여 판단력을 상실한 드미트리는 병든 노인과 첩의 관계가 부녀관계와 비슷할 거라고 지레짐작하고는 그에게 한 가지 제안을 하러 그를 방문한다. 병세가 심각해서 거동조차 불편한 삼소노프는 몇 번 거절하다가 마지못해 드미트리의 방문을 수락한다. 그가 삼소노프에게 제안한 것은 다음과 같다. 체르마쉬냐의 땅은 3만 3000루블 정도의 가치가 있는데 죽은 어머니 것이므로 자기에게 권리가 있다. 그 권리를 삼소노프에게 양도할 터이니 3000루블을 달라. 표도르와 소송을 해서 이기게 되면 삼소노프는 거의 3만 루블의 이익을 얻게 된다.

삼소노프는 그의 제안을 딱 잘라 거절한 뒤 랴가비라는 사람을 찾아가 보라고 조언해 준다. 랴가비가 벌써 얼마 전부터 표도르와 흥정을 하고 있는데 그에게 먼저 아까와 같은 제안을 하면 어쩌면 그가 받아들일지도 모른다는 것이다. 드미트리는 솔깃해서 그의 조언을 냉큼 받아들이고는 기뻐하며 자리를 뜬다. 그러나 사실인즉 노인은 드미트리가 너무도 증오스러워 그를 농락한 것이었다. 그 황당한 젊은이가 감히 자신을 찾아와 자신의 애첩과 결혼하기 위한 자금 조달에 도움을 요청한 것이 치가 떨리게 미웠다.

　여기서 삼소노프가 보여 주는 태도는 단순히 젊은이에 대한 노인의 질투가 아니다. 삼소노프는 많이 등장하는 인물은 아니지만 '나쁜 아버지' 그룹에서 그가 차지하는 위상은 엄청나다. 앞에서도 언급했지만 그는 아이들을 지배하고 폭행하고 괴롭히는 전형적인 폭군 아버지이며 그렇기 때문에 표도르, 그리고리, 페라폰트, 대심문관과 한통속이다. 그에게 돈은 모든 것이다. 그는 평생 사람들을 돈으로 사고 지배하는 데 익숙해져 있다. 그에게 여자관계란 언제나 돈으로 사고 지배하는 관계였다. 그루센카는 돈으로 산 소유물이자 지배하고 관리해야 하는 어린 딸이다. 그러므로 드미트리의 방문은 자신의 소유물을 훔쳐 가려고 하는 도둑의 침입이나 마찬가지다. 그는 사랑이란 것을 해 본 적도 없고 이해할 수도 없기 때문에 드미트리의 진정한 사랑 같은 것에 귀 기울일 의도가 없다. 어떻게 해서든지 이 강도를 혼내고 제거하는 것만이 그의 관심사다.

　그런 줄도 모르고 드미트리는 기뻐 날뛰며 시계를 저당 잡힌 6루블과 하숙집 주인에게 빌린 3루블로 여비를 마련해 체르마쉬냐로 갔다. 이 시점에서 그에게는 이 돈 외에 땡전 한 푼 없었다. 그는 그루센카가 아버지에게 갈까 봐 오늘 밤 안으로 돌아오리라 굳게 마음먹었으며 자신의 행방에 대해 주위 사람들에게 함구령을 내려 놓았다. 우여곡절 끝에 드미트리는 랴가비의 오두막까지 갔지만 랴가비는 술에 취해 인사불성이었다. 하는 수 없이 드미트리는 랴가비의 오두막에서 밤을 지새웠다.

둘째 날

　다음 날. 이날은 바로 이반이 집을 떠난 날이자 스메르자코프가 간질 발작을 일으킨 날이자 조시마 장로가 선종한(새벽에) 날이다.

아침 늦게 깨어난 드미트리는 랴가비와 협상을 시도하지만 그는 술에 절어 협상이 불가능한 상태였다. 횡설수설하는 그를 대하면서 드미트리는 비로소 자신이 삼소노프에게 속았음을 깨닫는다. 절망과 피로감에 휩싸인 채 다시 읍내로 돌아온 드미트리는 아끼던 권총을 페르호틴이라는 관리 친구에게 맡기고 그것을 담보로 10루블을 빌린다. 이때가 대략 오후 6시경이다. 그런 다음 7시 반경에 카테리나와 친한 호흘라코바 부인에게 가서 3000루블을 빌려 달라고 애원한다. 호흘라코바 부인은 횡설수설하며 너스레를 떨다가 돈을 달라는 그에게 지금 당장 금광에 가면 수백만 루블을 벌 수 있다고 조언한다. 돈이 급해 애걸복걸하는 그에게 부인은 계속 다른 얘기만 하더니 아예 훈계까지 한다. 마침내 그녀가 돈을 줄 의향이 없다는 것을 깨달은 드미트리는 주먹으로 탁자를 내리치고는 침을 뱉고 그 집을 떠나 그루셴카의 집으로 간다. 그루셴카가 첫사랑을 만나기 위해 모크로예 마을로 떠난 지 15분 뒤였다. 그녀가 분명 아버지 집으로 갔을 거라고 지레짐작한 드미트리는 급히 나가면서 탁자 위에 있는 놋쇠로 만든 작은 절구 속의 절굿공이를 집어 든다.

드미트리는 아버지의 집 담장을 넘어 정원으로 들어간다. 아버지의 방 창밖에 다다라 보니 별채 왼쪽의 정원 쪽으로 나 있는 현관문은 굳게 잠겨 있었다. 창 밑까지 가 덤불 밑에 몸을 숨긴 그는 잠시 기다리다가 호기심을 견딜 수 없어 창문 안을 들여다보았다. 불이 환하게 밝혀진 아버지의 침실이 한눈에 보였다. 그루셴카는 보이지 않았다. 그러나 여전히 확신할 수가 없었다. 병풍 너머에서 잠들어 있을지도 모른다는 의심이 생겼다. 그래서 그는 스메르자코프가 가르쳐 준 암호 노크를 했다. 그러자 아버지가 창문을 열고는 "그루셴카, 너냐?" 하고 묻는 게 아닌가. 그렇다면 그루셴카가 여기 없는 것은 확실하다. 그런데 창문 밖으로 몸을 내밀고 그루셴카를 찾는 아버지의 모습을 본 드미트리는 걷잡을 수 없는 증오심에 휩싸인다. 축 늘어진 목젖, 매부리코, 욕정에 대한 기대감으로 미소 짓는 두툼한 입술 … 살인적이라는 말이 적합한 그런 증오심이 솟구쳐 올라온다. 드미트리는 자기도 모르게 절굿공이를 꺼내 든다.

한편, 바로 이 시점에서 병석에 누웠던 하인 그리고리는 잠에서 깨어나 문득 불안감을 느낀다. 정원으로 난 쪽문을 열쇠로 잠그지 않은 것이 걸린다. 과연 문은 잠겨 있지 않았다. 그는 아픈 몸을 이끌고 정원에 발을 들여놓는다. 그런데 주인 방 창문이 활짝 열려 있고 괴한의 그림자가 달아나는 것이 보인다. 그는 괴한을 좇아 담장까지 가 담장을 넘으려는 괴한의 바짓가랑이를 붙잡고 늘어진다. 큰아들이었다! 순간적으로 큰아들이 주인에게 해코지를 했을 거라는 생각이 들어 소리소리 지르자 드미트리는 부지불식간에 절굿공이로 그를 내리친다. 그리고리가 쓰러진 것을 본 드미트리는 겁이 덜컥 나 도망치려다 말고 정원으로 내려와 그를 살펴본다. 그가 죽었는지 아니면 그냥 기절을 한 것인지 잘 모르겠다 …. 그러는 사이에 그의 손도, 손수건도 영감의 피로 흠뻑 젖는다. 그는 자신이 영감을 죽였다고 생각하고는 피투성이 손수건을 주머니에 넣고 달아나 다시 그루셴카의 집으로 간다. 거기서 그는 비로소 그루셴카가 첫사랑 애인의 전갈을 받고 두 시간 전에 모크로예로 떠났다는 사실을 전해 듣는다. 나중에 밝혀지겠지만 그리고리는 죽지 않았다. 그러나 이 시점에서 드미트리는 자신이 그리고리를 죽였다고 거의 확신했기 때문에 삶에 대한 의욕을 상실한다. 그의 이후 행적은 모두 이 잘못된 확신에서 비롯된다.

드미트리는 권총을 맡긴 관리 페르호틴의 집으로 간다. 피투성이 손으로 100루블 지폐 뭉치를 움켜쥐고 그의 집에 들어서서는 돈을 돌려주고 권총을 되찾겠다고 말한다. 관리는 피투성이가 된 그의 손을 보고 경악한다. 훗날 그는 당시 드미트리가 쥐고 있던 돈뭉치는 2000-3000루블 정도 되었다고 술회한다. 드미트리는 사동에게 플로트니코프 상점에 가서 지난번 모크로예 마을에 갈 때처럼 샴페인 서너 상자, 치즈와 어란 등 고급 안주를 장만해 달라고 시킨다. 지난번에도 이 상점에서 수백 루블어치 술과 안주를 사 간 그가 모크로예에서 3000루블을 탕진했다는 것은 누구나 다 아는 사실이었다. 관리가 드미트리에게 손에 들고 있는 돈이 2000-3000루블은 되겠다며 넌지시 물어보자 드미트리는 한 3000은 될 거라고 답한다.

관리는 6시경만 해도 한 푼도 없어 권총을 맡기고 돈을 빌려 갔던 사람이 돈뭉치를 들고 나타나자 어안이 벙벙하다. 관리가 돈의 출처에 대해 궁금해하자 그는 호흘라코바 부인이 주었다는 듯한 뉘앙스를 풍기며 얼버무린다. 그는 되찾은 권총을 장전하고 마치 자살하려는 듯한 인상을 풍기며 종이에다가 무언가를 끄적인 다음 주머니에 쑤셔 넣는다. 관리는 걱정이 되어 미칠 지경이다. 드미트리가 거칠긴 하지만 어쩐지 좋기 때문에 그를 어떻게든 도와주고 싶은 마음이다. 드미트리는 관리에게 자신이 방금 전에 쓴 쪽지를 보여 준다. 쪽지에는 "나의 모든 삶을 벌하리라. 나의 모든 삶을!"이라고 적혀 있다.

드미트리는 수백 루블어치 술과 안주를 마차에 가득 싣고 마지막으로 그루센카를 보기 위해 모크로예로 달려간다. 때는 얼추 알료샤가 대지를 사랑하겠노라고 맹세했던 바로 그날 밤 그 시간 즈음이었을 것이다. 그는 그루센카의 옛 애인에게는 이상하게도 깨끗이 패배를 인정할 용의가 있었다. 그녀의 순정을 알고 있던 터라 어찌할 도리가 없었다. 그러나 동시에 그녀에 대해 새삼 솟구치는 애틋한 사랑을 억누르기 어려웠다.

여관 주인 트리폰 보리시치가 반색을 하며 뛰어나온다. 그는 이재에 밝고 속이 검은 남자로 지난번 드미트리의 방문 때 바가지를 씌워 짭짤한 수익을 얻었던지라 이번에도 한몫 챙길 생각으로 들떠 있다. 여관에는 그루셴카와 3명의 폴란드인, 그리고 칼가노프와 지주 막시모프가 이미 도착해 있다.

드미트리는 그루셴카의 첫사랑인 '폴란드 신사' 및 그 일당과 통성명을 하고 "내 인생의 마지막 날, 마지막 순간을 이 방에서 보내고 싶었다"고 선언한다. 그들은 곧 카드게임을 시작하고 드미트리는 200루블을 잃는다. 드미트리가 돈을 더 걸려고 하자 칼가노프가 모종의 신호를 보내며 더 이상 하지 말라고 말린다. 눈치를 챈 드미트리는 폴란드 신사와 그의 '보디가드'를 데리고 옆방으로 가서 3000루블을 줄 테니 떠나 달라고 제안한다. 신사는 3000루블이란 말에 솔깃해하지만 드미트리가 그 돈을 일시불로 줄 수는 없고 대신 현금으로 당장 500루블만 주고 나중에 나머지를 주겠다고 하자 모욕당했다는 듯이 침을 뱉는다. 폴란드 신사는 사실 그루셴카가 한재산 모았다는 소문을 듣고는 돈을 갈취하기 위해 찾아왔던 것이다. 폴란드인 일당의 사기도박이 폭로되고 그루셴카는 자신의 어리석음을 한탄한다.

밤이 새도록 요란한 술판이 벌어진다. 그것은 알료샤의 꿈속에서 재현되었던 '가나의 혼인 잔치'를 방불케 하는, 그러나 완전히 뒤집힌 잔치, 이를테면 카니발이다. 집시들이 와서 외설스러운 노래를 부르고 모두들 흠뻑 취한다. 드미트리와 그루셴카는 이 카니발의 와중에서 서로에 대한 진실한 사랑을 확인하고 사랑의 서약을 한다. 드미트리는 절체절명의 순간에 회생한다. 그는 살인을 저질렀다는 생각에 그루셴카를 마지막으로 한 번 본 뒤 자살할 생각이었으나 이제 그루셴카의 사랑을 확인한 이상 자살을 할 수가 없다. 상황이 급변한다. 그는 '기적'을 일으켜 주신 신을 찬미하는 동시에 그리고리가 살아 있기를 온몸을 다해 기원한다.

바로 이때 경찰서장을 필두로 검사보, 예심판사, 지서장이 들이닥친다. 경찰서장은 드미트리에게 "아버지를 죽인 악당"이라고 고함을 치면서 "아비를 죽이고 한밤중에 술에 취해 화냥년과 놀아나고 있는 패륜아"라고 비난한다. 예심판사가 그에게 "당신은 지난밤 살해당한 표도르 카라마조프의 살인 사건으로 기소되었다"고 선언한다.

b) 목격자 진술과 물증

그리고리의 부인 마르파는 스메르쟈코프가 질러 대는 간질 발작 비명 소리에 잠을 깼다. 옆에 있어야 할 남편이 안 보이자 현관 계단으로 가 남편을 불렀지만 대답 대신 가냘픈 신음 소리가 들려왔다. 정원에 피투성이가 된 그리고리가 쓰러져 있었다. 그는 "녀석이 죽였어 … 지 아비를 죽였어"라고 중얼거렸다. 마르파가 주인의 방으로 가 창문 안을 들여다보니 주인 역시 피투성이가 된 채 쓰러져 있었다. 마르파는 옆집 모녀의 도움으로 그리고리를 행랑채로 옮겼다. 스메르쟈코프는 여전히 발작으로 몸을 뒤틀며 괴로워하고 있었다. 마르파와 그녀의 이웃이 안채로 가 보니 주인 방의 현관문이 열려 있었다. 의식을 회복한 그리고리의 명령에 따라 이웃은 곧장 경찰서장 집으로 달려가 신고했다. 그리하여 경찰서장 집에 있던 네 사람, 즉 서장, 의사, 예심판사, 검사보가 현장으로 출동했다. 표도르는 머리가 으깨진 채 죽어 있었다. 정원 오솔길에서 흉기로 추정되는 절굿공이가 발견되었다. 병풍 뒤 마룻바닥에는 "나의 천사 그루셴카에게 주는 3000루블이 든 선물. 만일 찾아온다면"이라고 쓴 커다란 봉투가 있었다. 하단에는 "병아리에게"라고 덧붙여 있었다. 하지만 봉투는 텅 비어 있었다. 그래서 체포조가 모크로예 마을로 급파되었다. 경찰서장, 예심판사, 검사보가 출동했고 아침에 피살자의 시신을 부검하기 위해 의사는 읍내에 남았다.

그러면 표도르의 살인과 관련하여 '겉으로 드러난 사실'을 요약해 보자. 모든 사실들은 드미트리가 유력한 용의자임을 보여 준다.

* 동기

1. 용의자는 애인과 결혼하기 위해 3000루블을 절대적으로 필요로 했다.

2. 용의자는 죽은 어머니의 유산 문제로 아버지와 갈등을 겪고 있었다.

3. 용의자는 평소에 아버지를 미워했다. 전날 아버지를 구타하기도 했다. 아
   버지와 연적관계다.

* 물증

1. 피해자가 봉투에 넣어 가지고 있던 3000루블이 사라졌다. 빈 봉투만 시체
   곁에 있었다.

2. 오후 6시경에 한 푼도 없어 권총을 잡혀 10루블을 얻었던 용의자가 오후
   9시경에는 3000루블 정도 '되어 보이는' 지폐 다발을 가지고 있었다.

3. 용의자가 절굿공이를 집어 들고 갔다는 목격자의 진술이 확보되었다. 피
   해자는 둔기로 살해되었다. 피 묻은 절굿공이가 현장에서 발견되었다.

4. 하인 그리고리가 도주하는 용의자를 목격했다.

이보다 더 확실한 사건은 없을 것 같다. 수사가 필요한 사건이 아니다. 이
것은 그저 용의자의 진술만 확보하면 종결되는 그런 유의 사건이다. 드미트
리는 아버지를 죽이고 봉투 속에 있던 돈 3000루블을 훔쳐 갔다.

증인들은 입을 모아 그가 가지고 있던 돈이 3000루블 정도 된다고 증언했
다. 용의자 자신도 관리 페르호틴에게 대략 그 정도 된다고 말했다. 살인 당
일 오후 6시에 돈이 너무 없어 권총까지 저당 잡혔던 용의자가 3000루블을
획득할 길은 단 한 가지밖에 없다. 즉 아버지를 죽이고 아버지의 돈을 강탈
한 것이다.

그런데 문제가 생겼다. 돈의 액수가 들어맞지 않는 것이다. 체포 당시 드

미트리의 수중에 있던 돈과 그가 쓴 돈의 합계가 아무래도 3000루블과는 거리가 멀다.

체포 당시 수중에 있던 돈: 846루블

가게에서 술과 안주를 사는 데 쓴 돈: 300루블

권총을 되찾는 데 지불한 돈: 10루블

사동한테 팁으로 준 돈: 10루블

마부한테 팁으로 준 돈: 10루블

폴란드인과의 사기도박에서 쓴 돈: 200루블

기타 지출
─────────────────────────

계: 약 1500루블

드미트리가 문제의 그날 밤 쓴 돈과 그의 수중에 남아 있던 돈을 합치면 1400루블 정도밖에 안 된다. 미처 기억해 내지 못한 곳에 소소하게 조금 더 썼다 해도 3000루블의 절반인 1500루블이 된다. 그렇다면 3000루블에서 1500루블을 뺀 나머지 1500루블은 어디로 갔단 말인가?

드미트리가 아버지를 죽이고 3000루블을 훔쳐 간 것은 '사실'이라고 검찰은 100퍼센트 확신하므로 액수가 맞지 않는 그 현실을 수용할 수 없다. 그래서 그들은 '사실'에 맞게 현실을 수정해야만 한다. 즉 드미트리가 훔친 돈의 반은 어딘가에 숨겨 놓았다는 것이다! 이것이 사실인지 아닌지는 이제 문제가 안 된다. 그들이 굳세게 믿고 있는 '사실'만이 사실이므로 다른 사실은 수정되어야 하는 것이다. 사람들은 3000루블의 절반이 읍내 어딘가에, 혹은 집시 마을 어딘가에 숨겨져 있다고 굳게 믿었다. 욕심쟁이 여관 주인은 자기 집 마룻바닥까지 다 뜯어 가며 혈안이 되어 그 돈을 찾아보았다.

이것이 물증과 심증과 증언, 그리고 덧셈과 뺄셈으로 완벽하게 입증된 사실이다.

그러나 이것은 겉보기의 사실이다. 진실은 이와 전혀 다르다.

c) 3000루블의 진실

예심에서 피고인은 자신이 아버지를 죽이지도 않았고 돈을 훔치지도 않았다고 끝까지 주장한다. 그렇다면 그가 집시 마을에서 쓴 돈 3000루블은 어디서 난 것인가? 3000루블에 관한 진실은 무엇인가? 그가 한동안 진술을 거부하다가 결국 털어놓은 진실은 다음과 같다.

드미트리는 약혼녀 카테리나에게서 위임받은 돈 3000루블을 집시 마을에서 탕진했다. 누구나 그가 3000루블을 탕진했다고 믿었고 본인도 그렇게 말했다. 그러나 그는 절반인 1500루블만 쓰고 나머지 절반은 나중에라도 카테리나에게 돌려주기 위해서 부적 주머니에 넣어 아무도 모르게 목에 걸고 다녔다. 그러나 사람들은 그가 3000루블을 다 썼다고 확신했다. 그가 "그날 밤부터 다음 날까지 단숨에 3000루블을 날리고 세상에 태어날 때처럼 지갑에 땡전 한 푼 없는 상태로 되돌아왔다"고 읍내에 소문이 파다하게 났다.

이렇게 그는 실제로 3000루블의 절반은 떼어서 '저축'을 해 놓았다. 그러면 그 이유는 무엇인가? 그것은 우선 최소한의 명예와 관련된다. 3000루블을 다 쓰는 것과 1500만 쓰는 것 간에는 커다란 심리적 차이가 있다. 3000루블을 다 써 버리면 그는 '완벽한' 도둑이지만 일부라도 가지고 있으면, 그래서 나중에 갚게 되면 도둑은 안 될 수 있기 때문이다. 써 버린 절반도 어떻게 해서든 꼭 갚을 것이므로 목에 저축해 둔 돈은 그에게 일종의 보험이나 마찬가지다. 그가 아버지에게 3000루블을 요구한 것은 그러니까 카테리나에게 갚을 돈이고 목에 차고 있는 1500루블은 그루셴카와 새살림을 차리는 데 필요한 돈이 된다. 그는 이렇게 그루셴카를 위해 돈을 다 쓰지 않고 남겨 둔 것에 대해 두고두고 창피해했다. 그래서 저축해 놓은 돈에 관해서는 아무에게도 입도 뻥긋 안 하고 체포되어 돈의 출처를 추궁당할 때조차 입을 열지 않았다.

일이 이 지경에 이른 데에는 드미트리의 허세도 한몫 단단히 했다. 그는 돈을 엄청나게 많이 쓴 것처럼 보이고 싶었던 것이다! 저당 잡힌 권총을 찾으러 갔을 때 관리 친구가 그의 손에 있는 지폐 다발을 보고 2000~3000루블은 되어 보인다고 했을 때도 구태여 친구의 짐작을 바로잡지 않았다. 또 그루셴카를 찾아 두 번째로 집시 마을에 갔을 때 여관 주인의 틀린 계산도 암묵적으로 인정했다.

"트리폰 보리시치, 그때 내가 여기에 뿌린 돈이 1000루블은 넘었지, 알고 있나?"
"나리, 돈을 많이 쓰셨는데 어떻게 잊을 수 있겠습니까? 저희들한테 거의 3000루블은 뿌리셨죠."
"자, 지금도 그만한 돈을 가져왔지. 보라고."

따라서 모든 증인들과 목격자들은 드미트리가 지난번에 처음 모크로에 마을에 갔을 때도 3000루블을 뿌리고 이번에도 3000루블을 가지고 왔다는 사실을 추호도 의심하지 않는다.

그런데 드미트리의 진실이 진실이라고 인정한다 해도 여전히 의문이 남는다. 드미트리가 훔쳐 가지 않았다면 아버지가 가지고 있던 돈 3000루블은 어디로 갔단 말인가.

d) 근본주의자의 사실

드미트리의 살인을 입증하는 데에는 문이 대단히 중요한 변수로 작용한다. 독립된 가옥에 있는 아버지의 방은 정원 쪽으로 창문이 나 있고 현관문은 정원의 다른 쪽으로 나 있다. 살인이 있던 날 드미트리는 창문을 노크했고 창문 안을 들여다보았다. 그는 현관문을 통해서 안으로 들어가지는 않았다. 그런데 돈이 없어졌다. 누군가 돈을 강탈하려면 현관문을 열고 안으로 들어가야 한다. 만일 드미트리의 말대로 그가 돈을 강탈한 것이 아니라면 다른 누군가가 그가 도망친 뒤에 현관문으로 들어갔다는 얘기가 된다. 검사가 드미트리에게 "당신은 창문에서 도망칠 때 정원으로 통하는 문이 열려 있었는지 닫혀 있었는지 보지 못했나?"라고 묻는다. 그는 닫혀 있었다고 대답한다. 그러자 검사가 그 문은 열린 상태였다고 말한다. 표도르 살인범은 그 문을 통해 들어가 살인을 저지르고 그 문을 통해 나갔다는 것이다. 드미트리는 본능적으로 '스메르자코프 짓이야'라고 생각하지만 이성적으로는 그가 그런 일을 저질렀을 리가 없다고 확신한다. "그 녀석은 겁쟁이에다 돈을 별로 밝히지도 않기 때문에 아버지를 죽였을 리가 없다"는 것이다.

검사는 그리고리에게도 같은 질문을 한다. 문이 열려 있었는가, 닫혀 있었는가. 만일 그리고리가 정원으로 나와 드미트리를 붙잡은 그 시점에 문이 닫혀 있었다면 드미트리는 범인이 아니며 제3의 범인이 그 이후 아버지를 죽이고 돈을 강탈했다는 뜻이다. 만일 그리고리가 나왔을 때 문이 열려 있었다면 범인은 드미트리 이외의 다른 사람은 될 수가 없다.

이토록 중요한 문에 관해 그리고리는 끝까지 문이 열려 있었노라고 증언한다. 우리가 알고 있듯이 드미트리는 범인이 아니다. 그렇다면 그리고리가 정원으로 나온 그 시점에 문은 분명 닫혀 있어야만 한다. 그러면 그리고 리는 왜 끝까지 문이 열려 있었노라고 고집을 부린 것일까? 두 가지로 설명 된다. 하나는 그리고리의 선입견이다. 그는 아들이 아버지를 해쳤다고 지레 짐작한 나머지 문이 열려 있었다고 생각했고 이 생각은 곧 확신으로 굳어졌 다. 아니면 단순히 착시일 수도 있다. 그 전날 그는 치료 차원에서 약초 술을 마시고 잠이 들었었다. 한밤중에 깨어난 그는 여전히 술기운에 휘청거렸으 니 사물을 제대로 보았을 리가 없다. 그럼에도 열린 문은 그에게 확고한 사 실이 되어 버렸다.

사실이 아닌 것을 사실로 만들기까지 가장 핵심적인 역할을 한 것은 그리 고리의 성격이다. 앞에서도 설명했지만 그는 완고하고 융통성 없는 노인으 로 자신이 옳다고 생각하는 것을 진리로 믿는다. 그는 도덕적으로 우월하기 때문에 자신이 선이라 생각하는 것은 불굴의 의지로 관철시킨다. 그는 열린 문을 보았고 그러므로 문은 반드시 열려 있어야 했다. 그는 아들이 아버지 를 죽였다고 생각했으므로 반드시 아들이 범인이어야 했다. 그는 아무리 겸 손하고 충직한 인간이라도 도덕적 우월감과 완고함으로 무장할 때 난폭하 고 자기과시적인 괴물이 됨을 몸소 입증한다. 그의 증언은 비극을 향해 달 려가는 드미트리의 운명에 박차를 가한다.

e) 수학적인 증거

카테리나는 결정적인 순간에 하나의 움직일 수 없는 증거, 곧 '수학적 증 거'를 제시한다. 이 증거의 제시 덕분에 드미트리의 유죄판결은 돌이킬 수 없는 궤도에 들어서게 된다. 그것은 드미트리가 술집에서 쓴 편지다. 카테 리나는 드미트리에 대한 복수심과 이반에 대한 열정을 숨기고 있던 차에 이 반이 자기가 아버지의 죽음에 책임이 있다고 말하자 이반을 구하고 드미트리를 벌주기 위해 편지를 공개한다. 카테리나는 드미트리의 편지를 상세하게 설명하면서 거기에 살인 의도가 고스란히 들어 있다고 강변한다. 그녀는 드미트리가 '짐승 같은 인간'이며 오로지 유산 때문에 자신과 결혼하려 한다고 주장한다. 돈에 눈이 먼 짐승 같은 인간이므로 당연히 아버지를 죽이고도 남는다는 것이 그녀의 논리다.

"내일 돈을 장만해서 당신한테 3000루블을 갚겠소. … 내일 사람들한테서 돈을 구해 보겠소. 만일 돈을 구하지 못하면, 당신한테 맹세하거니와 **아버지를 찾아가서 머리통을 부수고 그의 베개 밑에 숨겨진 돈을 가져오겠소.** … 자살해 버리고 말 거지만 어쨌든 먼저 그 개자식부터 없애고 말겠소. 그자한테서 3000루블을 뺏어다가 당신 앞에 집어 던지겠소. 나는 당신한테 비열한 인간인지는 몰라도 도둑놈은 아니라오! 3000루블을 기다리시오. 그 개자식의 베개 밑에는 장밋빛 리본으로 묶은 돈 봉투가 있다오. 나는 도둑놈이 아니라 내 도둑놈을 처치할 뿐이오. … 드미트리는 도둑놈이 아니라 살인자요! … 아버지를 죽이고 나도 죽어 버리겠소." (강조는 필자)

과연 이 편지를 쓴 사람이 살인범이 아닐 가능성이 있을까. 범죄의 동기뿐 아니라 범죄의 방식까지 고스란히 적혀 있는 이 편지야말로 '사실, 오로지 사실'만을 말해 주는 듯 보인다. 그러나 조금 시각을 달리하면 이토록 반석 같은 증거물도 사실이 아닌 픽션으로 보이기 시작한다. 일단 3000루블을 갚겠다는 그의 말은 늘 그가 지껄이던 얘기이므로 새삼 중요한 진술로 취급하기 어렵다. 아버지를 "죽이겠다"는 말도 그가 입버릇처럼 하던 말이므로 그것이 곧 아버지를 "죽였다"는 진술로 해석될 수는 없다. 살인 의도가 살인실행과 동일한 것은 아니다. "죽여 버리고 싶다"라는 생각이나 말이 항상 살인으로 이어진다면 현재 지구상의 인구는 지금보다 훨씬 적을 것이다.

"머리통을 부순다"는 것도, 아버지가 준비해 놓은 돈을 "훔치겠다"는 것도, 현실을 뒷받침해 주는 것은 사실이지만 그것이 곧 현실과 동일한 것은 아니다. 카테리나가 '수학적인 증거'라 굳게 믿는 이 편지는 '거의 사실'이지만 실질적인 사실은 아니다. 그렇다. '거의 사실'인 것은 사실이 아니다. 때로 '수학적인 증거'는 단순히 '거의 사실'에 가까운 것이 될 수도 있다.

게다가 '수학적인 증거'조차도 심리적인 채색에서 완전히 자유롭지 못하다. 카테리나는 드미트리가 범인임을 아는 것이 아니라 드미트리가 범인이기를 바라는 것이다. 아는 것과 희망하는 것이 어떻게 같을 수 있을까. 그러나 많은 경우 사람들은 희망하는 것이 곧 사실이라고 생각한다.

f) 절반의 진실

러시아어에 "polu-pravda"라는 표현이 있다. 절반의 진실이라는 뜻이다. 진실의 양이 '절반'은 된다는 것처럼 들리지만, 그리고 어느 정도는 진실이므로 완벽한 거짓보다는 좋은 것처럼 들리지만 실제로 절반의 진실은 완벽한 거짓이다. 아니, 때로 절반의 진실은 거짓보다도 더 나쁘다. 거짓은 거짓처럼 들리므로 누구나 경계하지만 절반의 진실은 진실처럼 들리므로 그 사악한 위력은 거짓보다 더 위협적이다.

라키틴은 수도에서 발간되는 〈뜬소문〉이라는 신문에 악의적인 기사를 투고했다.

기사 제목은 "스코토프리고니예프(그 마을의 이름)에서 카라마조프 재판에 이르기까지"인데 내용은 다음과 같다.

지주제를 옹호하는 어느 파렴치한 악당이 연애 행각을 일삼으며 이 마을에 살고 있었다. 어느 젊어지려고 애쓰는 부인이 그에게 범행 두 시간 전 3000루블을 줄 테니 같이 금광으로 도망가자고 제안을 했다. 악당은 그 제안을 거부했다. 그 대신 아버지를 죽이고 강도 짓을 했다. 이 친부 살해 패륜 범죄는 농노제도의 부도덕함을 반영한다. 그러므로 농노제도의 잔재는 철저하게 근절되어야만 한다.

이 기사는 얼핏 진실하게 들린다. 3000루블, 어느 부인, 친부 살해, 금광 등 사건과 관련된 몇 가지 단어와 개념이 들어가 있기 때문이다. 반면 '농노제도'는 범죄와 아무런 상관이 없는데도 이 기사를 읽다 보면 범죄와 농노제도가 직결된 듯 느껴진다. 결과적으로 이 기사는 사실과도 진실과도 아무런 관련이 없는 사악한 픽션에 불과하다. 라키틴은 자신의 '이념적인' 면모, '진보적인 정치 성향'을 과시하는 동시에 카라마조프 형제들에게 품고 있었던 열등감과 앙심을 토해 내려고 이 기사를 썼다. 게다가 그는 부유한 호흘라코바 부인의 환심을 사서 그녀의 돈을 갈취하려는 계획을 세워 두고 있었는데 그녀가 젊은 관리 페르호틴과 친하게 지내는 것을 보고 이 기사를 통해 그녀에게 복수했다. 절반의 진실은 라키틴의 사적인 욕심을 위한 수단이었다.

3. 악마의 선택

a) 양심, 이반의 딜레마

이반은 아버지의 살해 소식을 듣고 집으로 돌아온다. 그는 형이 진범이라고 믿고 있지만 다른 한편으로는 스메르자코프가 범인일지도 모른다고 의

심한다. 만일 스메르자코프가 범인이라면 그는 '양심상' 그것을 묵과할 수 없다. 그날 스메르자코프는 자기가 간질 발작을 일으킬 것이라는 것, 무서운 일이 일어날 것 같다는 것, 그러므로 이반은 몸을 피해야 한다는 것을 이야기했었다. 그리고 이반은 그러한 '범죄 예고'를 듣고도 추궁하는 대신 그의 말대로 집을 떠났고 실제로 살인이 벌어졌다. 만일 이것이 스메르자코프의 짓이라면 그는 스메르자코프의 범죄를 용인하고 허락해 준 셈이 된다.

그는 평소에 아버지도 드미트리도 미워했었다. 그리고 양자 간에 일어날 것이 분명한 모종의 폭력사태에 대해서도 "한 마리의 파충류가 다른 한 마리의 파충류를 잡아먹을 테지"라고 치부하며 넘겨 버렸다. 게다가 그는 신은 존재하지 않으므로 "모든 것이 허용된다"고 공공연히 주장했었다. 또 '대심문관'이라는 가상의 인물을 창조하여 인간은 모두 짐승처럼 비열하다는 생각을 피력했었다. 그런 그가 자신이 살인의 공범일지도 모른다는 생각에 완전히 무너지기 시작하는 것이다.

이반의 이중성, 그의 카라마조프 기질과 욕망과 그의 지성, 그리고 그의 양심은 격렬하게 충돌하면서 그를 정신적 파산 상태로 몰아간다. 그는 견딜 수가 없어 스메르자코프를 세 번이나 방문한다. 그는 드미트리가 범인이기를, 자신은 그 범죄와 무관하기를, 양심상 자유롭게 살기를 진심으로 원한다. 그래서 그는 병원에 입원해 있는 스메르자코프를 방문해 진실을 추궁한다. 스메르자코프는 시치미를 뚝 뗀 채 자신의 발언은 사건과 무관하며 순수하게 걱정이 되어서 그렇게 말한 것뿐이라며 이반을 안심시키려 한다. 그럼에도 이반은 계속 불안하다. 내면 저 깊은 곳에서 요동치는 생각, 자신이 아버지의 죽음에 관여했다는 생각을 지울 수가 없다. 길거리에서 만난 알료샤는 그를 더욱 힘들게 한다. 그는 동생에게 자신이 아버지의 죽음을 바라는 것처럼 보였었냐고 묻는다. 그러자 알료샤는 그랬었다고 답한다. 알료샤는 거짓말을 하지 않는다.

이반의 양심은 그가 생각했던 것보다 훨씬 강했다. 그에게 "모든 것이 허용된다"는 것은 오로지 이론일 따름이었다. 조시마 장로가 수도원에서 이반과 만났을 때 "당신은 자신이 하는 말도 믿지 않는다. 당신은 무척 축복받았거나 무척 불행한 사람이다"라고 말한 것은 정확한 지적이다. 이반의 딜레마는 역설적이게도 그에게 구원 가능성을 열어 주는 축복이다.

b) 자살의 문제

첫 번째 방문 이후 더욱 마음이 무거워진 이반은 이후 두 번 더 스메르자코프를 방문한다. 이 두 차례의 방문으로 사건의 전모가 완전히 드러난다. 스메르자코프는 머리에 기름을 바르고 안경까지 낀 기이하게 당당한 모습으로 이반을 맞이한다. 이반은 여전히 스메르자코프를 통해 자신이 아버지의 피에 대해 책임이 없다는 것을 확인하고 싶어 한다. 그러나 그는 그것 자체가 얼마나 무의미한지를 미처 깨닫지 못하고 있다. 스메르자코프의 목소리는 "강경하고 끈질기며 증오로 가득 차 있고 파렴치하고 도전적인 것이었다." 그는 이반의 추궁에 당연하다는 듯이 이반이 아버지가 죽기를 바랐으며 누군가 대신 아버지를 살해해 주기를 바라고 있었다고 말한다. 그의 '해설'에 따르면 이유는 유산 때문이다. 아버지가 그루셴카와 결혼하면 아들들에게 돌아갈 유산은 없다. 만일 안 하면 아들들에게 각각 4만 루블이 돌아간다. 하지만 만일 드미트리가 살인을 저질러 유배형에 처해지면 그는 상속권을 박탈당하므로 알료샤와 이반에게는 각각 6만 루블씩 돌아간다.

분노에 치를 떠는 이반에게 스메르자코프는 "살인을 저지른 것은 당신이다. 당신이 주범이고 나는 종범이다"라고 말한다. 그날, 스메르자코프가 이반에게 접근하여 "떠나시라"고 말했을 때, 이반은 살인이 일어날 거란 것을 알고 있었고, 그러면서도 떠났으므로 스메르자코프에게 살인을 위임한 것이나 마찬가지다. 스메르자코프는 이반과 자신 사이에 암암리에 '묵계'가 형성되어 있다고 믿어 의심치 않았다. 만일 일이 잘못되어 자신이 조사를 받게 되더라도 이반이 도와줄 것이라 생각했다. 유산을 받으면 커다란 금전적 보상을 해 주리라는 기대까지 했다. 그는 양말 속에 손을 넣어 100루블짜리 지폐 30장을 꺼내 보여 주면서 범죄의 전말을 알려 준다. 이로써 스메르자코프가 이반의 암묵적인 허락을 받아 치밀하게 계획해서 실행에 옮긴 완전범죄의 전모가 드러난다.

그는 드미트리가 반드시 그날 밤 찾아올 것이라 예상했다. 그래서 계단에서 떨어져 발작을 일으키는 척하면서 기다렸다. 만일 그가 아버지를 죽이면 다행이고 안 죽이면 돈만 훔칠 작정이었다. 돈 봉투는 사실상 베개 밑이 아니라 성상 뒤편에 있었다.

아니나 다를까, 비명 소리가 들리기에 살살 나가 보니 표도르의 방 창문이 열려 있고 표도르는 살아 있었다. 표도르는 겁에 질려 드미트리가 와서 그리고리를 죽였다고 떠들어 댔다. 그리고리한테 가 보니 의식이 없었다. 그래서 그는 재빨리 사태를 이해하고 즉시 두뇌를 가동시켜 범죄를 실행에 옮겼다. 그는 표도르에게 가서 그루센카가 왔다고 알려 주고는 암호 노크를 했다. 그루센카라는 말에 표도르가 문을 열어 주었다. 스메르자코프는 방 안으로 밀치고 들어가서 그루센카가 겁이 나서 덤불 속에 몸을 숨기고 있으니 나가서 모시고 오라고 말했다. 그러나 표도르는 무서워 창밖으로 고개를 내밀고 그루센카를 불렀다. 이때 스메르자코프는 주철 서진으로 그의 머리통을 세 번 내리쳤다. 표도르는 피투성이가 되어 쓰러졌다. 스메르자코프는 돈을 꺼내 봉투와 리본은 버리고 방에서 나와 이때를 위해 사과나무 구멍에 숨겨 두었던 종이와 헝겊으로 돈을 싸서 구멍 속 깊이 넣어 두었다. 그러니까 아버지 방 현관문이 열려 있었다던 그리고리의 증언은 단순 착각이었다. 스메르자코프는 다시 침대로 돌아와 크게 신음 소리를 내서 마르파 노파를 깨웠다. 그리고 다음 날 새벽 그에게 진짜 발작이 찾아왔다. 정말 아슬아슬하게, 그리고 절묘하게 살인과 강탈이 행해진 것이다. 이반의 말대로 '악마가 도와준 것'이었다.

이반은 경악하며 다음 날 법정에 가서 모든 것을 다 말하겠다고 소리친다. 그리고 스메르자코프도 법정에 끌고 가겠다고 한다. 그러나 스메르자코프는 '그런 얘길 해도 아무도 믿지 않을 것이다, 형을 구하기 위해 하인에게 죄를 뒤집어씌우는 것이라고 사람들은 생각할 것이다, 지폐도 증거가 되지 않을 것이다'라고 되받는다. 그러면서 돈도 가져가라고 말한다. 전엔 그 돈으로 인생을 다시 시작할 참이었는데 이제는 필요 없다는 것이다. 이반의 가르침에 따라 "모든 것이 허용되며", "하느님이 존재하지 않는다면 선행도 존재하지 않으며 선행할 필요도 없다"고 믿었기에 살인을 했는데 이제 이반이 마치 자신의 이론을 번복이라도 하듯 자백 운운하므로 의욕을 상실한 것이다. 그날 밤 스메르자코프는 목을 매어 자살한다. 그는 "누구에게도 죄를 돌리지 않기 위하여 나의 자유의지와 나의 희망에 따라 목숨을 끊는다"는 지극히 애매하고 가식적인 내용의 유서를 남겼다.

스메르자코프의 최후는 문자 그대로 '악마의 선택'이다. 그것은 자살을 사회악이자 도덕적 파산의 정점으로 보는 도스토옙스키의 생각을 단적으로 보여 주는 사건이다. 1830년대 대두된 이른바 '도덕 통계학'은 나이, 성별, 인종, 기후, 직업, 토양, 종교 같은 사회 인자에 따라 인간 행동을 조사하기 시작했다. 결혼, 범죄, 알코올중독 등이 조사 대상이었지만 여러 사회 문제 중에서도 도덕 통계학의 가장 큰 관심을 끌었던 것은 자살이었다(Paperno 1998: 22). 통계에 의하면 러시아의 자살률은 1803년부터 1875년 사이에 두 배로 급증했다. 1860년대와 1870년대 신문은 연일 자살 사건을 보도했고 일파만파 번져 가는 '자살병'에 대한 심각한 우려가 지면을 장식했다.

언제나 사회 문제에 민감했던 도스토옙스키는 소설과 칼럼에 당대 중요한 이슈로 떠오르고 있던 자살을 특유의 예리한 시선으로 조망했다. 오랫동안 자살의 사회병리적 현상에 주목한 도스토옙스키는 자살, 자살시도, 그리고 타인을 자살에 이르게 하는 행위를 모두 살인과 동일한 정도의 사악한 행위로 규정했다. 단, 빈곤과 질병으로 인해 도저히 살 수가 없어서, 더 이상은 생존이 불가능해서 행하는 자살은 여기서 제외된다. 다시 말해서 도스토옙스키가 악으로 규정하는 자살은 생명 경시에서 오는 자살, 이론적인 자살, '이념을 따르는' 자살이다. 『죄와 벌』의 스비드리가일로프, 『백치』의 이폴리트, 『악령』의 키릴로프와 스타브로긴이 그 대표적인 예라 할 수 있다. 이들은 모두 권태와 허무, 교만과 생명 경시에서 자살을 감행한다. 그들 중 스비드리가일로프와 스타브로긴이 자살자이자 살인범이기도 하다는 것은 결코 우연이 아니다.

이들이 말해 주듯이, 도스토옙스키에게 자살은 당대 유행하던 니힐리즘, 실증주의, 그리고 무신론에서 파생되어 나온 결과였다. 도스토옙스키에 따르면 "영혼 불멸의 관념이 상실되면 자살은 절대적이고 불가항력적인 필요성으로 등장한다. … 삶 속에 있는 고상한 의미의 상실은 자살을 가져올 수밖에 없다. 영혼 불멸의 관념은 삶 그 자체, 가장 완전한 의미에서의 삶이다. 그것은 삶의 최종적인 공식이자 인류가 가진 진리와 이해의 주된 원천이다" (24: 49-50).

따라서 불멸에 대한 믿음을 상실한 인물들, 신에 대한 믿음을 상실한 인물들은 그것을 다른 사상으로 대체하지만 그 사상이 흔들리거나 유지되지 못할 때 더 이상 붙잡을 것이 없기 때문에 자살로써 생을 마감한다. 스메르자코프의 자살은 그런 의미에서 도스토옙스키의 자살관을 완벽하게 보여준다. 앞의 소설에 나왔던 자살자들, 스비드리가일로프, 이폴리트, 키릴로프, 스타브로긴이 상류층 혹은 지성인인 데 반해 스메르자코프는 서자이자 하인이며 문학과 예술은 물론, 일체의 교양과 담을 쌓은 인물이다. 그만큼 스메르자코프에게 영혼 불멸을 대체한 사상이 있다면 그것은 저급하고 허접하다는 뜻이다. 실제로 스메르자코프에게는 사상이랄 것도 없다. 단지 그의 눈에 유식하게 보인 둘째 아들 이반의 "모든 것이 허용된다"는 명제가 맘에 들어 그의 하수인 노릇을 자청했지만 이반이 흔들리는 모습을 보이자 미련 없이 자살을 감행한 것이다. 서자이자 하인인 스메르자코프의 위상, 그의 빈곤한 사상은 당대 '자살병'을 퍼뜨린 무신론과 니힐리즘에 대한 도스토옙스키의 평가를 반영한다.

그런데 스메르자코프의 자살은 앞에 나온 지식인 자살자들보다 한 가지 점에서 더 사악하다. 그는 유서에서 "누구에게도 죄를 돌리지 않기 위하여" 자살한다고 밝혔지만 현실적으로 그의 유서는 드미트리의 유죄판결에 결정적인 역할을 한다. 유일한 증인이자 살인자인 그는 자백이 아닌 자살을 택함으로써 모든 죄를 드미트리에게 돌리고 사실을 아는 이반을 광란 상태로 몰아넣는다. 물론 이것 역시 계산된 것이다. 그는 자신의 불행한 인생에 죄가 있는 카라마조프 일가를 심판하고 처벌하기 위한 마지막 수단으로 자신의 목숨을 사용하는 것이다. 그는 복수에 성공했다.

c) 초라한 악

스메르자코프와의 대면 이후 이반의 정신은 결국 무너지고 그는 악마의 환영을 본다. 제11권 9장 "악마, 이반 표도로비치의 악몽"에서 섬망증에 걸린 이반 앞에 등장하는 악마는 이제까지 이반이 생각해 오고 믿어 온 모든 것을 보여 주는 동시에 무너뜨린다. 악마의 존재 자체가 이반의 논리를 뒤집는다. 이반이 그토록 지지해 온 지성과 논리와 이성은 악마의 출현으로 인해 더 이상 유지할 수 없게 된다. 악마는 이반의 자기의지(self-will)의 상징이자 그것을 의심하는 양심의 상징이기도 하다(Stoeber 2015: 255).

이반의 눈앞에 어떤 신사가 등장한다. 50세가량의 사내는 체크무늬 바지에 매우 낡은 양복을 입고 있다. 식객 같은 풍모에 평범한 얼굴, 시계는 차고 있지 않고 대모테 안경을 쓰고 오른쪽 가운뎃손가락에 싸구려 단백석이 박힌 굵직한 금반지를 끼고 있다. 그는 전통적인 '사탄', 즉 어둡고 사악하고 물리적으로 강력한 사탄의 형상과는 너무나 다른, 시쳇말로 '짝퉁'(imposter) 악마다(Stoeber 2015: 255). 하다못해 『죄와 벌』에서 악을 대표하는 스비드리가일로프만 해도 당당한 풍채, 고급스러운 양복, 그리고 진짜 보석 반지를 끼고 있어 그보다 훨씬 '사탄'스럽다. 시답지 않은 이야기만 해 대는 초라한 몰골의 악마가 이반의 분신이라는 것은 이반의 사상이 실제로 얼마나 허접한 것인가를 보여 준다. 이반이 그를 향하여 "너는 내 자신, 가장 추악하고 어리석은 내 사상과 감정의 화신이야"라고 외치는 것은 이 외적인 징표를 토대로 한다. 다른 한편으로 식객과 닮은 풍모와 싸구려 장신구의 악마는 즉각적으로 하인 스메르자코프를 연상시킨다. 꾀죄죄하고 치졸한 악마는 스메르자코프의 분신이며 그의 역할은 이반을 부추기고 조롱하고 모욕하는 것이다. 또 다른 한편으로 '홀아비'라는 악마의 상태는 아이들을 버린 표도르를 연상시키며 늙은 하인 그리고리를 연상시킨다. 그는 표도르가 아이들을 무시하고 방기했듯이 그리고 그리고리가 스메르자코프를 무시하고 모욕했듯이 자신의 지적 자식인 이반을 무시하고 방기하고 괴롭힌다. 요약하자면 늙수그레한 홀아비 식객의 모습으로 등장하는 악마는 그 모습만으로도 앞에 나왔던 모든 악을, 모든 나쁜 아버지들을 종합한다.

악마가 요약하는 이반의 사상은 앞에 나온 이반의 서사시 「대심문관」을 다른 방식으로, 즉 철학적 논평의 형식으로 재구성한다. 이 점에서 그는 또한 대심문관의 분신이기도 하다. 우리는 여기서 또다시 도스토옙스키의 천재적인 서사 전략을 목도한다. 이반의 무신론은 그가 창작한 서사시 「대심문관」을 통해서 표현되고 그가 그토록 증오했던 아버지의 이미지와 그토록 경멸했던 스메르자코프의 이미지를 통해 반사된다. 그리고 이제 소설이 거의 끝나 갈 무렵, 그의 가장 깊은 곳에 숨어 있던 내면의 악이 형상화된 환상 속의 악마가 그의 저술과 사상에 논평을 가하는 형식으로 마무리된다. 악마는 소설의 핵심인 종교와 무신론의 대립에 관해 정곡을 찌르면서 '인신'이라는 개념을 명시한다.

"무엇보다도 하느님에 대한 인간의 관념만을 파괴하면 되는 걸. 일은 바로 거기서부터 착수해야 하는 거야! 거기서부터, 거기서부터 시작하는 거야. … 만일 인류가 한 사람씩 하느님을 거부한다면 과거의 모든 세계관, 특히 과거의 모든 도덕률은 무너지고 완전히 새로운 세계관이 나타나게 되는 거야. … 인간은 거대한 신적 자존심으로 위대해질 것이며 **인신**이 등장하는 거야. 인간은 시시각각 자신의 의지와 과학으로 무한히 자연을 정복하면서 그때마다 그로 인해 커다란 희열을 얻을 것이기 때문에 그것은 천국의 희열에 대한 과거의 희망을 보상해 줄 수도 있겠지. 모든 사람들은 인간이 죽으면 다시 부활하지 못하는 존재라는 것을 알고 있으므로 하느님처럼 당당하고 조용하게 죽음을 받아들이게 될 거야." (강조는 필자)

그렇다. 인간의 의지와 과학이 신을 대신할 때, 과거의 도덕은 완전히 무너지고 완전히 새로운 세계관이 등장한다. 의지와 과학으로 자연을 정복할 때, 순리란 개념은 사라지고 인간의 본성 자체가 흐려지게 될 것이다. 인간은 신처럼 된다. 아니 신이 된다. 이 점에 대해서는 뒤에 가서 좀 더 상세하게 살펴보기로 하자.

d) 분열에서 갱생으로

스메르자코프도, 환각 속의 악마도 모두 이반의 분신이다. 이제 이반은 그것을 인정한다. 알료샤에게 그는 말한다. "'그자'란 바로 나야. 알료샤. 바로 나라고. 저속하고 비열하며 추악한 나의 모든 것이야." 그렇다. 사악한 스메르자코프와 초라한 행색의 악마는 모두 이반의 본질이다. 이반의 앞에는 갈림길이 놓여 있다. 악마의 길을 갈 것인가, 아니면 갱생의 길을 갈 것인가. 알료샤 역시 형의 모습을 보면서 그것이 선택의 문제임을 직감한다. 그는 형의 심각한 상태가 "자존심이 걸린 결정으로 인한 고통인 거야. 마음속 깊은 곳에서 우러나오는 양심인 거야. 형은 진리의 세상에서 부활한 것이거나, 아니면 …." 이반이 선택한 것은 갱생의 길이다. 그러나 그의 길은 고난으로 가득 차 있다. 그는 분열된다.

이반은 다음 날 법정에 증인으로 출두하여 모든 것을 폭로한다. 그는 갑자기 돈뭉치를 꺼내더니 스메르자코프가 살인자이고 자신이 살인을 교사했으며 돈은 살인범에게서 어제 받은 것이라고 외쳤다. 놀란 재판장이 증거를 대라고 하자 그는 자기는 한 사람의 증인만 안다고 답한다. 그게 누구냐고 묻자 이반은 "악마만이 나의 증인이다"라고 답한다. 가장 지적이고 가장 합리적이고 가장 논리적인 인물이 가장 공정해야 하는 법정에서 진실을 위해 할 수 있는 증언이 고작 "악마만이 나의 증인이다"라는 것은 그 자체가 인간 합리성에 대한 가장 문학적인 반론 아닌가 싶다. 이반은 '악마가 여기 어디 있다, 탁자 밑에 있을 거다' 등등 횡설수설하다 갑자기 발작을 일으켜 자신을 제지하는 법정 서기를 메다꽂는다. 괴성을 지르며 울부짖는 그를 간수들이 끌어냈다. 일대 혼란이 일어났다. 이반의 증상은 정신분열증으로 판명된다. 분열은 그가 인간임을 보여 주는 최후의 징표이다.

4. 도스토옙스키와 과학

a) 과학의 시대

도스토옙스키는 당대의 다양한 사회사상에 관심이 지대했을 뿐만 아니라 19세기 중반부터 유럽과 러시아 과학계에서 일어나고 있던 새로운 발견과 학설에도 비상한 관심을 기울였다.

1860년대는 러시아 역사에서 이른바 '과학의 시대'가 시작되고 있던 시기였다. 지질학의 토대를 마련한 찰스 라이엘(C. Lyell), 생리학의 클로드 베르나르(C. Bernard), 그리고 다윈(C. Darwin)이 러시아 지성계에 뿌리내리기 시작했다. 1864년에는 다윈의 『종의 기원』이, 1866년에는 베르나르의 실험의학 논문이 러시아어로 번역 출간되었고 온갖 과학, 기술, 의학 관련 개념들 — 엔트로피, 열역학, 비유클리드 기하학 등등 — 이 쏟아져 들어왔다. 이른바 진보적인 지식인들은 열광했다. 이성과 합리성은 과학 발전에 동력을 제공하고 철학적 유물론과 결정론과 실증주의의 손에 승리의 깃발을 쥐어 주었다. 이때 이후 러시아 사회에서 과학과 진리는 동의어가 되었고 젊은 지식인들은 자연과학의 검증, 계산, 예측이라고 하는 전대미문의 강력한 도구가 인간의 모든 문제를 해결할 수 있다고 확신했다(Thompson 2002: 192-193). 도스토옙스키는 당대 지식인들을 압도한 일부 자연과학 트렌드, 그리고 만병통치약처럼 거의 모든 인간사와 사회현상에 적용되는 '자연의 법칙'(the laws of nature)에서 인간 본성의 훼손 가능성을 그 누구보다도 앞서서 읽어 냈다.

여기서 반드시 강조하고 넘어가야 할 것은, 도스토옙스키가 학문으로서의 과학을 폄하하거나 혹은 과학적 세계관 자체에 반기를 든 것은 결코 아니라는 사실이다. 도스토옙스키는 공병학교 시절, 당시로서는 최첨단 학문인 로바쳅스키의 기하학에 심취했으며 졸업 후에도 새로운 과학 지식의 습득에 대단히 적극적이었다. 과학은 인간과 세계를 바라보고 이해하는 대단히 중요한 하나의 시각이다. 과학은 또한 진리로 가는 대단히 중요한 한 가지 길이다. 그러나 과학만이 유일한 진리이며 과학만이 세계를 이해하는 유일한 도구이며 과학만이 인간의 삶을 좌지우지할 수 있는 유일한 힘이라고 주장할 때 과학은 과학주의(scientism)로 전락한다. 합리성과 근본주의가 중첩될 때 탄생하는 과학주의는 종교적 근본주의와 똑같이 위험하다. 도스토옙스키가 당대 조류와 관련하여 심각한 우려를 표한 것은 바로 이 과학주의였다(Katz 1988: 73).

도스토옙스키에게 과학주의와 무신론은 맞닿아 있었다. 그가 소설과 칼럼을 통해 격렬하게 논박했던 사상들, 즉 실증주의, 자유주의, 합리주의, 사회주의는 모두 궁극적으로 무신론으로 귀결한다는 공통점을 갖는다. 그러나 도스토옙스키에게 가장 위험한 사상은 과학주의였다. 과학주의는 단순히 신을 믿지 않는다는 것을 의미하는 것이 아니라 인간의 실종을 의미했다.

왜냐하면 과학은 모든 맥락을 초월하기 때문이다. "수학과 자연과학은 맥락으로부터 자유로운 객관적 시스템이다. 주체를 결여하고 인간의 레퍼런스를 결여한다. 역사 및 구체적인 시간과 장소에 구애되지 않는다. 피타고라스의 정리는 언제 어디서 누가 얘기해도 옳다. 그것의 의미는 순수하게 추상적인 인지의 대상으로서만 존재한다"(Thompson 2002: 198). 바흐친은 같은 맥락에서 인간 삶의 일회성과 고유성으로부터 분리된 채 내재적 법칙만 따르는 추상적인 이론과 기술의 세계가 끔찍한 것이 될 수 있다고 경고한다(Bakhtin 1993: 7-8). 내재적 법칙만 따르는 과학주의로 인간의 삶을 정의 내린다면 그 최종적인 단계에 이르렀을 때 인간은 실종될 것이다. 인간은 아무것도 할 수 없을 것이다. 이 아무것도 할 수 없다는 것을 뒤집으면 결국 이반이 주장하는 "모든 것이 허용된다"는 명제가 된다. 아무것도 할 수 없고, 모든 것이 허용되는 자연의 법칙은 인간의 도덕적인 책임 불능과 동의어다.

b) 과학주의와 인간

도스토옙스키가 과학주의에서 끄집어내어 논박의 대상으로 삼은 것은 결정론과 환원주의였다. 도스토옙스키의 성찰이 오늘날 예언적으로 들리는 이유는 '인간 향상' 프로그램에 깔려 있는 것 역시 결정론과 환원주의를 요체로 하는 과학주의이기 때문이다. '인간 향상' 프로그램에 대해 깊은 우려를 던지는 사상가들 역시 거기 담긴 결정론과 환원주의가 인간 본성을 훼손시킬 수 있다는 점에 주목한다. 요컨대 오늘날 '인간 향상'과 관련된 인간 본성 논제는 도스토옙스키의 소설에서 이미 예고되어 있다.

우선 환원주의를 살펴보자. 환원주의는 인간을 단순한 생물로, 물질로 환원시키고 그럼으로써 하나의 대상이자 객체로 고정시킨다. 따라서 우주 전체를 통틀어서 유일하게 반성적으로 사고할 수 있는 존재, 자연적·물질적·사회적 조건을 뛰어넘을 수 있고, 자율적으로 행동할 수 있고 책임을 질 수 있는 존재로서의 인간은 환원주의에서 고려 대상이 아니다. 프랜시스 크릭은 『놀라운 가설』에서 정말 놀랍게도 "당신의 기쁨과 슬픔, 당신의 기억과 야망, 당신의 개인적인 정체감과 자유의지는 실은 방대한 신경세포 집단과 관련 분자들의 행동일 뿐이다"라고 주장했다(Crick 1995: 3). 한스 모라벡이나 레이 커즈와일은 더욱 노골적으로 복잡성 문제만 해결되면 인간은 기계로 환원된다는 입장을 개진했다. 이런 입장에서 본다면 인간은 오로지 뇌의 복잡성에 의해서만 일반적인 기계와 구별될 뿐이다. 결국 환원주의의 논조를 따르다 보면 우리는 우리가 먹다 남긴 계란 부침이나 어항 속에서 유유히 헤엄치는 값비싼 열대어나 아니면 벽에 눌어붙어 있는 작년 여름의 모기 잔해와 마찬가지라는 결론에 봉착한다.

　환원주의의 논리적인 짝은 결정론이다. 결정론을 한마디로 요약하자면 인간의 모든 것은 이미 결정되어 있고 따라서 적절한 도구만 주어진다면 인간에 관해서는 속속들이 다 알 수 있다는 주장이다. 오늘날 과학주의의 최전선에서 모든 종교를 종교적 근본주의로 싸잡아 비난하고 영성이나 초월성, 혹은 그것을 토대로 하는 문학 및 인문학을 조롱하는 일부 생물학자와 저널리스트들 ─리처드 도킨스, 샘 해리스, 크리스토퍼 히친스 등등─ 에게 인간은 언제나 설명 가능하고 분석 가능한 하나의 대상이다. 그들은 모름이 인간의 조건임을 모르고 있으며 복잡성과 모호성에 대한 이해 부족을 과학적 휴머니즘으로 희석시킨다. 그들은 저 높은 곳에 서서 즐겁다는 듯이(때로는 답답해 죽겠다는 듯이) 자신들과 의견을 달리하는 인문학자들을 내려다본다. 그들의 시각에서는 인간의 몸은 유전자 지도로 다 알 수 있는 유기체이며 정신은 신경계의 전기화학적 현상을 파악하면 전부 다 설명할 수 있는 하나의 시스템이다. 이와 같은 입장은 인간을 삶의 일회성과 고유성으로부터 분리시키고 역사성으로부터 이탈시켜 한 세트의 고정된 법칙으로, 일종의 '보편인'으로 환원시킨다. 여기 어디에서도 인간 개개인에 대한 존엄성은 찾아볼 수 없다. 이렇게 인간을 대하다 보면 결국 도스토옙스키가 『지하생활자의 수기』에서 예언한 바대로 "인간으로서의 인간"("man as a man")과 "살아 있는 삶"("living life")은 소멸해 버릴 것이다. 모란(J. Moran)의 지적처럼 과학은 가치나 신념체계는 고려하지 않으며 그럴 의도가 전혀 없다. 그래서 인간을 이해하는 데 무척이나 초라한 도구가 된다(Moran 2009: 3).

c) 과학적 무신론

도스토옙스키가 『카라마조프가의 형제』에서 과학에 대해 관심을 기울이는 여러 이유 중의 하나도 역시 과학주의와 무신론의 맞물림 때문이다. 무신론은 과학에 대한 도스토옙스키의 입장을 설명해 주는 가장 두드러진 인자이다. 물론 무신론은 언제나 있었다. 니체의 "신은 죽었다"는 19세기적 무신론을 통괄하는 명제다. 도스토옙스키가 격렬하게 비판한 실증주의와 합리주의는 모두 니체식 무신론의 변주라 할 수 있다.

니체식 무신론과 과학적 무신론은 종착점은 동일하지만 신의 존재 여부에 대한 접근법에 있어서 차이를 보인다. 니체식 무신론은 "신이 존재하지 않는다"는 정언으로 요약된다. 반면에 과학적 무신론은 신이 존재하지 않는 것이 아니라 과학이 신이라고 주장한다. 인류가 도덕성에 대한 고려 없이 오로지 지적 능력의 증대만을 추구할 때 궁극에 가서는 인신이 등장한다고 경고한다. 이렇게 새롭게 등장하는 '신처럼 된 인간'이 어떤 도덕률을 가지게 될지에 대해서 과학은 침묵한다. 도스토옙스키가 과학주의에 대해 우려했던 것의 본질은 이러한 도덕적 침묵이었다.

앞에서 언급했던 악마의 주장을 다시 살펴보자.

만일 인류가 한 사람씩 하느님을 거부한다면 과거의 모든 세계관, 특히 과거의 모든 도덕률은 무너지고 완전히 새로운 세계관이 나타나게 되는 거야. 인간은 거대한 신적 자존심으로 위대해지며 인신이 등장하게 되는 거지. 인간은 시시각각 자신의 의지와 과학으로 무한히 자연을 정복하면서 그때마다 그로 인해 커다란 희열을 얻을 것이기 때문에 그것은 천국의 희열에 대한 과

거의 희망을 보상해 줄 수도 있겠지.

"완전히 새로운 세계"와 "거대한 신적 자존심"은 기존하는 도덕률의 폐허를 전제로 하기 때문에 과학적 무신론은 궁극적으로 윤리의 문제와 직결된다. 무한한 지식과 무한한 의지로 무장한 인신은 인류가 이제까지 지켜 왔던 일체의 윤리적 제약을 넘어서므로 그에게는 "모든 것이 허용된다." 살인도 살육도 대량 살상도 허용된다. 만일 인신의 목적이 전 인류의 복지를 위한 것이라면, 그리고 인신의 지성이 인간의 가장 큰 기쁨, 최종적인 꿈의 실현을 가능하게 해 준다면 모든 것이 허용되는 새로운 도덕률은 이제까지의 종교를 대체하는 새로운 종교가 될 것이다. 요컨대 인신이 궁극적으로 인간에게 제공하는 것이 내세에서나 있을 듯 여겨졌던 영원한 삶, 아프지 않고 늙지 않고 죽지 않는 삶이라면 이제 더 이상 도덕이니 윤리니 하는 것을 언급하는 것조차 무의미해질 것이다. 과학이 가능하게 해 주는 불멸주의 (immortalism) 앞에서 종교적인 영혼 불멸은 사라질 것이다.

이것이 어째서 문제가 되는가. 불멸주의에서 죽음은 마치 질병처럼 치료 가능한 어떤 것이 된다. 고뇌도 슬픔도 죄책감이나 후회도 병리적 현상이며 치료가 가능한 증상이 된다. 생로병사는 더 이상 수용해야 하는 운명이 아니다. 적극적으로 관리하고 통제하고 고치고 수정하고 극복해야 할 대상이다. 그러나 아이러니하게도 불멸주의로 죽음이 극복될 때 인간은 소멸한다. 불멸주의 프로그램이 작동하기 위해서는 이제까지 인류가 공유해 온 인간 본성을 완전히 변경시켜야 하기 때문이다. 불멸주의란 녹슬지 않고 고장나지 않는 기계 생산을 의미하기 때문이다. 한마디로, 불멸주의 프로그램과 인간 소멸 프로그램은 그 출발점이 정확하게 일치한다. 그러나 불멸주의가 제공하는 이익은 하도 거대해서 인간의 존엄과 인간 본성을 훼손시키는 웬만한 악은 물론, 전통적인 윤리에서는 거대한 악으로 취급되던 것까지도 소소한 악으로, 부수적인 피해로 보일 것이다. 거대한 이익과 소소한 악은 이음매 하나 없이 깔끔하게 결합되어 무적의 공리주의 신전으로 우뚝 솟아오를 것이다.

5. 법의 한계, 인간의 한계

a) 검사의 한계

카라마조프 살인 사건은 전국적인 유명세를 탔다. 전 국민의 관심이 고조된 가운데 사건은 유명한 변호사 페추코비치와 검사 이폴리트의 대립으로 압축되었다. 배심원단은 관리, 상인, 농부 등 총 12명으로 구성되었다.

폐결핵을 앓고 있는 검사는 세상에 대한 증오심과 자신의 병에 대한 불만에 가득 차 있었다. 그는 이 사건을 생애 마지막 사건이라 생각했기에 어떻게 해서든 멋지게 마무리하고 싶었다. 실제로 그의 논고는 백조의 노래였다. 그는 이 논고 후 아홉 달 만에 세상을 떠났다.

그는 진정으로 피고인이 진범이라 믿었으며 그 죄에 대한 응분의 대가를 치르게 함으로써 사회를 구원해야 한다는 염원으로 불타고 있었다. 그래서 그는 범죄 자체에 대한 논고보다는 자신이 평소에 하고 싶었던 얘기를 다 쏟아 내는 데 주력했다. 평생에 단 한 번뿐인 이 기회에 하고 싶은 말을 다 하겠다는 심정이었다.

그는 피고인이 암호 노크 신호를 알고 있었다는 점, 절굿공이를 집어 들었다는 점, 술집에서 편지를 썼다는 점 모두가 그의 유죄를 입증한다고 강변했다. 그는 스메르자코프와 관련, "고질적인 간질병과 이번의 참변으로 인해 충격을 받아서 생긴 병적인 우울증과 발작으로 간밤에 목을 매고 자살한 것"이라 진술했다. 증인인 이반과 관련하여서는, "하인이 자살했으니 녀석에게 죄를 씌우면 되겠다고 생각해서 그가 살인범이라고 주장한 것이다"라고 진술했다. 그는 '사실, 오로지 사실'만을 토대로 논고를 개진했으나 그가 열거한 사실들은 모두 반박 가능한 것들이었다. 검사는 긴 논고 끝에 '러시아라는 이름의 삼두마차는 파멸을 향해 달려가고 있는지도 모른다, 그 미친 방종의 질주를 막자, 친부 살해범을 용서하는 것은 방종의 질주를 가속화시키는 것이다, 그것만은 막아 내자'라고 외쳤다. 그는 자기가 하는 말에 완전히 도취되어 지껄이고 또 지껄였다. 논고를 마칠 즈음에는 거의 기절할 지경이었다. 그러나 그의 말은 감동적이긴 했지만 실체적 진실과 관계없는, 조금쯤은 진실을 내포하지만 결과적으로는 진실과 거리가 먼 절반의 진실이었다.

b) 변호사의 한계

변호사는 검사가 제시한 증거와 증인들을 차례로 공박한다.

첫째, 아버지가 준비해 두었다던 3000루블은 원래부터 존재하지 않았다. 그 돈이 만일 존재했었더라면 그걸 입증해 줄 유일한 사람은 아버지뿐인데 아버지가 죽었으므로 사실을 확인할 길이 없다. 돈의 실존 여부가 불확실한 마당에 그 돈이 강탈당했다고 주장할 수는 없다. "알아볼 수 있고, 눈으로 확인할 수 있으며 손으로 만져 볼 수도 있는 돈"만이 증거로 간주될 수 있으므로 피고인이 돈을 훔쳐서 일부는 집시 마을 어딘가에 숨겨 놓았다는 추정 자체는 완전히 소설이다.

변호사의 주장은 그럴듯하게 들리지만 사실을 외면하는 주장이다. 여전히 봉투의 문제가 남아 있기 때문이다. 분명 빈 봉투는 존재했고 그 봉투에는 아버지의 필체로 글자가 적혀 있었다. 드미트리가 3000루블을 훔친 것이 아니란 사실은 옳지만 그 돈이 실제로 존재하지 않았을지도 모른다는 가정은 틀린 것이다. 변호사는 그래서 두 번째 가정을 제시한다.

3000루블은 있었을 수도 있지만 실제로 표도르를 죽이고 그것을 훔친 사람은 그 집의 서자이자 하인인 스메르자코프일 가능성도 있다는 것이다. 원래 성격이 사악했던 그는 거액의 현금을 보자 그만 이성을 잃고 주인을 죽였고 돈을 훔쳐 가면서 큰아들에게 죄를 뒤집어씌우려고 순간적으로, 충동적으로 이 모든 일을 꾸몄다는 것이다. 이것 역시 일리는 있지만 증명할 길이 없는 단순한 추정이자 진실과 거리가 아주 먼 주장이다. 이것은 충동적인 범죄가 아니다. 오랜 시간 동안 치밀하게 계획된 범죄다.

변호사는 검찰 측 증거들을 조목조목 반박한다. 그의 반박은 대단히 사실적이고 실제로 사실에 근거한다. 절굿공이를 예로 들어 보자. 그는 "그것을 집어 든 것은 그게 보이니까 그냥 집어 든 것이다. 벽장에 있었으면 안 집어 갔을 거다"라고 주장하는데 실제로 그것은 당시 드미트리의 심정과 매우 유사한 추정이다. 또 "술집에 들어가서 편지를 쓴 사건도 증거는 될 수 없다. 진짜로 살인을 계획하는 사람은 그렇게 떠들고 다니지 않는다. 조용히 남의 이목을 끌지 않는 곳에서 계획한다. 그것은 계산이 아니라 본능이다"라는 지적도 옳은 지적이다. 정원에 그가 들어갔다는 사실 또한 살인에 대한 증거는 되지 않는다. 들어갔다는 것이 꼭 살인과 이어지는 것은 아니다. 그리고 리가 문이 열려 있었다고 증언했는데 그건 사실이 아니지만 설령 사실이라 하더라도 피고인이 아버지 방에 들어가서 혹시 여자가 있나 해서 여기저기 헤집고 다녔을 뿐 살인은 저지르지 않을 수도 있다.

이렇게 설득력 있는 반박을 계속한 변호사는 스메르자코프에 대해서도 꽤 진실에 근접한 평가를 내린다. 그는 머리가 나쁜 사람이 결코 아니다. 솔직함의 가면 뒤에 증오와 시기심과 지능이 있다. 자존심, 출생의 비밀에 대한 수치심, 적자들과 비교되는 자신의 처지 등은 복수에 대한 충분한 근거가된다. 그러나 변호사는 스메르자코프 범인설을 끝까지 밀고 나가 입증하는 대신 중도에서 논지의 방향을 확 바꾼다.

그의 논고는 이제 아버지의 아들의 문제로 좁혀진다. 그는 진정한 어버이란 무엇인가에 관해 멋진 연설을 한다. 자식을 위해 목숨조차 아끼지 않는 어버이의 위대함을 강조한 뒤 표도르는 그러한 아버지가 아니라는 점을 부각시킨다. 드미트리는 심성이 바른 인간이지만 그러한 그를 괴물로 만든 것이 누구냐는 논지로 가면서 그의 이론은 점차 샛길로 빠진다. 드미트리는 야수처럼 성장했고 어린 시절 그 누구의 돌봄도 사랑도 받지 못하고 자라났다. 아버지란 위대한 존재이지만 표도르는 아버지라 불리기 어려운 사람이다. 아버지라 불릴 자격이 없는 사람에 대한 사랑은 불가능하다. 그는 계속해서 아버지와 아들의 문제에 관해 길게 얘기하는 가운데 박수갈채를 받기도 했다. 그러다가 그는 마침내 드미트리의 범죄를 인정하는 발언을 한다. 즉 표도르 같이 나쁜 아버지는 죽어도 싸다는 식의 기묘한 뉘앙스를 풍기더니 드미트리가 분노에 못 이겨 절굿공이를 우발적으로 휘두른 것은 살인이라고 할 수 없다는 것이다! 그러더니 그는 결국 재판제도의 한계에 대해 장황하게 늘어놓는다. 요약하자면 이렇다. 만일 드미트리에게 유죄판결을 내린다면 그의 갱생의 기회를 박탈하는 것이다. 그는 형을 치르고 나면 양심이 가벼워질 것이고 반성도 하지 않을 것이므로 그의 내부에 있는 참된 인간으로서의 가능성을 박탈하게 될 것이다. 그러나 그를 용서한다면 그는 진심으로 회개할 것이다. "러시아 재판이 단순히 형벌을 내리는 것이 아니라 파멸한 인간을 구원하는 데 (그 목적이) 있다는 것을 여러분은 잘 알고 있지 않습니까! 다른 나라 국민들에게는 법률과 형벌이 존재할 뿐이라면 우리들에게는 영혼과 사상이, 파멸한 인간의 구원과 부활이 존재하는 것입니다."
그러면서 그는 우리 러시아의 운명도 여러분의 손에 달려 있다고 간절하게
호소하면서 변론을 맺는다.

변호사의 기다란 변론은 사실상 패러디에 가깝다. 그의 논조는 제2권에
나왔던 교회재판과 사회재판의 대립을 상기시키는 동시에 그 대립의 의미
를 조롱한다. 제11권 "오판"은 전체가 2권 5장 "아멘, 아멘"의 뒤집힌 분신이
다. 변호사의 지적은 부분적으로는 다 옳지만 하나로 엮이면 진실과는 거리
가 먼, 심지어 우스꽝스럽기까지 한 장광설이 된다. 변호사로서 그가 입증
해야 할 가장 중요한 것, 즉 피고인이 범인이 아니라는 사실의 입증을 결여
하기 때문이다.

c) 인간의 한계, 법의 한계

드미트리의 오판은 사법개혁 이후 러시아에 도입된 서구식 법제도에 대
한 패러디로 볼 수 있다. 그러나 도스토옙스키의 의도는 단순히 서구의 법
을 비판하는 데 그치는 것이 아니다. 그는 법 자체에 대해, 법을 집행하는 인
간들에 대해, 심판의 문제에 대해 심오한 질문을 던지고 있다. 서구에서 들
여온 대심제도는 원칙적으로 이전 러시아 법의 낙후성을 보완하기 위한 것
이다. 그러나 드미트리 재판에서 드러나듯이 검사와 변호사가 무엇을 지향
하는가에 따라 대심제도는 정의를 위한 것이 될 수도 있고 사적 욕심을 위
한 것이 될 수도 있다. 오늘날 법정 드라마나 영화에서도 종종 드러나듯이
변호사의 도덕성이 흔들릴 때 법은 정의로부터 멀리 달아난다. 영화나 소
설에 등장하는 악덕 변호사는 자신이 변호하는 피의자의 실질적인 유무죄
와 상관없이 그를 무죄로 만들어 수임료를 챙기는 데 더 관심이 있어 보인
다. 다시 말해서 도스토옙스키가 지적한 대심제도의 단점은 과거의 얘기도

아니고 러시아만의 문제도 아니며 제도의 문제라기보다는 그것을 집행하는 인간의 문제라는 얘기다.

도스토옙스키가 지적하는 대심제도의 결점은 무엇보다도 유명 법조인들이 진실에 대한 추구는 버려둔 채 피고인에 대한 도덕적 배려가 아닌 좌중을 압도하려는 교만을 바탕으로 연극적이고 수사적인 변론을 펼치는 데 기인한다(Belliotti 2016: 2). 다시 말해서 제도 그 자체가 아닌 인간의 교만이 법의 본질을 흐리게 한다는 뜻이다. 드미트리의 오판 과정에서도 가장 눈에 띄는 것은 검사의 교만과 변호사의 교만이다. 두 사람 다 유명인사이며 이 재판을 계기로 더욱 유명해지고자 전력을 다해 드미트리를 비난하거나 변호한다.

그렇다면 교회재판은 대심제도와 배심원제도, 즉 서구에서 들여온 사법제도에 대한 대안이 될 수 있을까. 앞에서 우리는 수도원에서 있었던 교회재판과 사회재판 간의 논쟁을 언급한 바 있다. 당시 조시마 장로는 '죄와 벌'의 논리만으로는 범죄를 예방할 수 없으며 교정과 교화만이 건강한 사회를 위한 길이라는 취지의 말을 했다. 그런데 정작 드미트리의 법정 공방은 조시마의 생각이 거의 불가능하다는 것만을 확인해 준다. 변호사의 변론, 심지어 드미트리에게 유리한 증인 진술도 교회재판에 대한 패러디로 읽히기 때문이다. 가령, 알료샤는 자기 형이 범인이 아니라고 진술한다. 판사가 그 이유가 무엇이냐고 묻자 그는 "그냥 보면 안다"고 답한다. 이것은 코미디, 거의 법에 대한 모욕에 가깝다. 이번에는 드미트리의 어린 시절에 대한 증언을 한 독일 의사를 예로 들어 보자. '호두 한 줌' 에피소드는 상당히 감동적이다. 그것 자체로는 제사로 사용된 작은 밀알 하나처럼 선의 구현에 대한 대단히 희망적인 메시지로 읽힐 수 있다. 그러나 증인의 취지, 즉 "어린 시절에 받은 호두 한 줌을 기억하고 감사히 생각하는 착한 청년이므로 살인을 저질렀을 리 없다"는 주먹구구식의 진술은 유죄와 무죄를 가르는 척도가 되기에는 지나치게 나이브하다. 이 진술은 변호사를 거치면서 더욱 우스꽝스러운 논리로 발전한다. 즉 변호사의 논리를 따르면 "그렇게 착한 청년이니까 설령 아버지를 죽였다 하더라도 용서해 주자"는 주장이 나온다. 이는 더 나아가 "표도르 같은 나쁜 아버지는 죽어도 싸다"는 기막힌 결론으로 이어진다.

도스토옙스키는 죄와 벌의 논리에 한계가 있다고 해서 비논리적이고 감성적인 교회재판이 서구식 재판제도보다 우월하다는 얘기를 하려는 것이 아니다. 아니, 그가 생각한 교회재판은 인정에 호소하는 재판이 아니다. 만일 교회재판이라는 것이 이성과 논리를 무시하고 모든 죄인을 불쌍히 여겨 감싸 주는 것을 골자로 한다면 그것은 사회재판의 결점에 대한 대안이 절대로 될 수 없다. 그가 법정에서 교회재판의 일정 부분을 가차 없이 패러디하는 것은 이 때문이다. 만일 법에 대한 도스토옙스키의 생각이 교회재판에 대한 지지라고 생각한다면 그것은 소설의 오독에서 나온 그릇된 결론이다.[10]

실제로 도스토옙스키는 범죄자에 대한 엄정한 법의 잣대가 필요함을 여러 번 강조했다. 범죄자 스스로 죄를 인정하는 것이 필수적이며 그것이 가능하려면 벌도 필요하다는 것이 그의 생각이다. 사실, 시베리아 감옥에서 온갖 흉측한 형사범들과 함께 지내면서 그들의 사악한 범죄에 치를 떨었던 도스토옙스키가 범죄와 범죄자에 대해 낭만적이고 순진한 생각을 가졌을 리 만무하다. 1873년 『작가일기』에서 그는 "엄격한 벌, 감옥, 그리고 노역이 범죄자들의 반을 구했을 것이다. 그들의 마음속의 짐을 덜어 주었을 것

---

10 벨리오티의 경우가 여기 해당된다. 그는 도스토옙스키의 대안이 전적으로 종교적인 것이라 생각한다. Belliotti 2016: 174를 참조할 것.

이다. 고통을 통한 정화가 당신들이 도매로 방출하는 무죄 방면보다 죄인들을 더 편하게 해 주었을 것이다"라며 당시 종종 발생한 무죄 방면을 비난했다(21: 19). 죄인에 대한 연민은 중요하지만 연민이 아닌 다른 것이 필요한 경우에 연민을 표명하는 것은 죄인의 갱생에도 범죄 예방에도 도움이 되지 않는다. "무죄 방면하는 것은 쉬운 일이다. 그러나 그렇게 계속하다 보면 결국 우리는 이 세상에 범죄란 없다, 뭐든 환경 탓이다, 라는 결론에 도착한다"(21: 15-16).

그러니까 드미트리 재판을 통해 드러나는 사법제도에 대한 도스토옙스키의 생각을 정리하면 다음과 같다. 서구에서 들여온 새로운 사법제도는 문제가 많다. 이성과 논리에 기초하는 법 자체도 문제가 많다. 법은 항상 '사실, 오로지 사실'만을 강조하지만 사실상 사실이라는 것은 진실과는 거리가 멀 때가 많다. 그렇다면 이성과 논리가 아닌 감성으로 죄를 심판하는 것은 어떤가. 연민과 자비와 동정심으로 범죄인을 교정시켜야 하는가. 죄는 환경 탓이라고 사회를 탓하면서 사해동포주의로 모든 죄인을 감싸 안아야 하는가. 그것이 과연 교회재판의 본질인가. 그건 아니다.

결국 도스토옙스키는 이성과 논리의 한계를 인정하면서도 감정이 이성의 대안이 될 수 있다는 것도 부정한다. 서구의 법이 답은 아니지만 중세식 교회재판도 답이 아니다. 처벌이 대수는 아니지만 연민도 대수는 아니다. 그렇다면 무엇이 답인가? 이 문제는 정의에 대한 깊은 사색으로 우리를 유도한다.

6. 정의란 무엇인가

그렇다. 이 길고 긴 소설은 궁극적으로 우리에게 "정의란 무엇인가"라는 무거운 질문을 제기한다. 사실 그동안 나왔던 소설의 굵직한 테마들도 결국 정의의 문제에 수렴한다. 이반의 반역도, 그가 창조한 대심문관의 권력도, 조시마의 성자전도, 드미트리의 오판도 그 근저에는 정의의 문제가 놓여 있다. 이 모든 경우 문제는, 아주 간단히 말해서, 도대체 착한 사람이 고통을 당하고 악한 사람이 처벌을 받지 않는다면 이 세상에 정의가 어디 있느냐는 것으로 요약된다. 특히 앞에 나왔던 모든 어린아이의 테마들 ―착한 꼬마 아이가 죽고, 죄 없는 어린 여자아이가 학대당하고, 극빈층 아이가 아파도 치료받을 길이 없다 등등― 이 궁극적으로 전달하는 것은 정의가 어디 있냐는 처절한 절규다. 그리고 가장 중요한 것은, 정의가 어디 있냐는 질문에 대답할 수 있는 사람은 별로 없을 거라는 사실이다. 어쩌면 우리의 개인적인 삶에서나 공적인 삶에서나 가장 중요한, 그러면서도 가장 답하기 어려운 질문이 정의에 대한 질문이 아닌가 싶다.

『카라마조프가의 형제』는 강도살인 사건, 주인공의 체포와 기소, 재판이 골격을 이루는 소설인 만큼 법과 정의의 문제에 깊이 관계한다. 그럼에도 한 가지 흥미로운 것은 내레이터가 '정의'라는 단어를 거의 언급하지 않는다는 사실이다. 그 긴 소설에서 정의는 고작 두세 번 언급될 뿐이다. 정의를 주장하는 인물, 정의를 지향하는 인물은 있어도 작가가 직접적으로 정의를 언급하지 않는다는 것은 의미심장하다. 반복해서 말하지만 도스토옙스키는 당대 사회 문제에 그 누구보다도 관심이 많았다. 신문의 열광적인 독자였을 뿐 아니라 당대로서는 파격적인 1인 미디어를 창간하여 열정적으로 사회 문제를 파헤쳤다. 그는 도시 빈민, '학대받고 모욕당하는 사람들'에 대해 끝없는 연민의 정을 쏟아부었고 무의미한 고통과 불의에 대해 그 누구보다 격렬하게 저항했다. 그런 그가 정의의 문제에 무관심했을 리가 없다. 그렇다면 그는 왜 그토록 정의란 단어를 아껴 쓴 것일까.

단순화시켜 말하자면, 정의란 너무나 어렵고 복잡한 문제라서 그는 감히 정의를 분석하고 논의하고 해결할 수 없었다. 그는 작가로서 정의의 문제를 다각도에서 '보여 줄' 수는 있었지만 그 자신이 정의의 문제에 답할 수는 없었다. 그러나 아이러니하게도, 그가 쓴 소설들이 오늘날까지 읽히는 이유는 그가 정의에 답하는 대신 정의를 보여 주었기 때문이다.

사전적 뜻을 적용하자면, 정의란 곧 의롭고 공정한 것을 지칭한다. 다른 가치들, 이를테면 자유라든가 진리는 순수하게 사적인 영역에서도 사유가 가능하지만 정의는 사적이며 동시에 공적인 개념이다. 공적이지 않은 정의는 위험할 뿐 아니라 불가능하다. 공적인 영역에서 정의는 분배와 처벌을 수반하는 개념이다. 공정하다는 것은 물질적인 나눔을 배제할 수 없으며 의롭다는 것은 악에 대한 처벌을 간과할 수 없기 때문이다. 그리고 이 모든 나눔과 처벌은 수와 양에 의한 계산을 요구한다.

도스토옙스키는 계산되는 정의, 수와 양에 의한 정의, 분배와 처벌을 토대로 하는 정의를 여러 소설을 통해 보여 준다. 『죄와 벌』은 그 대표적인 예다. 한 사람의 악당을 죽여서 100명의 선한 사람을 구할 수 있다면 그 살인은 정당화될 수 있을까. 여기에는 분배(부를 나눔)와 처벌(악당의 처형), 그리고 계산(1:100)이 들어가 있다. 주인공은 살인은 정당한 것이라는 확신에서 부자이자 악당인 전당포 노파를 죽인다. 그러나 우연히 들어온 노파의 착한 여동생까지 죽인다. 여기에 정의가 있는가? 악당의 처벌 덕분에 정의가 구현되었는가? 도스토옙스키는 정의란 무엇인가에 대해 논하지 않지만 독자는 이것이 정의가 아니라는 데 공감한다.

『카라마조프가의 형제』에서 정의를 구현한다고 나서는 인물은 대심문관이다. 그는 질서를 어지럽히는 사람들을 화형에 처하고(처벌) 모든 사람들에게 고루고루 빵을 나누어 준다(분배). 그리고 이 모든 일을 백성의 행복과 안위를 위해 행한다. 그러나 대심문관의 세계가 정의롭다고 생각하는 독자는 아마 없을 것이다.

이반의 경우, 그는 어린아이의 고통을 비롯한 세상의 불의 앞에서 분노한다. 그의 분노는 당연한 것이다. 불의 앞에서 분노하지 않는다면 그것도 사악한 것이다. 그러나 도스토옙스키는 우리에게 조금 다른 각도에서 질문을 던진다. 이반은 정의로운 인간인가? 그는 세상의 불의를 줄이기 위해서 무엇을 하는가? 추악한 아버지를 죽이는 것이 곧 정의인가? 하인으로 하여금 아버지를 죽이도록 은연중에 사주하는 것이 정의인가? 이반의 생각은 정의로운 것이지만 그렇다고 해서 이반을 정의로운 인간으로 부를 수 있는가? 그렇다면 정의라는 것은 생각이나 관념의 문제가 아니라 인간 자체의 문제인가?

알료샤의 경우 역시 무수한 질문을 우리에게 던진다. 그는 조시마의 시신에서 향기가 뿜어져 나오기를 기대했다. 그러나 그는 믿음을 얻기 위해 기적을 필요로 하는 마을 사람들과는 다르다. 그는 오로지 정의가 구현되는 것을 보기 위해서 시신의 향기를 기대했다. 정의에 대한 그의 목마름은 당연한 것이다. 그러나 시신은 썩어 냄새를 풍겼고 의롭지 않은 페라폰트 신부가 사람들의 존경을 얻었다. 정의에 대한 기대는 무산되었다. 정의가 실현되지 않자 그 역시 분노했고 좌절했고 절망했다. 그는 너무나 화가 나고 슬퍼서 수도원을 떠났다. 그러나 그는 다시 돌아왔고 그때 이후 조시마의 썩은 내는 더 이상 그를 괴롭히지 않았다. 그렇다면 알료샤는 불의와 타협한 것인가?

이 모든 질문에 대해 독자는 대충 엇비슷하게 답할 것이다. 그러니까 보편적인 질문 "정의란 무엇인가"에 대한 답은 어려울지 모르지만 구체적인 맥락과 상황에서 제기되는 개별적인 질문에 대해서는 우리는 어느 정도 공감대를 형성할 수 있다. 여기서 공감대란, 처벌과 분배는 정의 실현의 조건이지만 충분조건은 아니라는 것, 분노는 정의를 촉발시킬 수 있지만 정의를 완성시킬 수는 없다는 것, 사랑처럼 정의 역시 공상적인 것이 될 수 있다는 것으로 요약될 수 있을 것이다. 이것만으로도 우리는 정의의 문제에 좀 더 현실적으로 다가갔다고 볼 수 있다. 결국 결정적인 하나의 답은 없는 질문이지만, 그래도 굳이 "정의란 무엇인가"에 대해 답을 하자면, 그것은 개개인의 사랑, 실천적 사랑으로 완성되는 보편의 가치가 아닐까 한다.

러시아어로 진리를 지칭하는 단어는 두 가지다. 하나는 "프라브다"로 의로운(프라비), 공정한(프라베드니), 정의(스프라베들리보스치)와 어원을 공유한다. 다른 하나는 "이스티나"로 프라브다와는 달리 '존재'와 '본질'이라는 어원에 걸맞게 종교적이고 초월적인 뉘앙스를 갖는다(Blank 2010: 97). 도스토옙스키는 정의의 문제를 진리의 이 두 가지 얼굴에 결부시킨다. 정의는 법적이고 도덕적인 것인 동시에 본질적이고 초월적인 것이다. 정의는 법과 도덕으로 보장될 수 있을 만큼 현실적이어야 하지만 그것을 뛰어넘을 수 있을 만큼 초월적인 것이어야 한다. 이때 초월적인 정의는 곧 사랑을 의미한다. 앞에서 언급한 『죄와 벌』의 주인공, 대심문관, 이반의 정의가 정의롭지 못한 것은 한 가지, 초월적 사랑을 결여하기 때문이다. 도스토옙스키가 제시하고자 한 궁극의 윤리는 초월적인 사랑, 희망, 기쁨 그리고 아름다움에 기초하는 것이었다(Friesen 2016: 185). 시몬 베유(S. Weil)의 지적은 이 점에서 도스토옙스키의 사상과 정확하게 일치한다. "정의에 헌신하는 사람들은 사랑하는 것 외에 다른 선택의 여지가 없다. 개인적으로 아무리 엄청난 대가를 치러야 한다 해도 그렇게 해야 한다"(Friesen 2016: 184 재인용).

7. 다시 태어남

a) 일상 속의 기적

사실과 진실은 긴밀하게 얽히면서 스토리를 이끌어 나간다. 때로는 사실
처럼 보이는 것이 사실이 아니고, 거짓처럼 보이는 것이 진실이 된다. 때로
는 절반의 진실이 진실로 둔갑하기도 한다. 결국 드미트리는 유죄선고를 받
는다. 그러나 한 가지 확실한 것, 증명할 수 있는 진실이 있다. 그것은 드미
트리의 갱생이다.

드미트리는 형편없는 건달이긴 하지만 그에게는 '모든 것이 허용되는 게'
아니다. 그의 비극은 사실상 바로 이 모든 것은 허용되지 않는다는 데에서
비롯된다. 그에게는 넘어서는 안 되는 선이 있다. 옛 약혼녀의 돈을 훔쳐서
다른 여자와 도망가는 것은 살인보다 더 추악한 범죄다. 또 사랑하는 여자
의 돈으로 결혼을 한다는 것 역시 너무나 치사하고 졸렬한, 절대로 용서할
수 없는 범죄이다. "카테리나에게 돈을 갚지 않으면 나는 소매치기 악당이
된다. 절대로 새로운 삶을 악당으로 시작할 수는 없다."

그는 3000루블을 구해 모든 것을 정산하고, 더 나아가 과거를 청산하고
새로운 삶을 살려는 생각으로 부풀어 있다. 그에게 그루센카와의 결혼은 단
순한 욕정의 충족이 아니다. 그는 난생처음으로 진짜 사랑을 하고 있다(그것
이 육체의 끌림에서 비롯된 것이라 하더라도). 그리고 그의 사랑은 정신적인 갱생
에의 갈구로 이어진다. 그래서 그는 환희에 가득 차 있고 삶을 미친 듯이 사
랑하고 열정적으로 신을 찬미하고 있는 것이다.

"그는 잔뜩 흥분한 채로 건전한, 새로워진 삶에 대하여(반드시 반드시 건전한
삶이어야 했다) 끊임없이 공상했다. 그는 부활과 갱생을 너무나도 열망하고

있었던 것이다. … 만사가 새로워지고 만사가 새롭게 풀려 가리라. … 그는 그루센카를 자기 힘으로 데려가서 그녀의 돈이 아닌 자신의 돈으로 그녀와의 새로운 삶을 시작하고 싶었다. … 만일 그루센카가 자신을 사랑하며 결혼하고 싶다는 말 한마디만 하면 당장에라도 새로운 그루센카가 시작될 것이니 완전히 새로운 드미트리 표도로비치 자신은 그녀와 더불어 모든 악과 손을 끊고 착한 일만 하며 살아가겠다고 불타는 정념 속에서 굳게 마음먹고 있었다. 즉 두 사람은 서로를 용서하고 완전히 새롭게 삶을 시작하는 것이다."

그런데 그의 갱생 의도는 뜻하지 않게 좌절된다. 그리고리를 향해 절굿공이를 휘두른 순간, 그는 살인을 '거의' 저지른 것이나 마찬가지다. 자기가 그리고리의 살인범이라 생각한 그는 부적 주머니에 넣어 두었던 돈, 그의 최후의 돈을 꺼내 마구 뿌리고 그루센카를 마지막으로 한 번 보고 자살을 할 계획이었다. 그래서 그는 모크로예로 가는 마차 안에서 마부 안드레이에게 자기가 죽으면 지옥으로 갈 것 같은지 묻는다. 안드레이는 "나리는 성미가 급하시긴 해도 마음씨가 순박하고 어린애 같아 하느님께서 용서해 주실 거다"라고 말한다. 그는 안드레이에게 용서를 청하고 횡설수설하며 신께 기도한다. 그의 기도에는 사랑과 용서에 대한 간구가 들어차 있다. "저를 심판하지 마소서, 당신을 사랑하오니 심판하지 마소서, 지옥에서도 영원히 당신을 사랑하겠나이다, 제가 끝까지 사랑하도록 허락하소서."

그런데 그를 체포하러 들이닥친 경찰이 그에게 아버지 살해범으로 체포한다고 선포한 바로 그 순간 그는 되살아난다. 경찰이 그리고리는 살아 있고, 살해된 것은 아버지 표도르라는 얘기를 하자 그는 자기가 부활했다고 외친다. "여러분은 단 한 순간 만에 저를 다시 태어나게 해 주셨고 부활시키셨습니다!"

아이러니하게도 아버지 살해범이라는 비난을 받는 그 순간, 그는 기쁨과 감동으로 오열하며 신을 찬미한다.

"하느님, 저의 기도를 들으시고 당신께서 죄 많은 비열한 인간에 불과한 저에게 행하신 그 위대한 기적에 감사드리나이다! 네 그렇습니다. 그건 제 기도를 들어주신 겁니다. 밤새도록 기도를 드렸거든요." "오오, 감사합니다. 하느님! 당신께서는 저를 다시 세상에 보내셨고 저를 단 한 순간 만에 부활시키셨습니다!" 그의 시선은 활기에 넘쳤고 잠시 동안에 완전히 다른 사람으로 변한 것 같았다. "오오 나는 다시 태어난 것입니다 …."

즉 그는 자신이 살인자가 아니라는 것을 깨닫고 문자 그대로 '다시 태어났다.' 드미트리에게 기적은 바로 이것이었다.

b) 다시 태어남

그리고리가 살아 있음을 확인한 순간 기적적으로 되살아난 드미트리는 이후 예심과 재판을 모두 거치면서 완전히 다른 사람으로 변신한다. 그는 유죄판결을 받지만, 그리고 알료샤는 그에게 탈출을 권하고 그 역시 탈출 계획을 받아들이지만 그는 이제와는 다른 시각에서 삶을 바라본다. 바로 이 점에서 드미트리는 '욥'을 상기시킨다. 모두들 욥이 유죄라 생각하며 욥에게 참회를 권하고 신께 용서를 청하라고 조언한다. 그러나 욥은 자신이 무죄임을 알고 있다. 그러나 무서운 시련의 시간을 보내면서 욥은 전에는 알지 못했던 자기 자신에 대해, 친구들에 대해, 그리고 신에 대해 알게 된다 (Cicovacki 2014: 233).

드미트리는 자신이 살인을 저지르지 않았다는 것을 강변하면서 동시에 그럼에도 불구하고 스스로 죄인임을 인정한다. "아버지를 죽였기 때문이 아니라 죽이고 싶었기 때문"에 그는 죄를 지었다. 즉 살인에 대해서가 아니라 살인할 정도로 증오한 것에 대해 그는 죄가 있다. 그의 생각은 궁극적으로 소설을 관통하는 '공동체 정신'과 이어진다. 그는 살인을 저지르지 않았지만 증오로 인해 그 살인에 대해, 아버지에 대해 죄가 있다. 앞에서 살펴보았던 "만인은 만인 앞에 만사에 대해 죄인이다"라는 조시마의 설교가 드미트리를 통해 구체화된다.

공동체 정신은 결국 구원에의 희망으로 연결된다. 판결을 기다리며 감옥에 앉아 있는 동안 드미트리는 생전 처음 영혼의 갱생과 부활에의 희망을 느낀다.

"나는 지난 두 달 동안 내 안에서 새로운 인간을 느꼈어. 내 안에서 새로운 인간이 부활했어! 나는 내적으로 갇혀 있었는데, 이런 날벼락만 없었더라면 결코 밖으로 나오지 못했을 거야. 나는 아버지를 죽이지 않았어. 하지만 나는 그 길을 가야 해. 그걸 받아들이겠어! 우리들은 쇠사슬에 묶일 것이고 자유를 잃게 될 거야. 하지만 그때, 그 위대한 비애 속에 우리들은 인간이 살아가는 동안 반드시 필요한 기쁨 속에서 다시 태어날 거야."

드미트리가 아버지의 집 창가에서 아버지를 죽이고 싶은 살의를 느꼈을 때 그는 선택의 기로에 서 있었다. 살인을 저지를 것인가, 아니면 중단할 것인가. 그는 중단을 선택했고 결국 다른 사람으로 다시 태어났다. 철학이나 사상이나 신학과는 거리가 먼, 혈기왕성한 한 청년이 고통과 수난의 여정 앞에서 기쁨과 해방과 갱생을 체험한다. 그는 카라마조프가의 형제 중에서 가장 보통 사람에 가깝다. 그렇기 때문에 그의 체험은 보통 사람의 내면에 있는 선의 가능성이 얼마나 위대한가를 가장 직접적으로 보여 준다.

8. 어린아이의 테마

1권부터 지속적으로 언급되던 어린아이의 문제는 10권에서 집중적인 조명을 받는다. 스네기료프 대위의 어린 아들 일류샤와 학교 친구들, 특히 소설에 처음 등장하는 콜랴 크라소트킨, 그리고 알료샤가 어우러져 도스토옙스키가 구상했던 어린아이의 테마를 완성시킨다.

어린아이들에 대한 도스토옙스키의 유별난 사랑과 관심은 널리 알려져 있다. 그의 부인은 그가 자신의 아이들뿐 아니라 다른 집 아이들에게까지 큰 사랑을 베풀었다는 것을 여러 차례 강조한 바 있다. 그의 소설과 『작가일기』에서도 어린아이는 끊임없이 주목을 받았다. 어린아이의 순수함은 이 세상에서 가장 훌륭한 자질이므로 도스토옙스키의 소설에서 '어린아이처럼'이라는 것은 최고의 찬사다. 그의 긍정적인 인물들, 소냐, 미슈킨 공작, 알료샤는 모두 어린아이 같은 천진함을 특징으로 한다. 또 바로 그런 이유에서 모든 범죄 중에서 어린아이를 대상으로 하는 범죄는 가장 사악한 범죄로 간주된다. 『작가일기』는 아동 학대범과 그들을 변호한 변호사들에 대한 분노로 가득 차 있다. 조시마 장로의 설교는 어린아이에 대한 도스토옙스키의 생각을 한마디로 요약해 준다.

"특히 아이들을 사랑하십시오. 왜냐하면 아이들은 죄를 짓지도 않았고 마치 천사와 같으며 우리를 감동시키고 우리를 정화시키기 위하여 존재하고 있으며 우리들의 지표와도 같기 때문입니다. 어린아이를 모욕하는 자에게는 슬품이 닥칠 것입니다."

a) 어린아이의 죽음

이반이 제5권에서 그토록 강력한 수사로써 상기시켰던 순진무구한 어린아이의 고통이 이번에는 구체적으로 스네기료프의 어린 아들 일류샤를 통해 재현된다. 신과 신이 만든 세상을 부정하는 데 칼날처럼 예리한 무기로 기능했던 바로 그 어린아이의 고통이다. 그러나 이번에 이 고통을 초래한 사람은 신이 아니라 이반의 분신, 이반의 하수인 스메르자코프다. 사정은 이렇다. 일류샤는 중병에 걸린다. 빈곤과 영양실조가 주된 원인이지만 아이가 병에서 회복하지 못하는 데에는 다른 심리적인 요인도 있다.

어느 날 스메르자코프가 일류샤를 꾀어서 몹쓸 장난을 치게 했다. 빵 속에 바늘을 넣어 개에게 주면 그냥 꿀떡 삼킬 테니 어떻게 되나 보라고 그랬는데 일류샤는 호기심에서 자기가 키우는 개 주치카에게 그대로 해 보았다. 개가 비명을 지르며 달아나는 것을 본 일류샤는 개가 죽었으리라 생각하고는 심한 자책감에 시달린다. 드미트리가 그리고리를 죽였다는 생각에 거의 자살에 이를 뻔했던 것처럼 일류샤는 자기가 개를 죽게 했다는 자책감 때문에 끔찍한 고통에 시달린다. 그리고 얼마 후 일류샤는 사망한다. 생명을 상대로 한 스메르자코프의 장난질은 동물과 어린아이를 상대로 다시 반복되는 것이다.

b) 어른으로 가는 길

열네 살 콜랴는 건방지고 모험심 강하고 장난이 심하지만 또 공부도 잘하고 효심도 깊고 리더십도 강한 소년이다. 그는 원래 일류샤의 가장 친한 선배이자 친구였었는데 개 사건 때문에 그와 멀어져 버렸다. 알료샤는 그에게 일류샤의 병세가 위중해 얼마 살지 못할 것 같다고, 그리고 그의 방문을 간절히 고대하고 있다고 말한다.

콜랴는 일류샤의 집에 개를 한 마리 데려온다. 그 개는 다름 아닌 죽은 줄 알았던 주치카였다. 사실 개는 빵을 삼키지 않고 도로 뱉었었다. 비명을 지르며 달려간 것은 혓바닥을 찔렸기 때문이다. 콜랴는 개를 찾아내 감쪽같이 숨긴 채 훈련을 시켜 두었다. 때가 되었을 때 일류샤와 다른 모든 이를 깜짝 놀라게 해 줄 심산이었다. 죽은 줄 알았던 주치카를 다시 만난 일류샤는 환희와 경악에 사로잡힌다. 콜랴는 물론 좋은 의도에서 이렇게 한 것이지만 이런 식의 지나치게 극적인 '선물'은 아픈 일류샤를 구해 주지는 못한다. 오히려 어린아이의 병을 더 악화시켰다. "이 순간이 어린 환자의 건강에 얼마나 고통스럽고 치명적으로 작용할 수 있는지 크라소트킨이 조금이라도 눈치챌 수 있었더라면 그는 절대로 이런 장난을 치지 않았을 것이다."

콜랴는 소설 속에서 가장 늦게 소개되는 인물이다. 그는 드미트리의 스토리 라인이 진행되는 중간에 갑자기 끼어들어 고통 속에서 사망하는 일류샤와 수도원에서 나와 세속의 삶을 향해 가는 알료샤의 중간자 역할을 한다. 콜랴는 부차적 인물처럼 보이고 실제로도 그에 관해 많은 스토리가 준비되어 있는 것은 아니지만 소설의 마지막은 그와 알료샤가 함께 장식한다.

콜랴는 어떤 의미에서는 도스토옙스키의 구상에서 차지하는 어린아이의 중요성을 가장 극명하게 보여 준다. 이제 막 아이 단계에서 벗어난 콜랴는 육체도 정신도 모두 '만들어지고 있는' 상태, 인간의 조건인 '비커밍'의 과정에 있다. 아직 완전한 어른은 아니지만 그렇다고 어른의 학대나 지배에 철저하게 무방비 상태로 노출된 아이도 아니다. 그는 딱 중간 지점에 서 있다. 그가 어떻게 어른이 될 것인가에 많은 것이 달려 있다. 한 개인도, 개인이 모인 사회도, 인류도 어린아이가 자라나 어떤 어른이 되느냐에 달려 있다. 그래서 조시마는 앞에 나온 강론에서 어린아이를 무조건 사랑하라고 그토록 강조했던 것이다.

시대와 사상에 대한 관심이 발동하기 시작한 콜랴는 어쩌다가 라키틴과 얽히면서 그의 소위 '사상'을 전수받았다. 라키틴은 콜랴에게 당대 청년들 사이에 팽배해 있던 진보적인 무신론과 자유사상을 전해 주었고 콜랴는 그것들을 스펀지처럼 흡수했다. 콜랴의 순진한 눈에는 그토록 비열한 라키틴이 멋있어 보이고 라키틴이 어디선가 주워듣고 지껄대는 사상의 부스러기들이 위대하게 여겨진다. 그러나 그는 라키틴의 이론을 앵무새처럼 반복하면서도 동시에 자기도 설명할 수 없는 어떤 이유에서 알료샤에게 강렬하게 끌린다. 그리고 콜랴에게는 그를 무한히 사랑하는 어머니가 있고 그를 사랑하고 따르는 친구들이 있다. 그래서 지금 콜랴는 라키틴의 사상을 반복하고 있지만 사랑과 우정 덕분에 알료샤의 길을 가게 될 것처럼 느껴진다. 콜랴가 독자에게 전해 주는 것은 '그 무엇에도 불구하고' 인간은 순리의 길을 가게 될 것이라는 굳건한 희망이다.

c) 죽음과 부활

일류샤는 많은 이들에게 갱생의 희망을 전하면서 숨을 거둔다. 어린아이의 죽음은 이반에게 신이 만든 세상을 부정하는 무기이지만 다른 사람들에게는 삶의 의미를 다시 생각할 수 있는 계기가 된다.

일류샤는 죽기 전에 아버지에게 이렇게 당부한다. "아빠, 제가 죽거든 제 무덤에 흙을 덮을 때 빵을 부수어 뿌려 주세요. 참새들이 날아오게 말이에요. 참새들이 날아오는 소리를 들으면 나는 혼자가 아니라는 사실을 알게 될 테니 즐거울 거예요." 그의 아버지는 아들의 유언에 따라 실제로 빵을 잘게 쪼개어 무덤에 뿌려 준다. 여기서 빵은 대단히 중요한 상징적 기능을 수행한다. 바흐친이 카니발 문학을 논하며 지적하듯이, "빵을 땅에다 버리는 것은 파종이며 수태이다"(바흐친 1988: 204). 일류샤는 죽지만 무덤가에 뿌려진 빵은 새들의 먹이가 되어 삶과 죽음을 연결시키고 더 나아가 새로운 생명의 태동을 상징하게 된다.

빵은 또한 러시아 정교의 상징으로 이해될 수 있다. 빵은 성찬의 전례를 구성하는 가장 중요한 물질이자 상징으로 그 기원은 최후의 만찬으로 거슬러 올라간다. 성체성혈 성사는 빵 나눔을 통해 모든 그리스도와 인간 간의 수직적인 일치, 그리고 인간들 간의 수평적 일치를 보장하고 그 일치된 관계 속에서 모든 사람이 부활하신 그리스도를 따라 부활하게 되리라는 것을 약속해 주는 상징적인 의식이다.

일류샤의 장례식이 끝나고 일류샤의 친구들이 빵(팬케이크)을 먹는 것 역시 동일한 맥락에서 해석될 수 있다. 러시아 장례식에서 추모객들이 빵(팬케이크)을 먹는 것은 '아주 오래되고 영원히 지속될 좋은 전통'으로 간주된다. 일류샤의 추도식에서도 콜랴와 친구들은 빵을 먹으며 죽은 친구를 항구히 기억한다. 에필로그의 성서적 프레임 안에서 빵은 삶과 죽음을 연결시켜 주고 살아 있는 사람들을 한데 묶어 주는 성찬의 빵이 된다.

그것은 또한 제사로 사용된 "밀알 하나 …"의 의미와 맞물린다. 땅에 떨어진 밀알 하나가 죽어서 많은 열매를 맺듯이 무덤에 뿌려진 빵은 다른 생명에게 양식이 되어 주기 때문이다. 이렇게 밀알과 맞물리는 빵을 통해 죽은 일류샤는 살아 있는 이들에게 부활의 희망을 전해 주고 또 그럼으로써 부활하신 그리스도의 원형적 이미지에 근접한다. 여기서 부활은 개별적인 인물의 문제가 아니라 그리스도 안에서 일치를 이루는 인류 보편의 문제로 확장되며 『카라마조프가의 형제』에서 다루어졌던 모든 갱생 에피소드들은 결국은 이 전 우주적인 부활의 거대한 패러다임으로 귀착하게 된다.

d) 항구한 기억

소설 『카라마조프가의 형제』는 '항구한 기억'(Eternal Memory)으로 끝난다. '항구한 기억'은 원래 정교회 장례 미사에서 부르는 레퀴엠을 가리키는 명칭이다. 정교회 레퀴엠은 거의 다른 가사는 없이 '항구한 기억'이란 구절만을 후렴처럼 수도 없이 반복한다. 우리말로 하면 "편히 잠드소서" 혹은 "영원히 기억 속에 살아 계시기를"이 될 것이다.

에필로그 제3장 "일류샤의 장례식, 바위 앞에서의 조사"에서 기억 및 기억과 관련된 단어는 약 30회가량 언급된다. 이 책의 앞에서도 언급했듯이 기억은 소설의 핵심적인 테마 중의 하나다. 1권에서 살펴본 아버지 표도르는 망각을 주된 특징으로 한다. 그는 거의 모든 것을 다 잊어버리고 살았다. 그는 아내의 무덤이 어디에 있는지도 모르고, 추도식에 기부금을 내면서도 그것이 첫 아내의 추도식인지 두 번째 아내의 추도식인지도 기억하지 못했다. 그는 아들들을 버린 것이 아니라 그냥 그들이 존재한다는 사실 자체를 잊었다. 그의 기억상실은 폭음으로 인해 점점 더 악화되었다.

1권에서 표도르의 반대편에 서 있는 인물은 알료샤다. 표도르의 경우와 달리 알료샤의 경우에는 기억이 강조된다. 그는 어린 시절의 어느 조용한 여름 저녁, 비스듬히 흘러드는 저녁 햇살과 성상과 촛불을 기억했다. 어머니가 자신을 안은 채 성모님께 마치 바치기라도 하듯 기도드리던 그 장면을 영원히 간직했다. 이 스쳐 지나간 어린 시절의 한 장면, 이 장면에 대한 '항구한 기억'은 그의 삶 전체를 좌우하는 결정적인 요인이다.

소설을 집필할 즈음 도스토옙스키는 자신이 점차 기억을 상실해 가고 있다는 사실을 공포에 떨며 인정해야 했다. 그렇기 때문에 그는 더욱더 기억의 문제에 집착했던 것 같다. 그는 기억이야말로 인간을 인간으로 만드는 조건 중의 하나임을, 오로지 기억을 통해서만 인간의 영원한 삶이 가능함을 믿고 있었다. 기억은 과거와 현재를, 현재와 미래를 연결시켜 주고 그럼으로써 존재의 연속성을 담보해 준다. 그래서 1권의 제목 "어느 집안의 내력"은 더 의미심장하다. 여기서 집안이란 공간적으로 인접해 있는 어떤 단위이지만 그것은 '내력' 즉 역사, 기억을 공유하므로 가능한 단위이기도 하다. '카라마조프 기질'이 가족의 인접성을 확보해 준다면 알료샤의 기억은 그 공간적 인접의 시간성을 확보해 준다. 알료샤의 기억을 통해 이 가족의 내력은 보존된다.

그러나 기억의 의미는 도스토옙스키에게 현세에서의 시간성에 머무르지 않는다. 기억에 대한 작가의 집착은 불멸에 대한 관심과 직결된다. 기억은 지상에서의 유한한 삶에 영속성을 제공하는 실질적이고 도덕적인 힘이다 (Belknap 1984: 233, 242). 기억한다는 것은 삶과 죽음의 경계를 무너뜨리고, 다른 세상의 감각을 이 세상에서 가능하게 한다. 기억은 영생이며 부활이다.

도스토옙스키는 1863~1864년의 창작노트에서 기억과 죽음의 관계를 이렇게 설명한다.

그렇다면 모든 '나'에게 미래의 삶이 있을 것인가? 사람들은 인간은 '완전히' 죽고 소멸한다고 말한다. 그러나 우리가 이미 알고 있듯이 '완전히'는 아니다. 왜냐하면 육체적으로 자식을 생산하는 인간은 자식에게 자신의 개성의 일부를 전수하며 그렇게 해서 사람들에게 도덕적으로 자신의 기억을 남기기 때문이다. (추도식에서 표현되는 '항구한 기억'에의 염원은 괄목할 만하다.) 즉, 인간은 지상에 존재했던 과거의 자신의 개성 일부와 함께 인류 미래의 발전 속으로 들어가는 것이다(20: 174).

기억을 통한 불멸은 일류샤의 죽음에서 가시화된다.

일류샤의 '항구한 기억'은 그가 죽기 전에 이미 예견된다. "아빠, 제가 죽으면 착한 아들을 두세요, 다른 아이로요 …. 제 친구들 중에서 착한 애를 골라 일류샤란 이름을 지어 주시고 저 대신 사랑해 주세요 …." 일류샤를 대신할 미래의 '착한 아들'은 에필로그의 장례식 장면에서 열두 명의 소년들로 복제된다. 어딘지 모르게 그리스도의 열두 사도를 연상케 하는 이 열두 명의 소년들을 대표하여 알료샤는 기억과 불멸을 최종적으로 요약해 준다.

"그 아이를 기억합시다. 우리가 이 마을에서 아름답고 착한 감정으로 혼연일체가 되어 그 가엾은 아이를 사랑했으며 아주 행복한 시절을 보냈었다는 사실을 절대 잊지 말기로 합시다. … 어린 시절에 간직했던 그 아름답고 신성한 추억이 단 하나만이라도 여러분의 마음속에 남게 된다면 그 추억은 언젠가 여러분의 영혼을 구원하게 될 것입니다. … 우리 영원히 그 아이를 잊지 맙시다! 앞으로 우리들의 마음속에 그 아이에 대한 아름다운 항구한 기억을 간직하기로 합시다! 그리고 우리 곁을 떠난 일류샤가 영원히 우리의 기억 속에 살아 있기를!" 소년들도 똑같이 외쳤다. "우리의 기억 속에 영원히 살아 있기를!"

소설 속에서 언급되는 모든 죽음은 긍정적인 의미에서건 부정적인 의미에서건 되살아남을 수반함으로써 '죽음으로써 죽음을 멸하는' 패러독스의 다층적인 패러다임을 형성한다. 소설 속에서 죽는 인물들이 '문자 그대로' 되살아나는 것은 아니지만 그들의 죽음은 주위 사람들을 실질적인 '다시 태어남'으로 인도한다. 그리스도는 이 "죽음으로써 죽음을 멸한다"는 지극한 패러독스를 밀알의 비유로써 가르친다. "정말 잘 들어 두어라. 밀알 하나가 땅에 떨어져 죽지 않으면 한 알 그대로 남아 있고 죽으면 많은 열매를 맺는다"(「요한의 복음서」12:24). 제사의 의미는 마지막 장에서 그 완전한 의미가 드러난다. 결국 한 아이의 고통스러운 죽음은 한 알의 밀알과도 같이 영원한 삶에 대한 희망의 씨앗이 된 것이다.

_ 에필로그: "인간 만세!"

길고 긴 소설 『카라마조프가의 형제』는 "카라마조프 만세!"로 끝난다. 콜랴가 마지막으로 "카라마조프 만세!"라고 외치자 아이들도 모두 함성을 질렀다. 앞에서 우리는 카라마조프란 결국 '인간' 일반에 대한 다른 이름이라고 지적한 바 있다. 그러므로 도스토옙스키의 마지막 말은 곧 "인간 만세!"라고 해석해도 무방할 것 같다. 실제로 도스토옙스키는 류비모프에게 보낸 편지(1880년 4월 29일)에서 일류샤의 장례식과 알료샤가 바위 앞에서 소년들에게 하는 말에 소설 전체의 의미가 반영될 것이라고 말한 바 있다(30-1: 151).

아버지의 방탕, 서자의 살인, 자살, 장남의 체포와 유죄판결 … 이 모든 추악하고 고통스러운 가족사에도 불구하고 소설의 마지막이 "카라마조프 만세!"로 끝난다는 것은 결국 카라마조프는, 아니 인간은 존엄하다는 사실을 확인해 준다. 그렇다. 돈과 치정과 살인 사건이 얽히고설킨 가운데 극도로 복잡하게 개진된 선과 악의 스토리는 결국 인간 존엄에 대한 흔들리지 않는 믿음, 상생에 대한 믿음, 그리고 인간의 존엄과 상생만이 죽음과 고통을 물리칠 수 있다는 사실에 대한 믿음으로 마무리된다.

인간 존엄성에 대한 도스토옙스키의 끈질긴 믿음은 21세기를 사는 오늘의 우리에게 각별한 의미를 갖는다. 30억 쌍에 달하는 인간 DNA 염기 서열이 모두 지도화된 것은 이미 오래전 일이다. 2016년 7월에는 일군의 신경과학자들이 기억과 사고를 관장하는 대뇌피질의 종합적인 뇌 지도를 그리는 데 성공하였다. 이제 인간에 대해서 모든 것이 낱낱이 까발려진 듯 보인다.

인간은 조금도 신비한 구석이 없는, 분석 가능하고 설명 가능한, 심지어 과학의 힘으로 창조까지도 가능한 생명체처럼 보인다. 이런 마당에 무슨 감정이니 영혼이니 신비니 하는 얘기를 하면 어딘지 모르게 나이브하고 전근대적인 한담처럼 들린다. 일각에서는 인간의 감정이란 것도 따지고 보면 그저 생물학적 알고리즘에 불과하다는 주장을 하기까지 한다.

그러나 과연 그럴까? 도스토옙스키는 『카라마조프가의 형제』에서 그건 절대로 그렇지 않다고 답한다.

그 어떤 과학도, 그 어떤 논리도, 그 어떤 '지도'도 인간을 완전히 해독할 수 없다. 도스토옙스키는 수도 없이 반복해서 주장한다. 인간은 생물학적인 존재이지만 동시에 생물학을 뛰어넘는다고. 생물학이 증명한 것은 인간의 생물학적 측면일 뿐이다. 인간의 영혼이 존재하는지 안 하는지에 대해 생물학은 대답할 수 없다. 영혼은 생물학의 영역이 아니기 때문이다.

문제의 본질은 바로 여기에 있다. 인간의 존엄성은 그의 불합리한 본성에서 출발하는 것이지 생물학적인 투명성에서 출발하는 것이 아니다.

여기서 우리는 도스토옙스키의 또 다른 별명 '예언자'를 기억할 필요가 있다. 그는 살아생전에 이미 예언자로 불리었던 작가다. 실제로 그는 일련의 소설 속에서 러시아 혁명을 예언했고, 20세기를 강타한 홀로코스트를 예언했으며 오늘날 인류가 당면한 미증유의 재난과 테러를, 온갖 종류의 폭력과 학대를 예언했다. 그러나 그의 예언에서 무엇보다도 중요한 것은 개별적인 어떤 재난이 아니라 인간 정체성에 가해질 온갖 도전의 가능성이다. 인간을 지구 위에 존재하는 여러 종(種) 중의 하나, 대단히 우수하고 특별하지만 어쨌든 하나의 종으로만 보는 한 인간 개개인의 존엄성은 하시라도 무너져 버릴 수 있다. 인류 역사의 여러 페이지를 피로 물들여 온 온갖 종류의 대재앙과 테러의 본질을 살피다 보면 합리성에 근거한 인간의 통제 가능성을 발견할 수 있다. 거기에는 언제나 저 두려운 명제, "모든 것이 허용된다"는 이반의 명제가 흉측한 유령처럼 어른거린다.

인간은 선과 악을 동시에 가지고 있는 불합리한 존재다. 그래서 인간은 언제나 선택을 해야 한다. 자유는 때로 고통스러운 것이지만, 그리고 양심과 성찰은 때로 짐이 되지만 선택할 수 있다는 것은 인간을 존엄한 존재로 만들어 준다. 흔들리고 넘어지고 무너지면서도, 동물적인 욕망에 굴복하면서도 인간은 또 언제나 일어서고 걸어간다. 인간은 근본적으로 이기적일지 모른다. 그러나 이 이기적인 존재는 결국 탐욕과 증오와 교만을 겸손과 용서와 화해로 제어하면서 상생을 도모한다. 인간의 삶은 선과 악의 대결로, 옳고 그름의 논리로 규정되는 것이 아니다. 선과 악은 극적으로 얽힌 채 끊임없이 흘러간다. 때로 후퇴하고 때로 이상한 길로 빠지지만 좌우간 흘러가고 움직인다. 이 역동성이야말로 삶이다. 그 어떤 것으로도 복제되거나 훼손될 수 없는 삶의 존엄성이다. 도스토옙스키는 『카라마조프가의 형제』에서 삶에 관한 이론을 보여 준 것이 아니라 삶의 기쁨을 보여 주었다. 신에 관한 학문이 아니라 내 안의 신을 회복하는 과정을 보여 주었다. 인간에 관한 이론이 아니라 인간의 존엄을, 인간다운 삶을 보여 주었다. 그는 결국 "인간 만세!"를 외쳤던 것이다.

_ 참고문헌

강영안. 『타인의 얼굴. 레비나스의 철학』. 서울: 문학과지성사, 2005.

도스또예프스까야, 안나. 『도스또예프스끼와 함께 한 나날들』. 최호정 역. 서울: 그린비, 2003.

도스또예프스끼, 표도르. 『전집』. 서울: 열린책들, 2002.

도스토예프스키, 표도르. 『도스토예프스키의 유럽 인상기』. 이길주 역. 서울: 푸른숲, 1999.

명순구·이제우. 『러시아법 입문』. 서울: 세창출판사, 2009.

모출스키, 콘스탄틴. 『도스또예프스키 1, 2』. 김현택 역. 서울: 책세상, 2000.

바흐찐, 미하일. 『도스또예프스끼 시학』. 김근식 역. 서울: 정음사, 1988.

석영중. 『뇌를 훔친 소설가』. 서울: 예담, 2011.

_____. 『도스토예프스키, 돈을 위해 펜을 들다』. 서울: 예담, 2008.

슈피들릭, 토마스. 『그리스도교 동방 영성』. 곽승룡 역. 서울: 가톨릭출판사, 2014.

이종진(편역). 『도스또예프스끼 대심문관』. 서울: 한국외국어대학교출판부, 2004.

Bakhtin, M. *Toward a Philosophy of the Act*. Tr. V. Liapunov. Austin: U. of Texas Press, 1993, 7-8.

_____. *Problems of Dostoevsky's Poetics*. Ed. and Tr. C. Emerson. Minneapolis: U. of Minnesota Press, 1984-1.

_____. "Toward a Reworking of the Dostoevsky Book." *Problems of Dostoevsky's Poetics*, 1984-2, 283-302.

Belknap, R. "Memory in The Brothers Karamazov." *Dostoevsky: New Perspectives*. Ed. Robert Louis Jackson. Englewood Cliffs: Prentice-Hall, 1984, 227-242.

Belliotti, R. *Dostoevsky's Legal and Moral Philosophy: The Trial of Dmitri Karamazov*. Boston: Rodopi, 2016.

Blank, K. *Dostoevsky's Dialectics and the Problem of Sin*. Evanston: Northwestern U. Press, 2010.

Bloom, H. "Introduction." *Fyodor Dostoevsky's The Brothers Karamazov*. Ed. H. Bloom.

NY: Chelsea House Publishers, 1988, 1-6.

Catteau, J. "The Paradox of the Legend of the Grand Inquisitor in 'The Brothers Karama-zov.'" *Dostoevsky: New Perspectives*, 1984, 243-254.

Chizhevsky, D. "The Theme of Double in Dostoevsky." *Dostoevsky A Collection of Critical Essays*. Ed. R. Wellek. Englewood Cliffs: Prentice-Hall, 1962, 112-129.

Cicovacki, P. *Dostoevsky and the Affirmation of Life*. New Brunswick: Transaction Publish-ers, 2014.

Cohen, S. "'Balaam's Ass': Smerdyakov as a Paradoxical Redeemer in Dostoevsky's The Brothers Karamazov." *Christianity and Literature* 64(1), 2014, 43-64.

Cox, R. *Between Earth and Heaven*. NY: Holt, Rinehart and Winston, 1969.

Crick, F. *Astonishing Hypothesis: The Scientific Search for the Soul*. NY: Scribner, 1995.

Dostoevskii, F. *Polnoe sobranie sochinenii v 30 tomakh*. Leningrad: Nauka, 1972-1990.

Einstein, A. *The Ultimate Quotable Einstein*. Ed. A. Calaprice. Princeton: Princeton U. Press, 2011.

Emerson, C. "Zosima's 'Mysterious Visitor': Again Bakhtin on Dostoevsky, and Dostoevsky on Heaven and Hell." *A New Word on The Brothers Karamazov*. Ed. R. Jackson. Evanston: Northwestern U. Press, 2004, 155-179.

Esaulov, I. "Categories of Law and Grace in Dostoevsky's Poetics." *Dostoevsky and the Christian Tradition*. Cambridge: Cambridge U. Press, 2001, 116-133.

Fukuyama, F. *Our Posthuman Future*. NY: Picador, 2002.

Friesen, L. *Transcendent Love. Dostoevsky and the Search for a Global Ethic*. Notre Dame: U. of Notre Dame Press, 2016.

Golstein, V. "Accidental Families and Surrogate Fathers: Richard, Grigory, and Smerdya-kov." *A New Word on The Brothers Karamazov*, 2004, 90-106.

Harari, Y. *Sapiens A Brief History of Humankind*. London: Vintage Books, 2011.

Holland, K. "Novelizing Religious Experience: The Generic Landscape of The Brothers Karamazov." *Slavic Review* 66(1), 2007, 63-81.

Jackson, R. "Alyosha's Speech at the Stone: 'The Whole Picture.'" *A New Word on The Broth-ers Karamazov*, 2004, 234-253.

_____. *Dialogues with Dostoevsky*. Stanford: Stanford U. Press, 1996.

_____. *The Art of Dostoevsky*. Princeton: Princeton U. Press, 1981.

Jens, B. "Silence and Confession in The Brothers Karamazov." *The Russian Review* 75(1), 2016, 51–66.

Jones, M. "Dostoevskii and Religion." *Cambridge Companion to Dostoevskii*. Ed. W. Leatherbarrow. Cambridge: Cambridge U. Press, 2002, 148–174.

Katz, M. "Dostoevsky and Natural Science." *Dostoevsky Studies* 9, 1988, 63–76.

Kibalnik, S. "'If there's no Immortality of the Soul ... everything is lawful': on the Philosophical Basis of Ivan Karamazov's Idea." *Dostoevsky Beyond Dostoevsky*. Ed. S. Evdokimova and V. Golstein. Brighton: Academic Studies Press, 2016, 165–176.

Knap, L. "Mothers and Sons in The Brothers Karamazov: Our Ladies of Skotoprigonevsk." *A New Word on The Brothers Karamazov*, 2004, 31–52.

Kroeker, P. and B. Ward. *Remembering the End*. Boulder: Westview Press, 2001.

Kurrick, M. "The Self's Negativity." *Fyodor Dostoevsky's The Brothers Karamazov*. Ed. H. Bloom. NY: Chelsea House Publishers, 1988, 97–118.

Levinas, E. *Otherwise than Being or Beyond Essence*. Tr. A. Lingis. Pittsburgh: Duquesne U. Press, 2009.

_____. *Totality and Infinity*. Tr. A. Lingis. Pittsburgh: Duquesne U. Press, 1969.

Martinsen, D. *Surprised by Shame Columbus*. Athens: Ohio U. Press, 2003.

McLachlan, J. "Mystical Terror and Metaphysical Rebels Active Evil and Active Love in Schelling and Dostoevsky." *The Problem of Evil*. Ed. B. McCraw and R. Arp. NY: Lexington Books, 2016, 141–160.

Miller, R. *Dostoevsky's Unfinished Journey*. New Haven: Yale U. Press, 2007.

_____. *The Brothers Karamazov: Worlds of the Novel*. NY: Twayne Publishers, 1992.

Moran, J. *The Solution of the Fist: Dostoevsky and the Roots of Modern Terrorism*. NY: Lexington Books, 2009.

Moszkowski, A. *Conversations with Einstein*. Tr. H. Brose. NY: Horizon Press, 1970.

Murav, H. *Russia's Legal Fictions (Law, Meaning, and Violence)*. Ann Arbor: U. of Michigan Press, 1998.

Orwin, D. "Did Dostoevsky or Tolstoy Believe in Miracles?" *A New Word on The Brothers Karamazov*, 2004, 135–141.

Paperno, I. *Suicide as a Cultural Institution in Dostoevsky's Russia*. Ithaca: Cornell U. Press, 1998.

Peace, R. "One Little Onion and a Pound of Nuts: The Theme of Giving and Accepting in The Brothers Karamazov." *Studies in Slavic Literature and Poetics* 57, 2012, 283-292.

_____. "Justice and Punishment." *Fyodor Dostoevsky's The Brothers Karamazov*. Ed. H. Bloom. NY: Chelsea House Publishers, 1988, 7-38.

_____. *Dostoevsky: An Examination of the Major Novels*. Cambridge: Cambridge U. press, 1971.

Ronner, A. *Dostoevsky and the Law*. North Carolina: Carolina Academic Press, 2015.

Rosenshield, G. *Western Law, Russian Justice: Dostoevsky, the Jury Trial, and the Law*. Madison: U. of Wisconsin Press, 2005.

Srigley, R. "The End of the Ancient World: Dostoevsky's Confidence Game." *Dostoevsky's Political Thought*. Ed. R. Avramenko and L. Trepanier. Lanham: Lexington Books, 2013, 201-222.

Stoeber, M. "Mysticism in The Brothers Karamazov." *Toronto Journal of Theology* 31(2), 2015, 249-271.

Straus, N. *Dostoevsky and the Woman Question: Rereadings at the End of the Century*. NY: St. Martin's Press, 1994.

Terras, V. *A Karamazov companion: commentary on the genesis, language, and style of Dostoevsky's novel*. Madison: U. of Wisconsin Press, 1981.

Thompson, D. "Dostoevskii and Science." *The Cambridge Companion to Dostoevskii*. Ed. W. Leatherbarrow. Cambridge: Cambridge U. Press, 2002, 191-211.

_____. "Problems of the Biblical Word in Dostoevsky's Poetics." *Dostoevsky and the Christian Tradition*, 2001, 69-99.

Toumayan, A. "'I More than the Others': Dostoevsky and Levinas." *Yale French Studies* 104, *Encounters with Levinas*. Ed. T. Trezise. 2004, 55-66.

Trepanier, L. "The Politics and Experience of Active Love in The Brothers Karamazov." *Dostoevsky's Political Thought*. Ed. R. Avramenko and L. Trepanier. Lanham: Lexington Books, 2013, 31-49.

Vinogradov, I. *Dukhovnye iskaniia russkoi literatury*. Moscow: Russkii put', 2005.

Wortman, R. "The Great Reforms and the New Courts." *Dostoevsky in Context*. Cambridge: Cambridge U. Press, 2016, 13-21.

_ 찾아보기